四大皆改

用常识解读古典名著　廖永生　著

海天出版社
HAITIAN PUBLISHING HOUSE
·深圳·

图书在版编目（CIP）数据

四大皆攻：用常识解读古典名著 / 廖永生著. --
深圳：海天出版社，2022.11
ISBN 978-7-5507-3591-0

Ⅰ.①四… Ⅱ.①廖… Ⅲ.①中国文学—古典文学研
究 Ⅳ.①I206.2

中国版本图书馆CIP数据核字(2022)第137981号

四大皆攻——用常识解读古典名著
SIDA JIEGONG——YONG CHANGSHI JIEDU GUDIAN MINGZHU

出 品 人　聂雄前
责任编辑　钟天鸣　曾韬荔
责任校对　万妮霞
责任技编　梁立新
封面设计　蒙丹广告
封面题字　唐　理

出版发行　海天出版社
地　　址　深圳市彩田南路海天综合大厦（518033）
网　　址　www.htph.com.cn
订购电话　0755-83460239（邮购、团购）
设计制作　深圳市龙瀚文化传播有限公司 0755-33133493
印　　刷　深圳市希望印务有限公司
开　　本　787mm×1092mm　1/16
印　　张　17.75
字　　数　250千字
版　　次　2022年11月第1版
印　　次　2022年11月第1次
定　　价　48.00元

觅常求明　拙攻四大
（代前言）

2014 年 5 月 5 日，我在微信朋友圈里首次发出一篇《闲话水浒》的帖子，从此一发不可收，至今已陆陆续续积累三十余篇，并且已经涉及《三国演义》《西游记》和《红楼梦》。四大名著均已触及，篇幅已逾二十万字，《闲话水浒》进化成为《四大皆攻》，具备了独立结集成册的规模。

当初动心思开始写《闲话水浒》，目的是将其作为抵抗微信"碎片化"趋势的战略战术手段。大约在 2013 年，微信仿佛是一夜之间成为我们日常生活的重要组成部分，微信聊天群和朋友圈里形形色色的帖子毫不客气地侵占了我们大量的时间精力。几乎是每时每刻总有群友、亲友不知疲倦地发出有真有假、有雅有俗的帖子。这些帖子绝大多数是转发的，只有很少一部分是原创的。这些帖子可以填满空虚的时间，可以带来丰富的知识。但是如果你不自觉地陷入其中，你的生活和时间就会被严重地"碎片化"，表面上可以很充实、很忙碌、很热闹，但实际上不会有什么经得起时间考验的收获。两相对照之下，原创的帖子就显得特别珍稀、可贵：

一方面于人于己更加认真负责；另一方面更加接近展示真情实意和真才实学。

"靡不有初，鲜克有终"，在此警示之下，我的朋友圈基本上坚持了以发原创帖子为主的原则，并且成果逐渐蔚然可观。不过坦白讲，虽然立足于原创，但是我的主要着力点还是在于"闲话"二字：第一，利用闲暇时间来写。第二，兴之所至，随感而发，虽然追求言之有据，但是并不讲究严格的考据，也不讲究篇章之间的关联，零零散散，拉拉杂杂，亦庄亦谐。

所以在独立结集成册之前必须补一些功课，找出一条主线来把零散的篇章从外观和内在两个方面都建立起相互关系，向读者诸君交代作者对于以《水浒传》为主、《三国演义》《西游记》和《红楼梦》为辅的四大名著的完整理解和感悟。

我把中国古典四大名著中的《水浒传》《三国演义》和《西游记》这三部反复通读过，唯独没有通读过《红楼梦》，这是我知识、学力方面的一大亏欠，我深感愧疚。我对《水浒传》最熟悉，所以《闲话水浒》的篇幅最长，评《三国演义》的次之，评《红楼梦》的只有一篇。

多有大方之家批判《水浒传》过于崇尚、渲染暴力，《三国演义》过于崇尚阴谋、权术，在审美观、价值观方面多有误导国民之处，属糟粕多于精华，亟待正本清源。《红楼梦》与《水浒传》相比较似有高下之分。既然如此，《闲话水浒》部分长篇累牍，而评《红楼梦》部分单薄羞涩是否还合乎时宜？于是我也想辩解：《水浒传》与《红楼梦》有相通之处，熟读《水浒传》也相当于读《红楼梦》。

法国著名的小说家巴尔扎克曾经说过："小说被认为是一个民族的秘史。"我认为还需要略作修改："诗史般的伟大小说可以被称为一个民族的秘史或者心灵自传。"四大名著完全可以列入"诗史般的伟大小说"，它们隐藏着中国历史文化的基因密码。

本书采用一种"温柔敦厚"的态度和叙述方式，努力做到不偏执、不戏谑、不刻薄，宁拙勿巧，无才、无技可炫，从正面来阐述对四大名著的理解和感悟。

西人有云："一千个读者有一千个哈姆雷特。"读四大名著也是同样的。如果以读《水浒传》为例，也可以说：一千个人读《水浒传》，就会有一千种对《水浒传》的理解和感悟。根据我自己的阅读经验，一个人在不同的年龄段读《水浒传》也会有不同的理解和感悟。

当人在少年时读《水浒传》，读到的是荡气回肠的故事：九纹龙大闹史家村、鲁提辖拳打镇关西、林冲风雪山神庙、武松打虎、武松醉打蒋门神，如此等等，不一而足。

当人在青年时读《水浒传》，读到的可能是自己敬仰、推崇的英雄人物形象，由此建立起对人物的偏爱、同情。比如说，有的人会喜欢鲁智深的心地刚直、嫉恶如仇、大慈大悲、洒脱磊落，有的人会喜欢武松的神勇，有的人会喜欢宋江的仗义疏财，有的人会同情林冲、杨志的命运乖蹇，有的人会羡慕公孙胜的法术高深。

人到中年之后读《水浒传》，可能会逐渐关注人物的命运，关注故事、人物及其命运所关联的种种悲欢离合，开始体会、感悟到其中所蕴涵的种种苦难，会更加去关注、同情那些被伤害、被谴责、被贬损的小人物，比如王伦、阎婆惜、潘金莲、黄文炳等。他们自有可悯、可恕之处，他们的苦难之果自有大人物的恶行之因。

根据我的阅读理解，《水浒传》与《红楼梦》之间的相通之处，在于二者讲述的都是一场幻灭。《红楼梦》讲述贾氏家族、大观园从"烈火烹油"到"白茫茫大地真干净"的幻灭过程。《水浒传》讲述宋江从郓城县押司私放晁盖到遭鸩身亡神聚蓼儿洼的幻灭过程，也隐喻了大宋王朝从"清明上河图"到"靖康之耻"的幻灭过程。二者都是经典的中国式宏大叙事。

《水浒传》与《西游记》之间也有相通之处。《水浒传》比较完整地讲述了宋江的人生经历，隐晦曲折地阐明了其悲剧的因果相应。《西游记》则完整地呈现了孙悟空的成长经历，也讲清楚了大闹天宫、九九八十一难与修成正果之间的因果相承。宋江、孙悟空两位最适意、舒爽的幸福时光分别是在郓城县当押司和在花果山当妖仙的时候。但是他们都兀自不知足，生命不息，折腾不止。孙悟空因为有师父菩提祖师临别之时的严厉警告和观音菩萨赐予的紧箍咒，被牢牢地约束着亦步亦趋地护送唐僧西天取经，通过了如来佛祖和观音菩萨设定的种种考验，终究修成正果，进入了神界佛界的体制之内。宋江虽然也号称讲究忠孝节义，但实际上是一个"精致的利己主义者"和为所欲为的机会主义者，并未惧怕过"恶有恶报"的因果相应，其悲惨结局实是咎由自取。

我认为，《水浒传》总体而言还是精华多于糟粕。作者深谙"述而不作"春秋笔法之妙。《水浒传》在开篇以"洪太尉误走妖魔"的寓言隐喻了统治者自养自纵妖魔鬼怪的客观事实。《水浒传》还以宋江、鲁智深二人的人生经历作为两条相互参照的主线，对机心阴深、耽于名利、手段狠辣、执迷不悟的宋江明褒实贬，不得善终；对心地刚直、嫉恶如仇、大慈大悲、磊落洒脱的鲁智深大加褒奖，得成正果。作者还用一系列精妙绝伦的故事生动地印证了纵欲纵贪与殒身灭家的悲剧之间的因果关系。作者劝谕的良苦用心，不可谓不深。

《水浒传》是一出地地道道的悲剧，不但是因为主人公的悲剧结局，而且几乎没有一个人物在故事结束的时候，其福利水平得到了增进。最典型的故事就是晁盖团伙费尽心机劫得生辰纲，却没有得到任何的时间空间来稍稍享受巨额财富带来的任何福利，反而被巨额财富驱逐到社会之外亡命一生。大宋王朝统治集团把体制内外身怀卓越才能的精英分子一个一个地驱逐到自己的对立面，成为对立面的精英通过争取招安回归体制内之后，又被再一次驱逐、消灭。在《水浒传》里，贪婪、腐败的气息几乎弥漫、渗透到社会运行的每一个细节，令人绝望、窒息。这些都反映当时（既有可能是故事发生的当时，也有可能是小说创作的当时）的社会、文化、制度已经病入膏肓。

虽然说《水浒传》是精华多于糟粕，瑕不掩瑜，但是糟粕也是显而易见的。《水浒传》最受诟病的瑕疵就是对血腥暴力的肆意渲染、推崇，人的生命价值被轻贱、漠视。

这是审美观和价值观的问题。在《水浒传》里有诸多明显的丑恶、残暴被当作美好、善良来供奉，比如，集丑集恶、杀人为乐的人形猛兽李逵被当作英雄好汉。《水浒传》竟然让道教里修行等级最高的道士罗真人把李逵的暴行当成善举，轻易饶恕李逵对自己的冒犯，这显然是一种颠倒是非、黑白的机会主义行为。《水浒传》还把所谓的"仗义疏财""讲江湖义气"当作高尚的品格予以大力推崇，相当于把一些廉价，甚至是虚无缥缈之物奉为珍宝。《水浒传》一方面推崇忠于朝廷、忠于皇帝的"忠"，另一方面又颂扬宋江因为讲义气私放晁盖的行为，贬损黄文炳维护赵宋王朝利益、揭发宋江题反诗的行为。那些违背、抛弃职业操守的刑事犯罪行为也被当作"讲义气"给予颂扬。这些都反映了价值观的混乱、幼稚。用老子在《道德经》里树立的标准来判断，属于"不知常"的"妄作"。这样的审美观、价值观是非常有害的。

《水浒传》里"只反贪官，不反皇帝"的投降主义则体现了一种典型的伪历史观：只观察、思考一些历史表象，不能也不敢去深挖社会、文化和制度的根本性缺陷、弊端，耽于享乐和既得利益，因循、懦弱、猥琐，没有勇气和力量去改造缺陷、弊端，日积月累以至于陷于积重难返的境地，最终导致系统崩溃，落入"历史周期律"描述的治乱循环。

　　通篇《水浒传》几乎全是算计、争夺、斗殴、杀戮、征伐，看不到生产劳动，没有创造财富的建设行为。这也是伪历史观的表现。

　　精读、深读四大名著到一定的程度，心中必然会浮现出一些问题：中国社会发展到二十一世纪第三个十年了，《水浒传》《三国演义》是否还值得细读、细说？应该如何从《水浒传》《三国演义》里获取精神营养、抗体和免疫力？

　　这些问题可以从两个层面来思考和回答：个人、社会。从个人的层面，我们应该从四大名著里的悲剧、喜剧里吸取的经验教训是：从《增广贤文》里通俗易懂的道理到佛经里高深的劝谕，都已经讲明灾祸、苦难与贪欲之间的内在必然联系是实实在在的，并不会因为我们的侥幸和小智小慧而例外，我们仍然应该克制贪欲。我们应该学会识别什么是空幻、虚妄的泡影，什么是值得珍惜的珍宝。我们应该诚实、向善、质朴、慎初。这就是老子在《道德经》里所崇尚的"知常曰明"。

　　从社会的层面来看，《水浒传》《三国演义》基本上没有什么营养，只能提供抗体和免疫力。《水浒传》里反映的社会治理结构、社会风气基本上都是失败的范例。我认为《水浒传》里反映的社会治理最大的失败，是当时的社会有诸多强大的力量把身有卓越禀赋、才能的优秀人才从体制内驱赶到社会的对立面——"逼上梁山"。还有就是几乎无所不在的腐败已经严重侵蚀社会机体，《水浒传》里没有一宗官司得到了公正的审判，正义只能通过私力实现。《水浒传》提倡、推崇的所谓"仗义疏财""江湖义气"，对血腥暴力的容忍甚至赞赏，对妇女的歧视、不敬，都是无益有害的审美观、价值观，需要警惕。

　　《中华人民共和国宪法》的《序言》说："中国各族人民共同创造了光辉灿烂的文化。"中华民族"光辉灿烂的文化"首先得益于民族的始祖极其卓越、优异的文化基因、禀赋。《尚书·尧典》中"帝曰：'夔！命汝典乐，教胄子。直而温，宽而栗，刚而无虐，简而无傲。诗言志，歌咏言，声依永，律和声，八音克谐，无相夺伦，神人以和'"的记载反映我们的始祖初民就已经拥有了极高的审美素养，几乎起步伊始就达到了巅峰状态。《诗经》的艺术成就也几乎是无法超越的。

可能是因为王权专制的扩张、肆虐打破了《尚书·尧典》里规定的那种对称、平衡与和谐，清朝末期，中华文化经历了一个停滞甚至腐朽、没落的时期，鸦片战争之后随帝国主义入侵而来的西方文化冲击，使这种停滞、腐朽、没落雪上加霜。在"西方中心论""西方文化优越论""西方文化标准论"的压制之下，中华文化的生命力、创造力遭受严峻考验，诸多民族精英分子曾经严重怀疑中华文化的存在价值。中国共产党领导中国人民推翻了"三座大山"，建立了新中国，开始独立自主地进行物质文明、精神文明建设，重建文化自信才有了根本性基础。

根据我的理解，自信应当源自自知、自觉、自重、自新。所谓自知，应当是知来龙去脉，知优势劣势，知精华糟粕，也知中华文化在世界文化宝库里的地位。所谓自觉，应当是有独立自主的思想，不至于被"西方中心论""西方文化优越论""西方文化标准论"所迷误。所谓自重，就是钱穆先生在《国史大纲》中所讲的对中华文化的"温情与敬意"。所谓自新，应当是敢于刮骨疗毒，剔除糟粕，开辟新天地。

"周虽旧邦，其命维新。"虽然中国历史上经历过若干次"礼崩乐坏"式的文化退化，但是仍然保持了极其顽强的生命力。中华文化有极为优越的重诗、重史的"诗史传统"，诗的灵魂是美和善，史的灵魂是信和义，就是文天祥《正气歌》所讲的那种"正气"。这是保证中华文化绵延不绝的关键因素。每次"礼崩乐坏"的危亡时刻，总是有无数的仁人志士挺身而出，力挽狂澜。所以，我们的文化自信具有扎实的基础，"坚定文化自信"是水到渠成之事。

　　另外，为了方便读者诸君评判，我这里报告一下所参阅的四大名著的版本：《水浒传》，施耐庵、罗贯中著，人民文学出版社，1997年1月北京第2版；《红楼梦》，曹雪芹、高鹗著，人民文学出版社，2008年7月北京第3版；《西游记》，吴承恩著，人民文学出版社，2010年北京第3版；《三国演义》，罗贯中著，人民文学出版社，1973年12月北京第3版。

目　录

内篇　闲话水浒

外篇　余勇再三

内 篇

闲话水浒

花和尚与黑旋风之比较

　　这几天连续得闲在家，随手翻看《水浒传》，翻到第五回《小霸王醉入销金帐 花和尚大闹桃花村》，我忽然读到从前未曾体会到的趣味，感受到花和尚鲁智深不但可爱和可敬，而且极具幽默感，大呼过瘾。

　　话说鲁智深两番大闹五台山，智真长老虽然已知鲁智深未来将正果非常，却也一时无法彻底收服这莽和尚，更无法说服众僧接纳、宽容鲁智深。为保寺院的安宁祥和，只得将鲁智深推荐去东京相国寺智清长老处安顿。

　　鲁智深在前往东京的途中，"因见山水秀丽，贪行半日，赶不上宿头"，机缘巧合地闯入了桃花村，有意无意之间得知了庄主刘太公的烦恼——邻近的桃花山强人要强娶其独生女儿。鲁智深眼里哪能容下此等不平之事，当即大包大揽，要去给那杀人不眨眼的魔君"说因缘"，教他回心转意。鲁智深为了增加自己的承诺的可信度，称"洒家在五台山真长老处，学得说因缘，便是铁石人也劝得他转……"。刘太公病急乱投医，竟相信了鲁智深。

　　接下来的一幕是整个《水浒传》里最有幽默色彩、最有喜剧效果的：鲁智深这样一个胖大和尚，"将戒刀放在床头，禅杖把来倚在床边。把销金帐子下了，脱得赤条条地，跳上床去坐了"。那不明就里的大王摸进房中，"一头叫着娘子，一面摸来摸去。一摸摸着销金帐子，便揭起来，探一只手入去摸时，摸着鲁智深的肚皮，被鲁智深就势劈头巾带角儿揪住"，按下床来一顿痛打。

刘太公责怪鲁智深"你苦了老汉一家儿了"，鲁智深安慰太公道："休道这两个鸟人，便是一二千军马来，洒家也不怕他。"太公央求鲁智深："师父休要走了去，却要救护我们一家儿使得。"鲁智深的回答非常痛快："甚么闲话，俺死也不走。"

后来，鲁智深准备迎战大头领时对庄客们交代："你等休慌，洒家但打翻的，你们只顾缚了，解官去请赏。"

在这个故事里，鲁智深的"急人所难，仗义行善"自不待言。"因见山水秀丽，贪行了半日"，可见鲁智深虽然表面上是一个厚重少文的粗鲁汉子，实际上还是一个懂得欣赏山水之美的有情趣的高雅之士。第四回《赵员外重修文殊院 鲁智深大闹五台山》中"信步踱步出山门外立地，看着五台山，喝采一回"也印证了这一点。准备迎战之时对庄客们的交代，一是体现了鲁智深对这些未经历过大阵仗的庄稼汉子的体恤，二是体现了鲁智深确实是有大慈悲的人，他自始至终都没有打算去真正伤害任何一个人，他只想闹而不伤、打而不杀。这与李逵相比有天壤之别。

李逵也干过一件与花和尚大闹桃花村相类似的事情，就是第七十三回里的"黑旋风乔捉鬼"。李逵把这件事情干得一如其长相：丑陋、无趣、残暴。

话说宋江一伙闯入东京想通过李师师的门路面见宋徽宗直接洽谈招安之事。结果被李逵大闹了一场，一伙人不得不落荒而逃。李逵跟随浪子燕青一路逃窜，来到四柳庄狄太公庄上。狄太公看见李逵"绾着两个丫髻，却不见道袍，面貌生得又丑，正不知是甚么人"，只因为听得燕青说"这师父是个蹊跷人，你们都不省得他"，不知是脑子里什么弦儿搭错了，竟央求李逵去捉鬼救自己的女儿。李逵这厮自然毫不客气地趁机骗吃骗喝。其实也没有什么鬼，就是狄太公的女儿以装神弄鬼作幌子来偷情。李逵竟然把这一对可怜的年轻人给残忍地杀害了，手段极其凶残，令人不忍细说。

这狄太公真是一个十足的糊涂虫，女儿装神弄鬼偷情大半年，竟然丝毫没有发觉其中的奥秘，还托付李逵这样一个粗鄙、凶残的人去捉鬼救人。相对而言，刘太公就明智多了。

鲁智深在桃花村的表现一如其长相：大气、洒脱、磊落。鲁智深也吃也喝，吃相也是那么豪爽，李逵那厮根本无法望其项背。在《水浒传》里，与鲁智深交情深厚的人都是不但武艺高强，而且人品高贵的真好汉，比如林冲、史进。

鲁智深与李逵还有一对事情是可以比较的。第三回《史大郎夜走华阴县　鲁提辖拳打镇关西》中写到鲁智深义救金翠莲父女二人的故事。这段故事太长了些，我只抄录其中一小段："三个酒至数杯，正说些闲话，较量些枪法，说得入港，只听得间壁阁子里有人哽哽咽咽啼哭。鲁达焦躁，便把碟儿盏儿都丢在楼板上。酒保听得，慌忙上来看时，见鲁提辖气愤愤地。酒保抄手道：'官人要甚东西，分付卖来。'鲁达道：'酒家要甚么！你也须认的酒家，却怎地教甚么人在间壁吱吱的哭，搅俺弟兄们吃酒？酒家须不曾少了你酒钱。'酒保道：'官人息怒。小人怎敢教人啼哭打搅官人吃酒。这个哭的，是绰酒座儿唱的父子两人。不知官人们在此吃酒，一时间自苦了啼哭。'鲁提辖道：'可是作怪！你与我唤的他来。'酒保去叫，不多时，只见两个到来。前面一个十八九岁的妇人，背后一个五六十岁的老儿，手里拿串拍板，都来到面前。看那妇人，虽无十分的容貌，也有些动人的颜色……那妇人拭着泪眼，向前来深深的道了三个万福。那老儿也都相见了，鲁达问道：'你两个是那里人家？为甚啼哭？'那妇人便道……鲁达听了，道：'呸！俺只道那个郑大官人，却原来是杀猪的郑屠！这个腌臜泼才，投托着俺小种经略相公门下，做个肉铺户，却原来这等欺负人！'回头看着李忠、史进道：'你两个且在这里，等酒家去打死了那厮便来。'……"

第三十八回《及时雨会神行太保　黑旋风斗浪里白条》中有一段李逵无端伤害卖唱歌女的故事："四人饮酒中间，各叙胸中之事。正说得入耳，只见一个女娘，年方二八，穿一身纱衣，来到跟前，深深的道了四个万福……顿开喉音便唱。李逵正待要卖弄胸中许多豪杰事务，却被他唱起来一搅，三个且都听唱，打断了他的话头。李逵怒从心上起，恶向胆边生，跳起身来，把两个指头去那女娘额上一点。那女娘大叫一声，蓦然倒地。众人近前看时，只见那女娘桃腮似土，檀口无言……主人心慌，便叫酒保、过卖都向前来救他，就地下把水喷噀，看看苏醒，扶将起来看时，额角上抹脱了一片油皮，因此那女子晕昏倒了……他的爹娘听得说是黑旋风，先自惊得呆了半晌，那里敢说一言……戴宗怨李逵道：'你这厮要便与人合口，又教哥哥坏了许多银子！'李逵道：'只指头略擦得一擦，他自倒了。不曾见这般鸟女子，恁地娇嫩！你便在我脸上打一百拳也不妨。'"

这几个故事一比较，智深与李逵之间高下立判。我毫不掩饰对李逵的厌恶、鄙视，并且将这种厌恶、鄙视延及宋江身上。也可以说是把对宋江的厌恶、鄙视延及李逵身上。《水浒传》里那些听信"及时雨"的传说，见到宋江就"纳头便拜"的人，几乎都是人品大有缺失的。

《水浒传》里的两次比武

　　《水浒传》充满了打斗、比武和战场交锋，这里单挑两次比武来说道说道：第二回《王教头私走延安府　九纹龙大闹史家村》中王进与史进，第九回《柴进门招天下客　林冲棒打洪教头》中林冲与洪教头。

　　这两次比武有以下几个方面的共性：有三方主体，第三方分别是史太公和柴进，第三方对比武的进程都有决定性的影响，他们不但谙于人情世故，而且慧眼识英雄；比武双方实力悬殊，王进和林冲（以下简称"甲方"）拥有俯视对方的绝对优势，有单向透明的判断力和掌控力；史进和洪教头（以下简称"乙方"）实力虽然处于绝对劣势，但是丝毫没有妨碍他们的盲目和自以为是；甲方都是第三方（以下简称"丙方"）的客人，并且都在落难之中。

　　常听说"文无第一，武无第二"，也常在戏文中听到主人公高喊"来将通名，本将刀下不杀无名小将"云云。如果说"谦虚谨慎"是传统美德，那么"自以为是"就是传统"恶习"之一，只是它隐藏得更深一些。

　　甲方和丙方的表现颇耐人寻味。王进受史太公收容和救母之恩，临别时看到史进练武破绽百出，"失口"道出，惹得史进不服而挑战。王进有心点拨，又怕手重冒犯恩公。史太公允准适当教训史进，王进方才出手，只一招便收服了史进。

洪教头一方面对林冲傲慢无礼，又嫉妒林冲受到柴大官人的款待，不知深浅贸然向豹子头挑战。林冲身份不便，且寻思"这洪教头必是柴大官人师父，不争我一棒打翻了他，须不好看"，未肯轻易接受挑战。柴进暗示林冲不必顾忌，还许下重金进行刺激。林冲也是只一招便击倒对手。

这两次比武尽显微妙的"中国式"人际关系。王进、林冲的武艺和人品均属一流，进退取舍都极有分寸，作为客人也恪尽礼数。史进虽然年少无知，但是在挑战失败之后迅速承认差距，接受教训，尽显真好汉的潜质。洪教头武功粗浅，不但目空一切，而且贪图小利，只能自取其辱。

我从这两个故事得到的启发是：无论强弱，都要谦逊，都要懂得尊重他人，赢得竞赛和他人的尊重倒在其次，更重要的是不要自取其辱。

宋江如何修成"及时雨"

　　宋江的"及时雨"名声令人称奇，更令人生疑。在信息传播主要靠口口相传的年代，令几乎半个中国的江湖好汉知晓、景仰，这要花费多少成本啊？宋江又为何要去追求这种名声？

　　"世界上没有无缘无故的爱，也没有无缘无故的恨。"《水浒传》里有三个小故事可以说明宋江的目的何在。第一个故事是第二十三回《横海郡柴进留宾　景阳冈武松打虎》中宋江在柴大官人庄上结交和送别武松；第二个故事是第三十八回《及时雨会神行太保　黑旋风斗浪里白条》中宋江初到江州牢城时戏耍戴宗；第三个故事也是第三十八回中宋江结识并收服李逵。这三个故事共同的情节是宋江流水一般地出钱给他的崇拜者，也透露了宋江的目的就是收服江湖豪杰为我所用，宋江"其志不在小"啊！

　　施耐庵还算是有分寸的，没有让鲁智深、林冲、史进和杨志等一干真好汉收受宋江的钱财然后纳头便拜。

　　还有一个问题就是：宋江流水一般给出去的钱是从哪里来的？答案只有一个——收黑钱。

　　宋江随便给人塞钱，"好汉"们随便收钱。晁盖、吴用等一干人都认为劫生辰纲有天然的正当性，在当时乃至于现在都被看作是"义"的表现。

　　我认为这种现象是值得推敲的。"不经过公平的交易，就不能改变财产的占有"，这个道理说起来简单，它是构建现代社会的基础。但是，我觉得一部分国人（也包括国人中的部分精英分子）一直不愿意去理解和接受这个道理。

宋江的心机或者面孔

与其说宋江心机太深，不如说他是面孔太多。

第十八回《美髯公智稳插翅虎 宋公明私放晁天王》中宋江第一次出场时，有诗赞他"事亲行孝敬"，在第三十五回《石将军村店寄书 小李广梁山射雁》里宋江收到弟弟宋清辗转寄来的报知父亲去世的假消息之后，不顾一切地返乡奔丧。这足以令人相信宋江是真"孝"。但是在第二十二回《阎婆大闹郓城县 朱仝义释宋公明》里又说到，宋江"又恐连累父母，教爹娘告了忤逆，出了籍册，各户另居，官给执凭公文存照，不相往来，却做家私在屋里"，"教爹娘告了忤逆"意味深长，宋江因此也就做出了两副面孔。

宋江身为国家公职人员，却和晁盖一伙江洋大盗称兄道弟，私自泄露国家机密，担着"血海一般干系"通风报信；当他刺配江州被晁盖劫上梁山时，又以遵父命为由拒绝入伙邀请，无奈最后还是在走投无路之际携父将弟落草梁山。

宋江在浔阳楼题反诗被黄文炳揭发，为了掩盖罪行，竟然接受戴宗出的馊主意，"披乱了头发，把屎尿泼在地上，就倒在里面，诈作风魔"。宋江自甘污秽，格调极其低下。

宋江入伙梁山之后，表面上尊崇晁盖，实际上拼命地树立自己的势力和威望，逼得晁盖不得不亲自出征攻打曾头市。等到晁盖中箭伤重致死，宋江接下头把交椅，立马就唱出"望天王降诏早招安"的腔调。这些故事中宋江又做出了不知多少副面孔。

我觉得，浔阳楼醉题反诗才透露出了宋江矫情、凶残的真实面孔："他年若得报冤仇，血染浔阳江口""他时若遂凌云志，敢笑黄巢不丈夫"。细究起来，在题反诗之前，宋江除了被清风寨刘知寨夫人指认为强人之外，并没有受过什么冤屈，与林冲受的冤屈相比，简直不能同日而语。我感觉，宋江的醉后题反诗透露出他的内心深处有一种无端的仇视社会的恶。几百年以来，宋江还一直被多数人尊崇为英雄人物，对中华民族来讲，真是一件可怕、可悲的事情。

《水浒传》中的女人

　　通篇《水浒传》主要是男人的戏码，女人只是陪衬，而且大多数女人都形象不堪。有方家论证，施耐庵可能在女人面前栽过大跟头，失去了自信，所以没有能力塑造出好的女人形象。

　　孙二娘和顾大嫂之流几乎可以不必列入女人行列。潘金莲、白秀英、潘巧云虽然都是貌美如花，遭遇也有令人同情之处，但终究还是有作恶行为的坏女人。细说风情的王婆堪称心理分析大师，但是为图私利唆使潘金莲毒杀武大郎，不得善终也符合情理。

　　最令我难以释怀的是一丈青扈三娘的命运。一丈青的容貌和武艺均属上乘，但是施耐庵赋予她的命运很差：被宋江私自做主许配给被她活捉过的手下败将矮脚虎王英，一家老小被黑旋风李逵杀个精光。她服服帖帖地听从了宋江别有用心的安排，很难令人信服。我感觉，这是施耐庵的一厢情愿。

　　我以为，《水浒传》中唯一有光彩的女性是李师师。她的容貌之美自不必说了，才华也非常出众。在第七十二回《柴进簪花入禁院　李逵元夜闹东京》里，李师师听到李逵也姓李，随口笑道"我倒不打紧，辱没了太白学士"。幸亏李逵粗鄙无文，理会不到师师的大幽默，否则难保这厮不会抡斧头砍人。第八十一回里，李师师再会燕青，两人天衣无缝一般地唱和诗词音乐，师师果断、直白地向燕青表达爱意，施耐庵无趣地描写她是"水性之人"，我倒觉得这是敢恨敢爱的可爱之处。

我认为，男人和女人互为镜子，情操和修为大多须由对待对方的方式来显现。

鲁智深、林冲等人之所以可爱、可敬，是因为他们也对女人好。鲁智深拳打镇关西、大闹桃花村都是因心有怜香惜玉的大慈悲而起。三山聚义重逢林冲问阿嫂，这些情节，一是体现鲁智深大慈大悲的情怀，也体现他对女性的怜惜、尊重。施耐庵没有让鲁智深去深爱一个女人，也让我耿耿于怀。林冲对妻子一往情深，更增添了英雄色彩。

宋江、李逵、武松之流之所以可恶，是因为他们也对女人不好。宋江为了显摆江湖义气，维持"及时雨"的虚名，将一丈青指配给污浊不堪的王英，更足见其龌龊、猥琐。

从《诗经》到乐府诗，再到杜甫、李商隐等人的诗里，有很多可爱、可敬的女性形象，到《水浒传》《三国演义》和《西游记》就罕有了。这是一种严重的退化。

花和尚的分寸感和学习能力

鲁智深在《水浒传》里第一次出手就把那店小二打得口中出血还掉了两颗门牙，随后就三拳打死了镇关西。镇关西虽有霸占流落无助的金家弱女子的恶行，但毕竟罪不至死，鲁智深本意也“只指望痛打这厮一顿，不想三拳真个打死了他”。后来每当提起此事，鲁智深都颇有悔意。此事也深深地影响了鲁智深。此后鲁智深每次出手都极有分寸，再无无端轻易伤人之事发生。

鲁智深第一次大闹五台山中夺酒的桥段就非常有趣：鲁智深见一汉子担酒上到他所在的亭子，欲买酒而遭拒，就上前“双手拿住扁担，只一脚，交当踢着”，那汉子半日起不得，等鲁智深“无移时，两桶酒吃了一桶”，“那汉子方才疼止”，挑了剩下的酒“飞也似的下山去了”。鲁智深这一脚拿捏得很有分寸。鲁智深两番大闹僧堂，都还只是轻伤众人，长老一呵即止。

鲁智深在桃花村暴打小霸王，也没有真正伤他，一阵热闹的厮打之后，小霸王还可以“托地跳在马背上……骑着搪马飞走”。

在相国寺，鲁智深面对一众泼皮闲汉的挑衅，也仅把其中两个冲在最前的可怜虫踢下粪窖。他还饶过了董超、薛霸这两个为虎作伥的恶人。

鲁智深身有千钧神力，胸有万丈豪气，所幸他心中还有大慈悲，神力豪气的施展、吐露丝毫不会伤及无辜。

鲁智深不但有大慈悲，还有大智慧，学习能力非同一般。鲁智深两番大闹五台山，智真长老都曾把他留在方丈室进行教育。鲁智深应是亲身耳闻目睹过长老说因缘。他在桃花村声称"洒家在五台山真长老处，学得说因缘，便是铁石人也劝得他转……"，可见他深知说因缘的妙处。说因缘应是一门极其高深的学问，讲人生的规律、人与人之间悲欢离合和生老病死的因果缘分。一般人难于窥其门径，而鲁智深在来到桃花村之时至少还是有所觉悟的。

第九十九回《鲁智深浙江坐化 宋公明衣锦还乡》里，鲁智深在杭州六和寺听到、看到钱塘江潮信的声音和景象，当即想起并且领悟了师父智真长老写给自己的偈言，坐化之前还写了一首颂子："平生不修善果，只爱杀人放火。忽地顿开金枷，这里扯断玉锁。咦！钱塘江上潮信来，今日方知我是我。""顿开金枷""扯断玉锁""知我是我"都是修行至高境界，我等凡人无法企及。

我曾经对施耐庵没有让鲁智深去深爱一个女人而耿耿于怀。我现在体会到，施耐庵还是有深意的，他是要鲁智深一直保持一种无牵无挂、无滞无碍的状态，这可能最近佛性。

《水浒传》中的两场吃酒

在《水浒传》里，好汉们相见、相处几乎没有不吃酒的情形，与下面这些戏码相关联的吃酒场景很提人精神：鲁提辖与史大郎初识结交，鲁智深两番大闹五台山、大闹桃花村、倒拔垂杨柳，武松过景阳冈打虎、醉打蒋门神。这些都暂且按下不表，我来说说另外两场吃酒。

第一场吃酒的主角是林冲。话说林冲风雪山神庙怒杀陆虞候、富安和差拨，在柴进庄上躲了几日之后，持柴进的推荐信去上梁山。林冲来到梁山脚下，"远远望见枕溪靠湖一个酒家，被雪漫漫压着"。林冲"奔入酒店里来，揭起芦帘，拂身入去"。酒保伺候林冲吃酒，席间林冲央求酒保觅船渡去梁山，遭婉拒。林冲又吃了几碗酒，止不住百感交集，悲从中来，"因感怀伤抱，问酒保借笔砚来，乘着一时酒兴，向那粉壁写下八句五言诗。写道：仗义是林冲，为人最朴忠。江湖驰闻望，慷慨聚英雄。身世悲浮梗，功名类转蓬。他年若得志，威震泰山东！"

第二场就是宋江浔阳楼醉题反诗的那场酒。宋江在江州城里闲逛，偶然发现了他早在郓城就耳闻过的浔阳楼。他在楼上看到了在郓城未曾见过的美景，吃到了未曾尝过的美酒美食。宋江"倚阑畅饮，不觉沉醉……酒涌上来，潸然泪下，临风触目，感恨伤怀"。于是，宋江乘着酒兴写下了那两首反词、反诗。

林冲是《水浒传》里素养、操守等各方面均属最优秀的职业军官，也是命运最为多舛的一位。林冲身处梁山脚下那家酒店之时，欲觅渡船而不得，进退无路，正是命运最为低落的时刻。最能体现真心的酒后题诗哀而不怨、感而无恨，这说明林冲的内心还是光明的，更加令人对林冲的命运扼腕痛惜，难以释怀。相较而言，宋江酒后题诗言志，欲效仿黄巢、超越黄巢，"他年若得报冤仇，血染浔阳江口"，如此仇视社会，真不知所为何来。正所谓："不应有恨，何事无端溢戾怨？"

说实在话，《水浒传》写吃酒还远不够优美、隽永，不足以令人反复咀嚼、欲罢不能。在我的阅读范围内，把饮酒写入仙境的是苏东坡，在他的前后《赤壁赋》、《临江仙·夜归临皋》和《西江月·顷在黄州》里，饮酒之中和之后的东坡已经不是凡人，简直如同天上的神仙。此是外话，不细表。

《水浒传》中的流氓

　　《水浒传》里流氓的戏份颇多。正式出场的第一个人物——高俅就是一个流氓。他既是一个引子，也是一条串联故事和人物的线索，作者给他的描述是："吹弹歌舞，刺枪使棒，相扑顽耍，颇能诗书词赋；若论仁义礼智，信行忠良，却是不会，只在东京城里城外帮闲。"高俅因与登基之前的宋徽宗投合，得到了传说之中的"暴发"，暴得太尉之高位。高俅仅有流氓之德才，且作恶多端，似乎未得什么恶报。

　　作者对宋徽宗的描述是："浮浪弟子门风，帮闲之事，无一般不晓，无一般不会，更无一般不喜。"分明也是流氓德性，更无丝毫皇家风范。

　　被鲁智深收服的东京大相国寺左近那一干"赌博不成才破落户泼皮"，也是典型的流氓。

　　最典型的流氓非"没毛大虫"牛二莫属。牛二的戏份一闪而过，但留下了深刻的印记。牛二"面目依稀似鬼，身材仿佛如人……专在街上撒泼行凶撞闹，连为几头官司，开封府也治他不下，以此满城人见那厮来都躲了"。牛二混到这分上还真不容易，自己肯定也付出了不小的代价。可惜他不知天高地厚，竟敢无端招惹职业军官青面兽杨志。

　　我认为，宋江、武松、以晁盖为首的劫生辰纲团队基本上也可以纳入流氓的行列。为了不引起不必要的争论，这里单说武松。武松在嫂子潘金莲面前讲究兄弟情义，显得义正辞严，道貌岸然，但是当他在十字坡调戏孙二娘，在快活林戏耍要蒋门神的娘子出柜台来陪他吃酒时，"浮浪子弟"的本色就暴露无遗了。如果蒋门神先于施恩认识武松，并且照样伺候，武松是否会帮助蒋门神醉打施恩也未有定数。武松的操守无法与鲁智深、林冲、史进、杨志他们相比。

有大方之家论证，自从刘邦打败项羽，在中国流氓就开始得势泛滥，贵族和贵族精神就开始没落、消失了。也有人极其景仰欧洲的贵族范式，觉得不引进贵族精神中国就无法正常发展。我倒觉得未必。流氓之为流氓，在于他们对于包括自己在内的任何人的生命价值、尊严、体面都可以蔑视和戏谑对待。只要能够充分尊重他人、自己，也就无所谓贵族和平民之分了。

温和善良的人们总是希望好人有好报，好人能掌权为民谋福利，可是历史中总是充斥着流氓，真是令人难过啊！刘伯温的《卖柑者言》流传近千年了，读起来朗朗上口，但是细究起来却令人苦涩不堪。

《水浒传》中的"局"

"局"者，"局骗"或者"骗局"是也，即设圈套骗人钱财、身体。《水浒传》中有若干个此类的"局"令人印象深刻。

第一个局就是高太尉设计陷害林冲。这个局挺长的，可以从高衙内偶遇林冲娘子算起，一直到林冲风雪山神庙怒杀陆虞候、富安和差拨为止。第二个局是晁盖团队黄泥冈劫生辰纲。第三个局是王婆西门庆合谋计诱潘金莲。第四个局是蒋门神为复仇勾结张都监陷害武松。第五个局是毛太公父子为谋虎陷害解家兄弟。第六个局是梁山团队为逼朱仝上梁山而拐杀小衙内，这是整个《水浒传》里最狠毒的局，梁山团队所有的正当性都因此而丧失殆尽。第七个局是宋江吴用诱骗逼迫卢俊义上梁山。

这些局有一个共同特点，就是在最初，设局者都可以得逞，但是越往后发展，局势往往就会超出设局者的控制范围，设局者反为局所困所害，聪明反被聪明误了。

在历史上、现实中，甚至就在我们的身边，经常会发生形形色色的局，总是有很多人不想把时间、精力放在如何勤劳致富上面，即致力于所谓的"生产性努力"，而是更喜欢把时间、精力放在如何算计别人、直接占有别人的劳动成果上面，即致力于所谓的"分配性努力"。

　　小时候，父母亲一直教导我们要做老实人，老实人终究不会吃亏。我认为，这是对的。人们总是更愿意相信老实人，愿意跟他们交往和交易，老实人确实能得到更多的机会。一个社会老实人多，社会交易、运行的成本会更低，发展机会会更多。

　　但是，有些人却更愿意让别人做老实人，自己来做一个投机者。"局"总是层出不穷。整个《水浒传》就是张天师纵容洪太尉私放一百零八个魔君而设的一个局。整个宋朝也肇始于"陈桥驿黄袍加身"和"杯酒释兵权"之类的局。二十四史里面更是"局"出不穷。可见国人对"局"之痴迷不悟。

生辰纲之二三事

生辰纲事件及其衍生故事，是整个《水浒传》故事体系的重要组成部分。我认为，其中有两件事特别值得说道说道。

一是梁中书、蔡太师对于生辰纲的采办、转运、收受和被劫之后的侦缉诸事项的高调。连续两年，为敬贺岳父大人蔡太师的生辰之喜，梁中书都用十万贯钱采买"玩器并金珠"，第二次的有十一担之多。头一年被劫了，第二年照样按同等规模继续搞。虽经第一年的被劫，第二年梁中书的转运预案是"着落大名府差十辆太平车子……上写着'贺献太师生辰纲'……"，这个方案被深知江湖险恶的杨志进言否决了。梁中书采纳了杨志的建议，由杨志带十一名厢禁军化装押运，动用的还是国家资源。等到生辰纲再次被劫，梁中书"随即便唤书吏写了文书，当时差人星夜来济州投下"。蔡太师得知之后，"随即押了一纸公文，着一府干亲赍了，星夜望济州来，着落府尹……"，这基本上是家事公办，公私不分，家国不分。至于那两个十万贯是什么收入，梁蔡均不关心。另外，第二年的生辰纲采买工作一开始，连刘唐、公孙胜之流的江湖人士都已广为知晓，可见梁蔡等人对保密工作并不重视。

二是晁盖团队对于劫生辰纲的正当性的自信。刘唐在向晁盖陈述时称："小弟想此不义之财，取而何碍！"也就是说，用抢劫这种本身并不正义的手段去夺取不义之财的行为是正义的。这种说法得到了参与此事的所有人的赞同。

用于采买生辰纲的两个十万贯钱是梁中书的腐败收入，这是众所周知的事实，当事人也毫不避讳，坦然待之。宋太祖通过"杯酒释兵权"之局所做的决定大宋王朝发展格局的制度安排，就是用腐败的特权换取高级将帅的忠诚和放弃兵权。腐败已经合法化了。最下层的狱卒收取的保护费都成了"人情""常例钱"。整个社会对腐败的容忍和接受程度相当高。不义之财正常化了。这仅仅是矛盾的一个方面。另一方面就是"不义之财，取而无碍"的观念。这是一对可能随时置国家、社会于死地、崩溃的矛盾。

恰当地定义自己国民的合法的财产权利，并且给以妥善保护，是一个现代的、成熟的国家或者民族的基本功。只有做到了这一点，才能实现长治久安，社会才能自我修复，才能相对比较健康地向前发展。

当一个人、一个团体可以恃势、恃力任意夺取他人的财产时，他们自己的财产同样也处于随时可能被夺取的状态。生辰纲之生与劫就是很好的例证。"替天行道"是一个响亮动人的口号，但是如果"天"和"道"可以被随意定义的话，这个"天"肯定会演变成暴君，"道"肯定会演变成暴戾的行为。小时候，看阿尔巴尼亚的电影《地下游击队》，里面有一个场景，游击队员在街头掏出手枪对着一个叛徒，一声断喝"我代表人民"，"砰"的一枪把他打死了。那时觉得很过瘾，现在觉得真可怕。

丹书铁券的传说和象征

在《水浒传》里，丹书铁券是一个有趣的传说和符号。所谓"传说"，就是它一直没有现过真身，只存于传说之中。所谓"符号"，就是它象征了某些观念、价值取向和行为模式。

丹书铁券第一次被提及是在第九回《柴进门招天下客　林冲棒打洪教头》中赞柴大官人豪华庄院的那首词里："堂悬敕额金牌，家有誓书铁券。"在第五十一回《插翅虎枷打白秀英　美髯公误失小衙内》里，柴进的自述简要地介绍了丹书铁券的来历和功效："小可平生专爱结识江湖上好汉，为是家间祖上有陈桥让位之功，先朝曾敕赐丹书铁券，但有做下不是的人，停藏在家，无人敢搜。"

《水浒传》对丹书铁券记载的内容没有交代。我们可以猜个大概：赵匡胤陈桥兵变，黄袍加身，柴家祖上无奈只得让出皇位给赵家。赵匡胤心中略有愧疚，于是相赠一份丹书铁券，允诺柴家在其治下可以世世代代免除死罪。

从某种意义上来说，这是赵柴两个家族之间的一个契约。到柴进时，它已经被执行一百多年了。从《水浒传》的故事可以推断出，赵家没有违约，但是柴进在违约——窝藏罪犯，与赵家朝廷作对。柴进还有一个更深远、阴险的图谋——夺回祖上失去的皇位。柴大官人仗义疏财，不计成本地结交天下豪杰。《水浒传》把他树成正面人物，多加褒奖、颂扬。我倒不这样认为。柴进不是好人。用太史公的话来说，"其志不在小"。他的心机不亚于宋江。但是当他身陷高唐州被救之后，就加入了梁山团队，并且兢兢业业地履职，身段倒是挺柔软的。

丹书铁券是一个畸形的契约，倒不是因为其中的权利义务不对等，而是因为这个契约交易的是第三方的利益。赵家绝不会允诺免除柴家谋反篡位的死罪，只会免除普通刑事犯罪时的死罪，实际上是给了柴家为非作歹、鱼肉乡里的特权。

丹书铁券就是"权谋"和"特权"最直接的象征。赵家之授是一种权谋之举，柴家之受和用是获得一种特权。

我觉得最值得讨论的是透过"丹书铁券"所体现的《水浒传》的作者、读者对赵匡胤的权谋、柴家的违约行为的肯定和赞赏，对特权的包容、钦羡和追求。

"丹书铁券"在汉朝就已经出现了。在《汉书·高帝纪》里可以找到这样一段记载："天下既定，命萧何次律令，韩信申军法，张苍定章程，叔孙通制礼仪，陆贾造《新语》。又与功臣剖符作誓，丹书铁契，金匮石室，藏之宗庙。"古代君王和功臣很喜欢玩这种授受丹书铁券的游戏。授者以此施与恩典，收买人心。受者既能获取含金量颇高的特权，又能获得光彩程度颇高的荣誉。双方各取所需，似乎皆大欢喜。但实际上这是一个对双方都很危险的游戏。

宋江与晁盖之间的交情和芥蒂

第十八回《美髯公智稳插翅虎　宋公明私放晁天王》中宋江第一次出场接待济州府缉捕使臣何涛时，听罢晁盖是劫生辰纲的主犯，"肚里寻思道：'晁盖是我心腹兄弟。他如今犯了迷天之罪，我不救他时，捕获将去，性命便休了。'"宋江稳住何涛，飞奔至晁盖庄上报信："哥哥不知，兄弟是心腹弟兄，我舍着条性命来救你……"晁盖对此事的评价是："亏杀这个兄弟，担着血海也似干系来报与我们！"

在第二十回《梁山泊义士尊晁盖　郓城县月夜走刘唐》里，劫生辰纲团队在梁山基本安顿下来之后，晁盖再与吴用道："俺们七兄弟的性命皆出于宋押司、朱都头两个。古人道：'知恩不报，非为人也……早晚将些金银，可使人亲到郓城县走一遭，此是第一件要紧的事务……'"这才引出月夜走刘唐、宋江遗失招文袋怒杀阎婆惜的故事。

可见当时宋江与晁盖之间的交情非常深厚。但是宋江因怒杀阎婆惜惹官司逃难时，起初并没有考虑将晁盖主持的梁山泊作为目的地，先是逃在柴大官人庄上，次是孔太公庄上，后是清风寨小李广花荣营中。等到宋江准备领着在清风山、对影山收服的兄弟、人马去投奔梁山泊入伙时，被其父宋太公传假消息给制止了。宋太公的主张是"怕你一时被人撺掇落草去了，做个不忠不孝的人""近闻朝廷册立皇太子，已降下一道赦书，应有民间犯了大罪，尽减一等科断"。

宋江刺配江州路过梁山泊时，特地交代负责押送的两个公人："山上有几个好汉，闻我的名字，怕他下山来夺我……只拣小路过去，宁可多走几里不妨。"晁盖"打听得宋江断配江州，只怕路上错了路道，教大小头领分付四路等候"，终究还是把宋江迎上了梁山。此番在梁山上，晁盖充分地表达了对宋江救命之恩的感激和敬意，力邀宋江留下入伙。宋江的说辞是"父亲明明训教宋江，小可不争随顺了哥哥，便是上逆天理，下违父教，做了不忠不孝的人在世，虽生何益"。

当晁盖一听说宋江因题反诗身陷江州死囚牢，"便要起请众头领，点了人马，下山去打江州，救取宋三郎上山"。吴用设计假传蔡太师书信救宋江不成，反把戴宗也陷将进去。情急之下，晁盖亲率众头领远赴江州劫法场救下宋江。

宋江再上梁山之际，晁宋之间曾上演了一出互让头把交椅的游戏。虽然最终格局是晁盖第一，宋江第二，但是宋江对自己的江湖地位还是相当地自信，宋江刚刚跳出江州的死亡陷阱，就在穆太公庄上违拗晁盖的劝阻执意要攻打无为军杀黄文炳报仇。宋江在晁盖面前指挥若定地调度人马，毫无滞碍。

宋江坐定梁山第二把交椅之后，连续实施了"三打祝家庄""攻打高唐州救柴进""大破连环马""三山聚义打青州""闹西岳华山"等重大军事行动，受降、接引了一大批英雄好汉上梁山入伙。新上梁山的好汉们只知道，也是只冲着山东及时雨呼保义宋江而去，根本没有把坐头把交椅的晁盖放在眼里。"山东及时雨"到此时显示出了令投资方颇为满意的品牌效应。

每次出征都是宋江直接调度、指挥。晁盖若提出要亲自出马，宋江必以"哥哥是山寨之主，如何使得轻动"之类的话来劝阻。以我的小人物心智去揣度，晁盖面对这种局面肯定是坐卧不宁。

当听到曾头市曾家五虎的挑衅言辞，晁盖再也无法忍受，决意要亲自出马一回。他回答宋江劝阻的话颇为悲壮、耐人寻味："不是我要夺你的功劳，你下山多遍了，厮杀劳困，我今替你走一遭。下次有事，却是贤弟去。"无奈晁天王命运不济，此次亲征中箭重伤而回。

晁天王伤重不治临终之际，嘱咐宋江："贤弟保重，若那个捉得射死我的，便叫他做梁山泊主。"此话将晁宋之间的芥蒂暴露无遗。在《水浒传》里，晁盖曾经多次力陈宋江对梁山早期团队的恩德，两次力主要将梁山泊头把交椅让与宋江。但是在"人之将死，其言也善"之际，晁明确表示不愿意将头把交椅交由宋江继承，因为晁盖深知宋江绝无活捉史文恭的能耐。

宋江再上梁山之后，晁宋两人之间相互对待的态度发生了重大的变化。这种变化主要是宋江的心机和面孔造成的。

在第十八回里写到宋江私放晁盖时，有一首诗赞他："有仁有义宋公明，结交豪强秉志诚。"宋江是整个《水浒传》的男一号，作者有把他作为正面、英雄人物来歌颂的倾向，期望通过宋江来彰显"忠、孝、仁、义、诚"之类的美德。但是实际上，作者通过对宋江的刻画，完全否定了自己的期望。宋江是否真正"忠孝"，是值得讨论的问题，暂且不论。宋江"不仁、不义、不诚"，还是比较显而易见的。

宋江是一个胸有大志的人，但是他的大志并没有什么特别高尚之处。在宋江所处的时代，普通男子欲得功名，出人头地，光宗耀祖，正途只有两个：一是通过科举考取功名；二是"指望把一身本事，边庭上一枪一刀，博个封妻荫子，也与祖宗争口气"。宋江虽然"刀笔精通，吏道纯熟，更兼爱习枪棒，学得武艺多般"，但是显然没有能力走这两条正途。于是他就琢磨着走旁门左道，曲线追求功名。宋江"仗义疏财"，不计成本"结交江湖上好汉"是他追求功名的手段，我揣度，他丝毫没有真诚地、平等地对待他结交的、仰慕他的弟兄、朋友们，而是毫不客气地把大家全部当作自己的进身之阶。

细品起来，宋江本人的品格、宋江与晁盖李逵之流的情义，非但没有令人赏心悦目的美感，反而因其虚伪而令人生厌。

梁山团队的旗号招牌

《论语·子路》里有一段话：

"名不正则言不顺，言不顺则事不成，事不成则礼乐不兴，礼乐不兴则刑罚不中，刑罚不中，则民无所措手足。故君子名之必可言也，言之必可行也。君子于其言，无所苟而已矣。"

咱中国人做事，讲究"名正言顺"。小事讲究"合乎情理"，大事业则必须具备合法性、正当性。这也是放之四海而皆准的道理。

梁山泊的好汉们最初虽然属于"啸聚山林、落草为寇"，在讲究"名正言顺""理直气壮"方面也有一定的自觉性，但是，梁山团队毕竟粗鄙少文，在如何"正名""顺言"方面几乎无所作为，从未正式地用书面方式全面、系统地对外阐述自己的宗旨、章程。我认为，唯一能作为梁山泊对外宣示其宗旨、旗号招牌的文字性表述就是写在那杏黄旗之上的四个大字"替天行道"。

立起"替天行道"杏黄旗之时，也是梁山泊最为鼎盛之际。梁山团队实质上是朝廷官军之外的另一武装集团，团队里的其他成员可以随遇而安，今朝有酒今朝醉。作为在团队里坐头把交椅的宋江就必须思考山寨的前程。宋江一路下来通过感召、动员、劝降、逼迫等手段聚集了一大批英雄好汉，他也有义务替他们考虑个人的前程出路。我来替宋江盘算一下，大概有三种选择：第一，满足于"啸聚山林、落草为寇"的状态，得过且过；第二，如李逵那厮所言"杀去东京，夺了鸟位，在那里快活"；第三，受招安，进入体制内。

宋江是一个胸有大志的人，绝不会满足于第一种选择。宋江是否认真考虑过第二种选择？以我小人物的心智去揣度，在夜深人静时宋江可能还是认真考虑过，但是经过再三掂量，觉得可行性太低而自觉地放弃了，否则在还道村遇见九天玄女受天书时肯定可以学到如何当皇帝的帝王之术。宋江谨慎地选择了第三种出路。

虽然宋江选择了"替天行道"的旗号，但他毕竟是一个"鄙猥小吏，无学无能"，没有能力对"替天行道"作进一步的阐述。依我看来，"替天行道"只是一面悬挂在空中的旗号，既不是梁山团队的真实追求，更不是宋江本人的真实追求。不顾一切，踩着别人的躯体和灵魂往上爬，大概才是宋江的真实追求。

为什么"替天行道"会被宋江选为旗号呢？我的理解是，就是因为没有人对何为"天"、何为"道"、何为"替"进行严格的定义，"替天行道"本身是模糊不清的，可以任意解释、运用。

美国著名的汉学家孔飞力在《叫魂：1786 年中国妖术大恐慌》中有这样一段表述："一旦官府认真发起对妖术的清剿，普通人就有了很好的机会来清算宿怨或谋取私利。这是扔在大街上的上了膛的武器，每个人 —— 无论恶棍或良善 —— 都可以取而用之。在这个权力对普通民众来说向来稀缺的社会里，以'叫魂'罪名来恶意中伤他人成了普通人的一种突然可得的权力。"

有大方之家表示，咱们中国既没有真正的哲学，也没有真正的宗教，有的只是一些人生经验的积累。我的学识有限，不能参与这个命题的辨析、争论。我想表达这样一层意思：如果我们的哲学、宗教能够对何为"天"、何为"道"、何为"替"等问题作出严格的、被普遍接受的定义，那么就可以把一些危险的武器收纳到武器库里管好，免得"替天行道"这样一些似是而非、貌似高尚的旗号被一些别有用心的人任意耍弄。

《水浒传》中三场典型官司的六个看点

人物之间的冲突、纠纷引发官司，是《水浒传》故事的重要组成部分，有很多值得闲话的素材。这里选取三场典型官司来说道说道：林冲误闯白虎节堂受陷害引发的官司；武松为报兄仇杀潘金莲西门庆引发的官司；卢俊义中梁山泊计策身陷大名府引发的官司。

林冲误闯白虎节堂受陷害引发的官司有三个看点。第一个看点是，高衙内两番欲霸占林冲娘子，皆因林冲及时制止败兴而归，竟至于得病而昏昏欲死。高衙内的帮闲陆虞候和富安的计较是："若要衙内病好，只除教太尉知道，害了林冲性命，方能勾得他老婆和衙内在一处，这病便好。"而高太尉则欣然采纳了陆虞候的计策。

第二个看点是，林冲被押解到开封府之后，"林冲家里自来送饭，一面使钱。林冲的丈人张教头亦来买上告下，使用钱帛"。

第三个看点是，开封府当案孔目孙定在开封府府尹面前的一番陈述："这南衙开封府不是朝廷的，是高太尉家的？""谁不知高太尉当权，倚势豪强，更兼他府里无般不做，但有人小小触犯，便发来开封府，要杀便杀，要剐便剐，却不是他家官府？"开封府府尹"也知这件事了，自去高太尉面前，再三禀说林冲口词。高俅情知理短，又碍府尹，只得准了"。

武松为报兄仇杀潘金莲西门庆引发的官司有两个看点。第一个看点是，武松从何九叔和郓哥处查清了其兄被害致死的主要事实，携二人寻知县告状。此时的武松期望依法寻求公力救济，对国家司法体制的公信力还保持足够的信任。但是，知县以及与之商议的县吏"都是与西门庆有首尾的"，"西门庆得知，却使心腹人来县里许官吏银两"。知县轻易地驳回了武松的请求，一举抹去了武松的信任，打开了武松一路行凶使恶的门窗。

第二个看点是，当武松斗杀西门庆完成复仇并投案之后，"县官念武松是个义烈汉，又想他上京去了这一遭，一心要周全他，又寻思他的好处，便唤该吏商议道：'念武松那厮是个有义的汉子，把这人们的招状从新做过，改作……'"。东平府陈府尹"哀怜武松是一个有义的烈汉，如常差人看觑他，因此节级牢子都不要他一文钱，倒把酒食与他吃。陈府尹把这招稿卷宗都改得轻了，申去省院详审议罪……"。

卢俊义中梁山泊计策身陷大名府引发的官司的看点是张孔目、蔡福、蔡庆这一干基层司法机关工作人员在李固和梁山泊同时进行贿赂时的面目和作为。卢俊义甫一被捕，因"李固上下都使了钱"，"张孔目厅上禀说道：'这个顽皮赖骨，不打如何肯招！'"，"张孔目当下取了招状，讨一面一百斤死囚枷钉了，押去大牢监禁"。

接下来的故事更加紧凑、高潮迭起。当蔡福听完李固"今夜晚间，只要光前绝后。无甚孝顺，五十两蒜条金在此，送与节级。厅上官吏，小人自去打点"的陈述，只经加价一个回合之后，就开出了底价并成交："北京有名怎地一个卢员外，只直得这一百两金子？你若要我倒地，不是我诈你，只把五百两金子与我！"

随即梁山泊反方向把价码抬高到一千两黄金，蔡福因此"摆拨不下"，倒是其弟蔡庆更加明了其中的利益关系："既然有一千两金子在此，我和你替他上下使用。梁中书、张孔目都是好利之徒，接了贿赂，必然周全卢俊义性命。葫芦提配将出去，救的救不了，自有他梁山泊好汉，俺们干的事便了也。"最终还是由张孔目手段娴熟地给大家解了套——"张孔目已得了金子，只管把文案拖延了日期……张孔目将了文案来禀，梁中书道：'这事如何决断？'张孔目道：'小吏看来，卢俊义虽有原告，却无实迹……脊杖四十，刺配三千里……'梁中书道：'孔目见得极明，正与下官相合。'"

透过这六个看点，我们看到的是无穷的丑恶和黑暗，直看得心头和脊背一阵阵的寒意。

在这三场官司里，有一个共同的现象——使钱。在官司的运行过程中，被告和原告、加害者和受害者往往都要使钱。

我认为，"使钱"只是一个现象，不值得特别挖掘，另有两个话题才值得深深地细说：一是某些故事情节的主人公对他人"生命"或者"生命价值"的理解、判断和选择，二是故事所透露出来的作者、相关人物对于"公平、正义"的理解，以及见诸日常行为的操守规则。

陆虞候、富安、老都管和高太尉为了帮任性、低能的高衙内实现霸占林冲娘子的邪恶目标，非常简易、轻松地作出了"害了林冲性命"的抉择。西门庆、潘金莲为了"长做夫妻"，"欲求生快活，须下死工夫"，与贪图贿赂的王婆合谋定下鸩杀武大郎的毒计。李固为了占有卢俊义的偌大家产和妻子贾氏，不择手段地欲置卢俊义于死地。

不管是出于"显意识"还是"潜意识"，也不管有没有经过认真、仔细盘算，这些故事情节的主人公都无视他们意欲剥夺的生命的价值和尊严，在作出抉择的时候，他们的心灵被邪恶占领了。

《论语·乡党》中有一段话："厩焚，子退朝曰：'伤人乎？'不问马。"咱们中国人有尊重、珍惜人的生命的传统。但在"利"和"欲"的诱惑面前，每个人面临的考验几乎是一样的，都有滑向恶的可能。文明、教化的力量教人止恶向善。

英国哲学家培根曾说过："一次不公正的审判，其恶果甚至超过十次犯罪。因为犯罪虽是无视法律——好比污染了水流，而不公正的审判则毁坏法律——好比污染了水源。"

我认为，如果用"司法不公、司法公信力不高问题十分突出，一些司法人员作风不正、办案不廉，办金钱案、关系案、人情案，吃了原告吃被告"这些话来评论《水浒传》中的这三场官司，也是非常恰当的。这三场官司一概全无"公正的审判"，没有一个审判者重视了案件的事实，几乎所有的主体都只追求当前博弈的即期利益最大化，对于公平、正义没有丝毫兴趣。当然，当时的文明、教化也确实令他们没有时间和空间去追求这些虚无缥缈的东西。

"法律的权威源自人民的内心拥护和真诚信仰。"建立人民对于法律的"内心拥护和真诚信仰"，这条路是多么漫长、艰难啊！

《水浒传》中的衙内故事模式

《辞源》对"衙内"一词的解释是：（一）唐代的禁卫官。（二）唐末宋初，藩镇相沿以亲子弟领衙内之职……世俗相沿，遂呼贵家子弟为衙内。

《水浒传》中有两位典型的衙内：一是高俅高太尉螟蛉之子高衙内，二是高唐州知府高廉之妻舅殷天锡。

作者是这样描述高衙内的："那厮在东京倚势豪强，专一爱淫垢人家妻女。京师人惧怕他权势，谁与他争口，叫他做花花太岁。"高衙内为了霸占林冲的妻子，让林冲家破人亡，最终被逼上梁山。

《水浒传》通过柴皇城继室的话来开始讲述殷天锡的故事："那厮年纪却小，又倚仗他姐夫的权势，在此间横行害人。有那等献勤的卖科，对他说我家宅后有个花园水亭，盖造的好。那厮带将许多诈奸不及的三二十人，径入家里，来宅子后看了，便要发遣我们出去，他要来住……"

概括起来，衙内故事模式有以下几类主体：第一类当然是衙内本人，第二类是衙内所倚仗的对象，第三类是衙内所侵害的对象及其代理人。本来还应该有第四类主体即侵权纠纷的仲裁者，不幸的是《水浒传》中没有这类主体。

　　此类纨绔子弟为非作歹、祸害良善的故事实在是不绝如缕，已经形成一个比较固定的模式。这种模式令那些最善于讲故事的文学大师都难免要出现"讲述疲劳"，很难发掘出新的故事样式。

　　我感觉，衙内如何为非作歹、祸害良善的故事已经没有什么可值得闲话的价值了。这里，我来闲话以下话题。

　　衙内所倚仗的对象为什么能够并且愿意纵容衙内为非作歹、祸害良善？

　　先说"为什么能够"。第二回《王教头私走延安府　九纹龙大闹史家村》里有下面一段："高俅自此遭际端王，每日跟着，寸步不离……文武百官商议，册立端王为天子，立帝号曰徽宗……忽一日，与高俅道：'朕欲要抬举你，但有边功，方可升迁。先教枢密院与你入名，只是做随驾迁转的人。'后来没半年之间，直抬举高俅做到殿帅府太尉职事。"

　　第七回《花和尚倒拔垂杨柳　豹子头误入白虎堂》中林冲在向鲁智深辩解为什么不敢即时出手教训高衙内时说："原来是本官高太尉的衙内，不认得荆妇，时间无礼。林冲本待要痛打那厮一顿，太尉面上须不好看。自古道：不怕官，就怕管。林冲不合吃着他的请受，权且让他这一次。"

　　我抄录这两段，是要引出两个概念：权力私有和权力溢出。

　　宋徽宗将"殿帅府太尉"之职非常随意地私相授受给既毫无行政管理经验，更无军事才能和经验的高俅，实在是太"任性"了。如果要问他为什么要这样做，答案可能只有因为他能这样做。这就是权力私有和权力溢出的效果。高太尉纵容高衙内、高廉纵容殷天锡，正是宋徽宗行为模式的延伸。

　　再说"为什么愿意"。《史记·项羽本纪》里有下面一段："项羽引兵西屠咸阳，杀秦降王子婴，烧秦宫室，火三月不灭，收其货宝妇女而东。人或说项王曰：'关中阻山河四塞，地肥饶，可都以霸。'项王见秦宫室皆以烧残破，又心怀思欲东归，曰：'富贵不归故乡，如衣绣夜行，谁知之者！'说者曰：'人言楚人沐猴而冠耳，果然。'项王闻之，烹说者。"我觉得，这种"沐猴而冠"的"富贵不归故乡，如衣绣夜行"的行为模式就是高太尉纵容高衙内、高廉纵容殷天锡的心理基础。在绝大多数情况下，传统的中国男性若要获得任何一种形式的成功，得到家族、宗族和乡土势力的支持是必备的要素之一。在获得成功之后，如果不给家族、宗族和乡土势力适当的回馈，成功将会失去正当性，如果不在家族、宗族和乡土势力面前炫耀一下，成功者的心理也很难找到平衡。

为什么衙内所侵害的对象及其代理人无法反抗，为什么没有第三方出面裁决？我感觉，这表面上可以是一个独立的问题，但是答案已经包含在前面"为什么能够"问题里了。

仔细想来，鲁智深和李逵也许可以算作衙内故事模式中的第四类主体。他们代表的是"权力对普通民众来说向来稀缺的社会里"，社会底层在缺乏合法维权手段、所受侵权得不到合法救济情况下为寻求自我救济而产生的暴力倾向。

在这种衙内故事模式里，第一层的伤害是衙内本人及其所倚仗的对象，给其所侵害的对象及其代理人所造成的人身和财产的伤害；第二层伤害是受侵害者得不到合法救济，原本的良善之辈被逼成为李逵这样的暴戾之徒，进而造成对社会的伤害。

快活林酒店三度易手的生命代价

　　对于敢在刀头上舐血的人来说，快活林酒店简直是太有吸引力了。有金眼彪施恩的陈述为证："小弟此间东门外有一座市井，地名唤作快活林。但是山东、河北客商们，都来那里做买卖，有百十处大客店，三二十处赌坊、兑坊。往常时，小弟一者倚仗随身本事，二者捉着营里有八九十个弃命囚徒，去那里开了一个酒肉店，都分与众店家和赌坊、兑坊里。但有过路妓女之人，到那里来时，先要来参见小弟，然后许他去趁食。那许多去处每朝每日都有闲钱，月终也有三二百两银子寻觅，如此赚钱。"

　　在《水浒传》第二十九回至第三十一回有限的叙述里面，快活林酒店非常紧凑地完成了三次易手。这三次易手都不是正常的交易。虽然我不是法学专业出身，但是我大致了解一个正常的交易必须满足"主体适格、意思表达自由、意思表达真实、意思表达一致"的要件。这三次易手毫不理会这些要件，还跳过了蒙骗、欺诈、胁迫的环节，直奔暴力、血腥而去，"一点儿技术含量都没有"。快活林的三度易手付出了非常惨重的生命代价。

　　第一次易手见施恩的陈述："近来被这本营内张团练，新从东潞州来，带一人到此。那厮姓蒋名忠，有九尺来长身材，因此，江湖上起他一个诨名，叫做蒋门神。那厮不说长大，原来有一身好本事，使得好枪棒，拽拳飞腿，相扑为最。自夸大言道：'三年上泰山争跤，不曾有对；普天之下，没我一般的！'因此来夺小弟的道路。小弟不肯让他，吃那厮一顿拳脚打了，两个月起不得床。前日兄长来时，兀自包着头，兜着手，直到如今，伤痕未消。本待要起人去和他厮打，他却有张团练那一班正军，若是闹将起来，和营中先自折理。"这一次易手至少使施恩一人受伤。

第二次易手就是千百年来被传为佳话、脍炙人口的"武松醉打蒋门神"。此番武松把蒋门神打得"脸青嘴肿，脖子歪在半边，额角头流出鲜血来"，还把蒋门神的小妾和三个酒保丢在酒缸里，两个酒保被打得"在地上爬不动"。《水浒传》有一小段话，描述施恩复得快活林酒店之后的状态："自此，施恩的买卖比往常加增了三五分利息，各店家并各赌坊、兑坊，加倍送闲钱与施恩"，颇意味深长。

第三次易手发生在武松被张都监设局陷害落入死囚牢之后 —— 武松自然被打伤，也可见施恩的陈述："半月之前，小弟正在快活林店里，只见蒋门神那厮又领着一伙军汉到来厮打。小弟被他又痛打一顿，也要小弟央浼人陪话，却被他仍复夺了店面，依旧交还了许多家火什物。"施恩被打成"又包着头，络着手臂"。此番易手直接或者间接导致了"武松大闹飞云浦"和"张都监血溅鸳鸯楼"。孟州知府就此案得到的禀复是："先从马院里入来，就杀了养马的后槽一人……次到厨房里，灶下杀死两个丫鬟，后门遗下行凶缺刀一把。楼上杀死张都监一员并亲随二人，外有请到客官张团练与蒋门神二人。白粉壁上，衣襟蘸血，大写八字道：'杀人者，打虎武松也！'楼下搠死夫人一口，在外搠死玉兰并奶娘二口，儿女三口。共计杀死男女一十五名……"次日，飞云浦地里保正人等告称："杀死四人在浦内……"

至此，孟州府里分别以施恩和蒋门神为召集人的两个暴力团伙，为了争夺从快活林酒店获利的机会，共计造成十九人死亡，至少十人次受伤。

掩卷沉思，不禁抚膺叹息。

如果用普通人的道德尺度来衡量，施恩的所作所为与蒋门神相比较，基本上属于"五十步与百步"之分，两个团伙之间的争斗可谓是"黑吃黑"。武松醉打蒋门神，除了表现武艺精湛之外，没有丝毫多余的价值，绝无"正义战胜邪恶"的崇高、伟大。武松初到孟州牢城，就被施恩一阵好吃好喝地伺候给收买了，细究起来，武松的品格属于低下、轻贱之列，毫无高尚、贵重、可令人赞赏之处。但是，在《水浒传》原著和各种改编，以及民间传说里，"武松醉打蒋门神"被普遍传颂为"义、勇"之举。

武松在受到陷害之后，为了报仇泄愤，一日之内连杀十九人，其中十一人是与陷害行为无关的无辜者，武松在行为终了之时随口说了一句"我方才心满意足"。施耐庵还为此配了一首诗："都监贪婪甚可羞，谩施奸计结深仇。岂知天道能昭鉴，溃血横尸满画楼。"施耐庵轻松地把武松连杀十九人的责任全部归结到张都监一个人身上，并且赞之为"天道昭鉴"。在武松本人身上体现的残暴、血腥，还有施耐庵所代表的、所要传播的价值标准，都令人毛骨悚然。

施恩、蒋门神为了争夺快活林酒店的获利机会，分别动用可以动用的国家暴力资源，结成黑社会性质的暴力团伙，无所不用其极，在商业竞争、行政管理、军事管理等相关各个方面都抛弃了最基本的道德、伦理底线，把小小的一个酒店的交易成本抬高到几乎无限大的程度。但是，快活林酒店所带来的财富，对于以施恩和蒋门神为召集人的两个暴力团伙来说，都是"水面泡沫的短暂光亮"，不仅把自己引上毁灭之路，还捎上了众多无辜者作为陪葬。

高俅的煊赫与王进的遁隐

如果用辩证唯物主义和历史唯物主义的方法来进行分析，《水浒传》里高俅与王进、林冲、杨志等人的冲突是一对典型的矛盾。这对矛盾——佞幸之臣与贤良之臣之间的矛盾——虽然是统治阶级内部的矛盾，相对于统治阶级与被统治阶级之间的主要矛盾来说，是一对次要矛盾，但是，这对矛盾的发展、激化是导致大宋王朝覆灭的决定性因素之一。

这里我选取高俅与王进的冲突来进行分析。

按照司马迁在《佞幸列传》中确立的标准，高俅是标准的佞幸之臣。高俅在发迹之前是一个屈居社会最底层的流氓，只因一球而与日后成为宋徽宗的端王赵佶投合，巧获飞黄腾达的机缘，以流氓之材一日之间成为"一人之下，万人之上"的殿帅府太尉。此事可以从正反两个方面来理解。从积极的正面来理解，自古以来中国的社会阶层不是凝固的，底层与上层之间一直都有流动的渠道。从消极的负面来理解，处于中国社会金字塔顶端的皇帝和重臣也可以由富于流氓品性的人来充当。在第二回《王教头私走延安府 九纹龙大闹史家村》里，施耐庵对赵佶的评价是"这浮浪子弟门风，帮闲之事，无一般不晓，无一般不会，更无一般不爱"。

非常不幸，在暴得大位、富贵之后，高俅把隐藏在内心深处的人性之恶毫无保留地展现出来了。施耐庵通过一个小小的开封府孔目之口道出高俅之恶："谁不知高太尉当权，倚势豪强，更兼他府里无般不做，但有人小小触犯，便发来开封府，要杀便杀，要剐便剐，却不是他家官府？"

在第二回《王教头私走延安府　九纹龙大闹史家村》里，高俅对王进的迫害并不是一时性起，而是蓄谋已久。第八十回《张顺凿漏海鳅船　宋江三败高太尉》说明两个问题：一是高俅久居殿帅府太尉之位，也没有学到什么军事才能，以至于统领着正规军的精兵强将而三败于押司出身的宋江统领的山寨乌合之众；二是以败将之身在梁山泊酒醉失态竟然与燕青比赛相扑，依然是一副流氓品相。即便如此，到《水浒传》终了，也是高俅等人使奸计把宋江、卢俊义一干人等逐个害死。高俅在徽宗皇帝面前的恩宠丝毫未减，煊赫始终。

王进是一个具有良好素养的职业军官，不幸因其父与高俅的一棒之怨而无端断送了职业生涯。王进与高俅一面之晤，便定下携母出逃、遁隐之计，避免了家破人亡之祸，表明其见识要高出林冲一筹。王进指挥若定地差使两个牌军，从容离去。我据此揣度，王进应该至少有指挥一场中等规模战斗或战役的才能。王进在史家村有礼有节的举止，充分体现了品行、修为的高洁。第六回《九纹龙剪径赤松林　鲁智深火烧瓦罐寺》借史进之口道出了王进的彻底遁隐。王进的遁隐令我惆怅不已，难以释怀。

虽然惆怅不已，难以释怀，但还是必须承认施耐庵的这种安排是合理的、巧妙的。这对佞幸与贤良之间的矛盾在中国有记载的历史的各个层面——从庙堂到江湖、从帝王的繁华后宫到草民的糟糠之家——年复一年、日复一日地热演着。佞幸与贤能之间的冲突、斗争往往是以前者的胜利而告终。申公豹、妲己与比干，上官大夫、令尹子兰与屈原，李林甫与杜甫，秦桧与岳飞，野史、信史里的这些例子不胜枚举。

残酷的历史与现实迫使心怀朴素、善良愿望的人们必须痛苦、无奈地去思考以下问题：为什么那些心思邪恶、没有真才实学的佞幸之臣能够压制、欺凌、毁灭那些品德高尚、才华出众的贤良之臣？为什么那些品质高贵、才华出众的圣贤反而命运多舛，饱受磨难？庄子在《盗跖》篇里、司马迁在《伯夷叔齐列传》篇里代表我们进行了深入的探索，但是也没有给出令人心悦诚服的答案。

我认为，寻找这个问题的答案应该把目光从佞幸贤良身上移开，转而盯向站在他们身后的君王。首先是君王主动选择佞幸，其次才是佞幸投靠君王。君王决定了佞幸贤良之争的胜负。佞幸之臣的权力来源于君王，佞幸之臣往往是借君王之名而作恶，君王有力止恶而不为，甚至是助恶为虐。

《水浒传》第一百回《宋公明神聚蓼儿洼　徽宗帝梦游梁山泊》中有一句话："至今徽宗天子，至圣至明，不期致被奸臣当道，谗佞专权，屈害忠良，深可悯念。"作者的这句话明显是言不由衷的、伪善的，与第二回里的评价是矛盾的。蔡京、童贯、高俅、杨戬四人之所以能够"奸臣当道，谗佞专权，屈害忠良"，其根源在宋徽宗。

实际上在正史、野史里，宋徽宗都不是一个好皇帝，史家和民间舆论都把导致北宋王朝灭亡的"靖康之耻"的主要责任归到他的身上。宋徽宗虽然不是一个好皇帝，但是他作为一个伟大艺术家的地位得到了广泛认可，他的瘦金体书法和花鸟画是中国书画艺术史上一绝。

此番闲话到此，就要将话锋矛头指向中国历史悠久的皇帝制度。千百年来，国人对"圣君""明君"求之若渴，但是职业素养好的皇帝实在凤毛麟角，庸君、昏君、暴君层出不穷。相较而言，宋徽宗算是不错的了，更奇葩的木匠皇帝、屠夫皇帝主要出在明朝。

如果说中国的皇帝制度被历史证明是有严重缺陷的制度，问题的关键不在于为什么大多数皇帝是昏庸、暴虐的，而在于以下两个方面：一是为什么会让那些昏庸、暴虐的人当上皇帝？二是皇帝们为什么总是宠幸那些明显成事不足败事有余的佞幸之臣？

《礼记·礼运》描绘了"大同世界"的伟大、崇高的理想："大道之行也，天下为公，选贤与能，讲信修睦……是故谋闭而不兴，盗窃乱贼而不作，故外户而不闭，是谓大同。"

"大同世界"如果仅仅作为伟大、崇高的理想，那是美好的，如果把它当作制度设计的前提，那就一点儿都不美好了。非常不幸的是，封建社会的中国人这么做了，而且几乎一直这么做：制度设计缺乏对人性恶，特别是统治者的恶的防范和制约。思想家、理论家和制度设计的操盘手们几乎都一直在逃避这个问题。

俗话说："不怕流氓人品差，就怕流氓有文化。"还可以加上一句"最怕流氓权力大"。防止或扭转"流氓权力化""权力流氓化"应该是始终必须认真对待的重大课题。

洪太尉误走妖魔的玄机

初读《水浒传》时，觉得第一回《张天师祈禳瘟疫 洪太尉误走妖魔》是一个闲笔，除了作为"引子"把一百单八将接引出来之外，并无其他深意。如今稍微读得仔细一些，发现施耐庵安排这一出，还是颇有玄机的。

玄机之一：洪太尉身为负有重大使命的中央一级领导干部，在对待使命的态度方面，相较于汉代的张骞、苏武、班超等同样负有重大使命且行政级别更低的人，反而更加懈怠，毫无使命感可言。

何以见得？我这里抄录《水浒传》的两段原文："这洪太尉独自一个行了一回，盘坡转径，揽葛攀藤。约莫走过了数个山头，三二里多路，看看脚酸腿软，正走不动，口里不说，肚里踌躇，心中想道：'我是朝廷贵官，在京师时，重裀而卧，列鼎而食，尚兀自倦怠，何曾穿草鞋，走这般山路！知他天师在那里，却教下官受这般苦！'又行不到三五十步，掇着肩气喘。""太尉寻思道：'这小的如何尽知此事？想是天师分付他，已定是了。'欲待再上山去，方才惊唬的苦，争些儿送了性命，不如下山去罢。太尉拿着提炉，再寻旧路，奔下山来。"这洪太尉分明是只识得在京城里养尊处优，山行"三二里多路"就叫苦不迭，坚持不住，实在心不诚、志不坚，与张骞、苏武、班超等人相比真的是云泥之别。

莫非施耐庵在暗示：从汉代到宋代，政府领导干部，特别是高级干部的素质发生了严重退化。

玄机之二：张天师作为一位在大宋王国社会各界享有崇高声誉的宗教领袖，本人及其门徒在皇帝及其使臣面前，进而言之，在互为表里的皇权和官权面前，并没有太多的尊严和体面。

张天师虽然法力无边，云里来、雾里去，不必亲至龙椅跟前向着仁宗皇帝行君臣之礼，但是仁宗皇帝一纸诏书召之即来，君臣之分已是定了。

更令张天师及其门徒失去尊严和体面的是洪太尉在天师府里的言行。"当下上自住持真人，下及道童侍从，前迎后引，接至三清殿上，请将诏书居中供养着……当时将丹诏供养在三清殿上，与众官都到方丈。太尉居中坐下，执事人等献茶，就进斋供，水陆俱备。斋罢，太尉再问真人道：'既然天师在山顶庵中，何不着人请将下来相见，开宣丹诏。'"当天师府真人力劝洪太尉切勿打开"伏魔之殿"的大门，"太尉笑道：'胡说！你等要妄生怪事，煽惑良民，故意安排这等去处，假称锁镇魔王，显耀你们道术。我读一鉴之书，何曾见锁魔之法！神鬼之道，处隔幽冥，我不信有魔王在内。快与我打开，我看魔王如何！'真人三回五次禀说：'此殿开不得，恐惹利害，有伤于人。'太尉大怒，指着道众说道：'你等不开与我看，回到朝廷，先奏你们众道士阻当宣诏，违别圣旨，不令我见天师的罪犯；后奏你等私设此殿，假称锁镇魔王，煽惑军民百姓。把你都追了度牒，刺配远恶军州受苦。'"当真人力谏不要掘开镇魔石碑，太尉又是大怒，"喝道：'你等道众，省得甚么？碑上分明凿着遇我教开，你如何阻当？快与我唤人来开。'"

洪太尉在天师府简直是恣意妄为，毫无恭敬、戒惧之心。洪太尉的底气应该是来自当时的法律制度：皇权及其派生的官权至高无上，通吃一切，宗教是召之即来挥之即去的工具。

我们的先贤们殚精竭虑动了几千年的脑筋，一直没有处理好政权与宗教的关系，把本来属于精神领域的宗教庸俗化成为祈福禳灾的世俗工具，把本来属于世俗领域的政权神化为不可挑战的神。整个搞颠倒了，所以一直走不出治乱循环的轮回。

玄机之三：我曾经说过，"洪太尉误走妖魔"实际上是历代天师和大宋皇帝合伙设的一个局，洪太尉只是那位喊倒计时和摁下发射按钮的人。

真人如此道出伏魔之殿的来历："此是老祖大唐洞玄国师封锁魔王在此。但是经传一代天师，亲手便添一道封皮，使其子子孙孙，不得妄开。走了魔君，非常利害。今经八九代祖师，誓不敢开。锁用铜汁灌铸，谁知里面的事？小道自来住持本宫三十余年，也只听闻。"

洪太尉得以成功地"误走妖魔"的契机是"太尉教从人取十数个火把点着，将来打一照时，四边并无一物，只中央一个石碑，约高五六尺，下面石龟趺坐，大半陷在泥里。照那碑碣上时，前面都是龙章凤篆，天书符箓，人皆不识。照那碑后时，却有四个真字大书，凿着'遇洪而开'"。

施耐庵的解释是："却不是一来天罡星合当出世，二来宋朝必显忠良，三来凑巧遇着洪信，岂不是天数？"

这个解释显然是牵强附会、苍白无力的。历代天师法力高强，既能伏魔降妖，也能预知未来。在碑后留下人人能识的"遇洪而开"真书大字，其用意自然人人皆知。仁宗皇帝选洪信做钦差使臣，看似随意，其中自有奥秘，否则，以张天师的法力，虽然当时他老人家远在东京，要出手制止洪太尉的妄为也是举手之劳。

如果用阶级分析的方法来表述的话，可以这样子讲：所谓的"妖魔"（造反者、革命者或者推翻反动统治的力量）实际上是统治者自己培养和放纵的。"洪太尉误走妖魔"实际上用曲折委婉的春秋笔法点了"逼上梁山"这个主题。

三个牢城故事隐藏的大蹊跷

这三个牢城分别是刺配林冲、武松和宋江的沧州、孟州和江州牢城。在牢城活动期间，林冲、武松和宋江分别实施了"林教头风雪山神庙""武松醉打蒋门神""浔阳楼宋江题反诗"三个重大行动，它们是整个《水浒传》故事体系里的"眼"。我这里不关注这些宏大叙事，我来分析一些小细节，说一说小细节里隐藏的大蹊跷。

蹊跷之一："杀威棒"制度是明规则还是潜规则？林冲、武松和宋江初到牢城时遇到的第一个重大考验就是"杀威棒"。第九回、二十八回、三十七回以基本相同的方式推出"杀威棒"，管营大人在点视厅上喝道："新到犯人，太祖武德皇帝留下旧制，新入配军须吃一百杀威棒。左右，与我驮起来。"

按照现代的法律，无论是行政处罚还是刑事判决，都有三个要素应当告知当事人：事实、依据和救济方式。

管营大人只告知了"一个半"：一个事实——"新到犯人"，半个依据——"太祖武德皇帝留下旧制"。这"太祖武德皇帝留下旧制"记载在哪部法律上？具体的条款如何？所以，从《水浒传》的内容中，无法判断"杀威棒"制度是明规则还是潜规则。

不管"杀威棒"制度本身是明规则还是潜规则,"杀威棒"制度的执行过程大有潜规则文章可做,"杀威棒"制度也因此成了牢城管理团队上下其手的生财之道。在第九回就有"一般的罪人"告诉林冲:"若得了人情,入门便不打你一百杀威棒,只说有病,把来寄下;若不得人情时,这一百棒打得七死八活。"林冲、武松和宋江都以各自的机缘、造化利用潜规则免除了"杀威棒"之祸。

蹊跷之二:"人情"或者"常例钱"如何成了犯人们应尽的义务和差拨们天然的权利?

在这三个牢城故事里,涉及"人情"或者"常例钱"的戏份有两种特别有意思的桥段:一是"一般的罪人"来做热心的提醒,二是差拨肆无忌惮的索取和轻松自如的变脸。

前一个桥段放到后面再说,先说后一个。

且看第九回《柴进门招天下客 林冲棒打洪教头》中的叙述:"林冲与众人正说之间,只见差拨过来问道:'那个是新来的配军?'林冲见问,向前答应道:'小人便是。'那差拨不见他把钱出来,变了面皮,指着林冲便骂道:'你这个贼配军!见我如何不下拜……你这把贼骨头好歹落在我手里!教你粉骨碎身!少间叫你便见功效!'把林冲骂得一佛出世,那里敢抬头应答……林冲等他发作过了,去取五两银子,陪着笑脸……差拨见了,看着林冲笑道:'林教头,我也闻你的好名字……'"

第二十八回《武松威震安平寨 施恩义夺快活林》:"武松解了包裹,坐在单身房里,只见那个人走将入来,问道:'那个是新到囚徒?'武松道:'小人便是。'差拨道:'你也是安眉带眼的人,直须要我开口说。你是景阳冈打虎的好汉,阳谷县做都头,只道你晓事,如何这等不达时务!你敢来我这里,猫儿也不吃你打了!'武松道:'你到来发话,指望老爷送人情与你,半文也没。我精拳头有一双相送!金银有些,留了自买酒吃，看你怎地奈何我！没地里到把我发回阳谷县去不成！'那差拨大怒去了……"

第三十八回《及时雨会神行太保　黑旋风斗浪里白条》里宋江和戴宗合演的那出小品更加精彩纷呈。"话说当时宋江别了差拨，出抄事房来，到点视厅上看时，见那节级掇条凳子坐在厅前，高声唱道：'那个是新配到囚徒？'牌头指着宋江道：'这个便是。'那节级便骂道：'你这黑矮杀才，倚仗谁的势，要不送常例钱来与我？'宋江道：'人情人情，在人情愿。你如何逼取人财？好小哉相！'两边看的人听了，倒捏两把汗。那人大怒，喝骂：'贼配军！安敢如此无礼，颠倒说我小哉！那兜驮的，与我背起来！且打这厮一百讯棍！'两边营里众人都是和宋江好的；见说要打他一哄都走了，只剩得那节级和宋江。那人见众人都散了，肚里越怒，拿起讯棒，便奔来打宋江。宋江说道：'节级你要打我，我得何罪？'那人大喝道：'你这贼配军，是我手里行货！轻咳嗽便是罪过！'宋江道：'便寻我失，也不到得该死。'那人怒道：'你说不该死！我要结果你也不难，只似打杀一个苍蝇！'"

我之所以如此不厌其烦地抄录原文，是不想漏掉细节。这些细节可以告诉我们，"人情"或者"常例钱"是如何成为犯人们应尽的义务和差拨们天然的权利的。这些细节可以提炼为吴思先生在《潜规则》一书中创造的"合法伤害权"概念。在当时的牢城管理制度下，即使一个小小的"差拨"都有轻易置人于死地的"合法伤害权"。

蹊跷之三：金眼彪施恩是不是孟州牢城有正式编制的工作人员？他凭什么动用牢城资源？

作者在书中没有清晰准确地交代金眼彪施恩的真实身份，从字里行间我们只能知道以下信息：第一，他是孟州牢城管营大人之子；第二，他被称为"小管营"；第三，他的主要事业是经营快活林酒店。

至于他在"小管营"之名下有什么实际内容，仅仅是因孟州牢城管营大人之子身份而被称为"小管营"，还是因为是孟州牢城有正式编制的工作人员辅助其父的工作？这些问题书中都没有交代。如果容许我来揣度的话，我判断施恩没有入孟州牢城的正式编制，是属于"混混"一类的。

但是，这都不妨碍小管营施恩动用孟州牢城的资源：要求父亲免除了武松的杀威棒，以最大的限度优待武松——住豪华单间牢房、派专人伺候、免除劳动义务，甚至大量调使服刑人员用于争夺和经营快活林酒店。

即使施恩是孟州牢城有正式编制的工作人员，他也没有合法的依据来动用这些资源。施恩几乎毫无滞碍就做到了。

蹊跷之四：主人公们初到牢城，为什么会有"一般的罪人"来单身牢房里殷勤地进行指点？他们是出于善意的关心，还是另有深意？

年轻时读到这些情节的时候，我基本上是朴素地认为这些"一般的罪人"是出于对阶级兄弟的朴素的阶级感情。现在年纪大了，心眼多了，越来越觉得另有蹊跷。

第二十八回《武松威震安平寨 施恩义夺快活林》里有这样一段话："武松自到单身房里，早有十数个一般的囚徒来看武松，说道：'好汉，你新到这里，包裹里若有人情的书信，并使用的银两，取在手头，少刻差拨到来，便可送与他。若吃杀威棒时，也打得轻。若没人情送与他时，端的狼狈！我和你是一般犯罪的人，特地报你知道。岂不闻'兔死狐悲，物伤其类'？我们只怕你初来不省得，通你得知……'"

从表面上看，这些"一般的囚徒"讲得声情并茂、体贴入微，但是"武松自到单身房里，早有十数个一般的囚徒来看武松"泄露了天机。分明这是一个利益链条在有条不紊地运作。这些"一般的囚徒"是牢城这个"生物链"的顶端——牢城管理阶层派来向新到者示警、宣传规矩的。

如果想更深刻地理解这三个牢城故事里的大蹊跷，可以结合方苞的

《狱中杂记》、吴思的《潜规则》，再联想一下前些年曾经被曝光过的一些新闻热点，行有余力的读者还可以结合黄仁宇的《万历十五年》。

我来说一下自己的理解。

第一，中国历史上的制度演进存在令人难以置信的惰性。单就监狱管理制度来看，宋太祖赵匡胤在位时间是公元960—976年，宋徽宗赵佶在位时间是公元1100—1126年，方苞入狱的年份是1711年。监狱管理在近一千年的时间里几乎没有任何改善。

第二，牢城管理反映了两个令人灰心丧气的现象：中国历史上那种长期存在的令人毛骨悚然的系统性的恶——从金字塔的最顶端到最底层系统运行的、起点方向目标都很清晰的那种恶，它的生命力是那么强大；以及那种"免于显而易见的恶行的伤害"的权力如此微弱，以至于像林冲、武松这样的强者都无法主张。

第三，为了避免公权力被滥用，应当强化对权力运作的制约和监督。

黄文炳之善恶组合论

记得在上世纪八十年代的后半期，我那时刚刚大学本科毕业，借到《性格组合论》一书通读了一遍。虽说是囫囵吞枣、不求甚解，但至今我仍能凭记忆说出其中的一些核心命题：文学即人学；优秀的文学作品应当真实、深刻地揭示人性；人性是复杂、多元的；文学人物的性格具有复杂、多元的组合性；文学人物的性格忌贴标签，应当通过戏剧冲突来揭示、描摹；文学作品的优劣体现在揭示、描摹其人物性格的组合，以及由人物性格所衍生出来的戏剧冲突是否真实、深刻、圆满。

我这里试着用从《性格组合论》里学来的方法分析一下《水浒传》中的一个小人物黄文炳，并且探究其身后的玄机。

作者对待黄文炳不甚用心，犯了"贴标签"的忌讳："且说这江州对岸有个去处，唤做无为军，却是个野去处。城中有个闲住通判，姓黄，双名文炳。这人虽读经书，却是阿谀谄佞之徒，心地匾窄，只要嫉贤妒能。胜如己者害之，不如己者弄之，专在乡里害人。闻知这蔡九知府是当朝蔡太师儿子，每每来浸润他，时常过江来谒访知府，指望他引荐出职，再欲做官。"在主人公出场之前就预先给出了"坏人""恶人"的定性。

作者安排给黄文炳的戏份有五个场景：发现并向蔡九知府揭发宋江题

写反诗的事实；揭穿宋江在题写反诗事发之后装疯的假象；进言蔡九知府修家书向其父蔡京蔡太师报告此事并顺便举荐自己；敏锐地揭露梁山泊团队伪造蔡太师书信、神行太保戴宗传假信的事实；在无为军惨死于梁山团队之手并被灭家。

仔细分析这些戏剧场面，找不出黄文炳"却是阿谀谄佞之徒，心地匾窄，只要嫉贤妒能。胜如己者害之，不如己者弄之，专在乡里害人"的确实证据。

黄文炳是一个"闲住通判"，"闻知这蔡九知府是当朝蔡太师儿子，每每来浸润他，时常过江来谒访知府，指望他引荐出职，再欲做官"，这一点是事实，也没有什么不合理的地方。黄文炳与蔡九知府的交往虽然属于一方攀附、一方俯就的情况，但还是有礼有节的，基本符合当时官场场面上的规矩，黄文炳并没有"阿谀谄佞"的表现。

如果说黄文炳"害人"，那就是只害了宋江、戴宗两人。至于"心地匾窄、嫉贤妒能"，作者没有举出具体的事例予以证明。

其他的头绪暂且按下不表，我们专门来分析一下黄文炳是如何"害"宋江、戴宗的。

故事的源头应当追溯到宋江醉酒浔阳楼题反诗，此反诗又机缘巧合地被黄文炳看到了，两个悲剧人物因此发生了悲剧性的碰撞。

还是原文照抄吧。"正看到宋江题西江月词，并所吟四句诗，大惊道：'这个不是反诗？谁写在此？'后面却书道'郓城宋江作'五个大字。黄文炳再读道：'自幼曾攻经史，长成亦有权谋。'冷笑道：'这人自负不浅。'又读道：'恰如猛虎卧荒丘，潜伏爪牙忍受。'黄文炳道：'那厮也是个不依本分的人。'又读：'不幸刺文双颊，那堪配在江州。'黄文炳道：'也不是个高尚其志的人，看来只是个配军。'又读道：'他年若得报冤仇，血染浔阳江口。'黄文炳道：'这厮报仇兀谁？却要在此生事！量你是个配军，做得甚用！'又读诗道：'心在山东身在吴，飘蓬江海谩嗟吁。'黄文炳道：'这两句兀自可恕。'又读道：'他时若遂凌云志，敢笑黄巢不丈夫！'黄文炳摇着头道：'这厮无礼，他却要赛过黄巢，不谋反待怎地？'再看了'郓城宋江作'，黄文炳道：'我也多曾闻这个名字，那人多管是个小吏。'便唤酒保来问道：'作这两篇诗词，端的是何人题下在此？'酒保道：'夜来一个人独自吃了一瓶酒，醉后疏狂，写在这里。'黄文炳道：'约莫甚么样人？'酒保道：'面颊上有两行金印，多管是牢城营内人。生得黑矮肥胖。'黄文炳道：'是了。'就借笔砚取幅纸来抄了，藏在身边，分付酒保休要刮去了。"在随后与蔡九知府的交谈当中，根据蔡府家书里抄录的街市小儿谣言："耗国因家木，刀兵点水工。纵横三十六，播乱在山东"，黄文炳准确地将该"街市小儿谣言"与宋江的反诗联系起来，揭露了宋江题反诗的险恶用心。

黄文炳揭露梁山团队伪造蔡太师书信、神行太保戴宗传假信也是颇有传奇色彩的。梁山团队里的神机军师"天机星智多星"吴用老先生也是在伪造的蔡太师书信随戴宗远去之后才蓦然发现其中的纰漏。"吴用说道：'早间戴院长将去的回书，是我一时不仔细，见不到处，才使的那个图书，不是玉箸篆文翰林蔡京四字？只是这个图书，便是教戴宗吃官司。'金大坚便道：'小弟每每见蔡太师书缄，并他的文章，都是这样图书。今次雕得无纤毫差错，如何有破绽？'吴学究道：'你众位不知，如今江州蔡九知府是蔡太师儿子，如何父写书与儿子，却使个讳字图书，因此差了。是我见不到处。此人到江州，必被盘诘，问出实情，却是利害。'"

黄文炳几乎是在与蔡九知府交谈的三言两语之间就察觉事有异常，并迅速断定书信有假，揭露了戴宗传假信的事实。"黄文炳接书在手，从头至尾读了一遍。卷过来，看了封皮，又见图书新鲜，黄文炳摇着头道：'这封书不是真的。'知府道：'通判错矣。此是家尊亲手笔迹，真正字体，如何不是真的？'黄文炳道：'公相容覆：往常家书来时，曾有这个图书么？'知府道：'往常来的家书，却不曾有这个图书，只是随手写的。今番以定是图书匣在手边，就便印了这个图书在封皮上。'黄文炳道：'相公休怪小生多言！这封书被人瞒过了相公。方今天下盛行苏、黄、米、蔡四家字体，谁不习学得？况兼这个图书，是令尊恩相做翰林学士时使出来，法帖文字上，多有人曾见。如今升转太师丞相，如何肯把翰林图书使出来？更兼亦是父寄书与子，须不当用讳字图书。令尊太师恩相，是个识穷天下、高明远见的人，安肯造次错用？相公不信小生之言，可细细盘问下书人，曾见府里谁来。若说不对，便是假书。休怪小生多说，因蒙错爱至厚，方敢僭言。'蔡九知府听了，说道：'这事不难，此人自来不曾到东京，一盘问便显虚实。'"

关于宋江题反诗之事，我之前的"闲话"曾经说到过不具有正当性。关于黄文炳揭露宋江题反诗、戴宗传假信之事，我的看法是具有正当性。

黄文炳虽是一个"闲住通判"，好歹也是当时的合法政府——赵宋王朝体制内的官员。黄文炳在浔阳楼上看到宋江的反诗，特别是"他年若得报冤仇，血染浔阳江口""他时若遂凌云志，敢笑黄巢不丈夫"两句，做出的反应是合情合理、恰如其分的，在政治上是正确的，体现了良好的政治素养。黄文炳在浔阳楼上对宋江反诗的逐句点评也是非常准确、精到的。对"心在山东身在吴，飘蓬江海谩嗟吁"，黄文炳认为"这两句兀自可恕"，说明黄文炳对宋江还是有那种"心有戚戚然"的同情。据此我倒是认为黄文炳的心不会太坏。

虽然假信中允诺推荐提拔黄文炳，但他还是迅速地判断出书信有假。我认为，此事透露出至少两个信息：第一，黄文炳属于那种"为人谋而忠"的人，他没有迎合蔡九知府，而是毫不迟疑地说出了自己的真实看法。第二，黄文炳具有非常良好的文化素养，迅速察觉造假者用印之误，从而揭露书信有假，其洞察、掌控能力高出金大坚、吴用、蔡九之流。

我觉得还有必要分析一下黄文炳这一系列举动是否属于那种令人不齿的告密，就像是后世那些寻章摘句、捕风捉影引发文字狱的无耻文人之所为。我的观点为——不是。原因有二：第一，宋江的反诗中反社会、反合法政府的意思表示是显而易见的，不但意思表示明确，而且大鸣大放地书写在公共场合；第二，黄文炳的举动都是在公开场合（与蔡九知府在官府堂上的会见）所为，没有那种"屏退左右"的密室阴谋。至于宋江题写反诗的言论行为是否可以致罪，这在现代看来有待讨论，但在当时不是问题。

黄文炳这一系列举动中有两个不当之处：第一，进言蔡九知府修家书上报宋江题反诗之事。"相公在上，此事也不宜迟。只好急急修一封书，便差人星夜上京师，报与尊府恩相知道，显得相公干了这件国家大事。就一发禀道：'若要活的，便着一辆陷车解上京；如不要活的，恐防路途走失，就于本处斩首号令，以除大害。'便是今上得知，必喜。"第二，建议或者暗示蔡九知府在江州府立即处决宋江、戴宗二人。"黄文炳又道：'眼见得这人也结连梁山泊，通同造意，谋叛为党，若不祛除，必为后患。'知府道：'便把这两个问成了招状，立了文案，押去市曹斩首，然后写表申朝。'黄文炳道：'相公高见极明。似此，一者朝廷见喜，知道相公干这件大功；二者免得梁山泊草寇来劫牢。'"这两个举动与黄文炳的身份不符，属僭越之举，杀身灭家之祸由此而来。

黄文炳的僭越之举招致杀身灭家之祸，其内因当然要从他自己的理想信念、个人修养等方面去找，其外因则要从蔡家"公事私办、私事公办"的行事作风及其制度环境去找。不知读者们是否注意到了，蔡家父子之间的家书往来处理了本应用公文来处理的事情，这种"公事私办"与当年生辰纲被劫之后的"私事公办"有异曲同工之妙。这就难怪黄文炳"每每来浸润他，时常过江来谒访知府，指望他引荐出职，再欲做官"。至于梁山团队的暴戾、残忍自不待言。

　　说到这里，我认为作者据此所要褒贬的善恶还是有所偏颇：黄文炳揭露宋江题反诗并希望追究其罪行应是符合其身份的正当行为，是善举；他希望以此为进阶获得更高的官位，有恶的成分。宋江题反社会、反合法政府的反诗，是恶行；宋江组织梁山团队用极其残忍的方式虐杀黄文炳并灭其家，是恶行；《水浒传》倡导的旗号招牌是"忠义"，其中的"忠"是忠于合法政府赵宋王朝；《水浒传》贬斥黄文炳的善举，褒扬宋江及其团队的恶行，在此，《水浒传》善恶评价标准是混乱的。

　　这种混乱反映并且加重了价值观和历史观的混乱。检讨中国历史，无论是在国难当头之时，还是在承平年代，总是不乏卖国求荣、卖祖求荣、卖亲求荣的奸臣贼子，令无数的仁人志士痛心扼腕。价值观和历史观的混乱是此种现象的根源之一。无论多么令人不齿的丑人恶行，总是不乏帮闲之人摇唇鼓舌欲证明其合法性、合理性。《庄子·胠箧》有云："彼窃钩者诛，窃国者为诸侯；诸侯之门而仁义存焉。则是非窃仁义圣知邪？"庄子早就发现这个现象了，对此也是无能为力。

　　最后还有一段题外话。我认为，黄文炳为人的境界要比宋江高出好几个层次。何以见得？黄文炳在被活捉押至宋江近前，被痛骂一顿之后，"黄文炳告道：'小人已知过失，只求早死！'"之后，黄文炳就没有什么言语了，没有常规性地示软求饶。反观宋江，当反诗事发之后妄想逃避罪责而装疯自处污秽，饮毒酒魂归蓼儿洼之前却把李逵拉来做垫背的，二者高下立判。

王婆之偷情导师悲喜剧

在《水浒传》自第二十三回《横海郡柴进留宾 景阳冈武松打虎》至第三十一回《张都监血溅鸳鸯楼 武行者夜走蜈蚣岭》共九回的篇幅里，武松是主角，其故事是整个《水浒传》故事体系里的高潮之一。

我记得在上世纪八十年代，中央电视台曾经拍过题为《武松》的电视连续剧，讲的就是这一段故事。我当时是完整地看下来了，青少年时代的故事饥渴和英雄饥渴得到了充分的满足。

现在年纪大了，磁带翻到了 B 面，少年时代那种宝贵的故事饥渴和英雄饥渴已经远去，慢慢地开始对这些故事背后隐藏的种种苦难有所体会。读者们稍加留心，就可以发现，如果排除了那种英雄主义情结，用最世俗的斤斤计较的得失价值观去判断，在这一大段故事里出现的几乎所有人物没有一个是真正的获益者，没有一个人的境遇得到了改善、福利水平得到了提高，每个人都或多或少、或重或轻地受到了损失，付出了代价，都是受害者、受难者。整个《水浒传》也差不多是这个样子。

这也令我联想到黄仁宇先生在《万历十五年》的《自序》里有这样一段话："这种情形，断非个人的原因所得以解释，而是当时的制度已至山穷水尽，上自天子，下至庶民，无不成为牺牲品而遭殃受祸。"

为什么会这样？这是真命题还是假命题？值不值得探究？

且慢纠结，先说故事。我这里选一段以欢喜开头，最终悲惨结局的"偷情导师"王婆说风情的故事来说道说道。

前面说过，自第二十三回至第三十一回是整个《水浒传》故事体系里的高潮之一。这段王婆说风情的故事又是其中最精彩的。

这段故事的第一个主题是北宋徽宗年间阳谷县城里的世俗生活。故事里出现的人物基本上都是身处社会最底层的升斗小民，戏剧冲突的背景是最日常的世俗生活。故事的主人公王婆是一位民间高手，对成年男女偷情行为及其心理的分析和把握能力堪称一绝。我认为，除了"捱光五件事"之"潘驴邓小闲"的归纳总结可能是施耐庵假托给她不甚可信之外，她设计指导西门庆偷情成功的整个过程是真实可信的，民间确实有这样的高手。我猜王婆在正当盛年之时此类事情应该经历丰富，否则即使悟性再高也无法做到如此驾轻就熟、体察入微，并且先知先觉。

王婆的主营业务是开茶坊。因为爱茶的缘故，我注意到了王婆在运用不同的茶品来烘托气氛、传情达意的能力也是堪称一绝。列位看官，请允许我抄录几段原文。

约莫未及两个时辰，又踅将来王婆店门口帘边坐地，朝着武大门前。半歇，王婆出来道："大官人，吃个梅汤？"西门庆道："最好多加些酸。"王婆做了一个梅汤，双手递与西门庆，西门庆慢慢地吃了，盏托放在桌子上。西门庆道："王干娘，你这梅汤做得好，有多少在屋里？"王婆笑道："老身做了一世媒，那讨一个在屋里？"西门庆道："我问你梅汤，你却说做媒，差了多少。"王婆道："老身只听的大官人问这媒做得好，老身只道说做媒。"西门庆道："干娘，你既是撮合山，也与我做头媒，说头好亲事，我自重重谢你。"

…………

看看天色晚了，王婆却才点上灯来，正要关门，只见西门庆又踅将来，径去帘底下那座头上坐了，朝着武大门前只顾望。王婆道："大官人，吃个和合汤如何？"西门庆道："最好。干娘放甜些。"王婆点一盏和合汤，递与西门庆吃。

…………

且说王婆却才开得门，正在茶局子里生炭，整理茶锅。张见西门庆从早晨在门前踅了几遭，一径奔入茶房里来；水帘底下，望着武大门前帘子里坐了看。王婆只做不看见，只顾在茶局里煽风炉子，不出来问茶。西门庆叫道："干娘，点两盏茶来。"王婆应道："大官人来了。连日少见，且请坐。"便浓浓的点两盏姜茶，将来放在桌子上。西门庆道："干娘相陪我吃个茶。"

…………

王婆只在茶局子里张时，冷眼见西门庆又在门前踅过东去，又看一看；走过西来，又睃一睃；走了七八遍，径踅入茶坊里来。王婆道："大官人稀行，好几时不见面。"西门庆笑将起来，去身边摸出一两来银子，递与王婆，说道："干娘权收了做茶钱。"婆子笑道："何消得许多？"西门庆道："只顾放着。"婆子暗暗地喜欢道："来了，这刷子当败。"且把银子来藏了，便道："老身看大官人有些渴，吃个宽煎叶儿茶如何？"西门庆道："干娘如何便猜得着？"婆子道："有什么难猜。自古道：'入门休问荣枯事，观着容颜便得知。'老身异样跷蹊作怪的事，都猜得着。"

王婆对着西门庆说过一句玩笑话："我家卖茶，叫做'鬼打更'。三年前六月初三下雪的那一日，卖了一个泡茶，直到如今不发市，专一靠些'杂趁'养口。"饶是如此，王婆仍能信手拈来诸多颇能启发想象力的茶品。这是发生在将近一千年前的宋朝的事情。不知道那些大力倡导茶文化的专家们对此会做何感想？

我觉得，施耐庵的大家手笔确实值得崇敬有加。只有大家才有足够的笔力把最世俗的日常生活像《清明上河图》一样呈现出来，并据此来揭示人性的善恶。

第二个主题是贪婪唤发恶行。施耐庵用细致、生动的笔墨非常传神地刻画了潘金莲、西门庆和王婆的贪婪是如何导引、放纵他们施行了鸩杀武大郎的恶行，并最终走向毁灭。

潘金莲是贪于肉欲。在潘金莲尚未正式出场之前，施耐庵就已经给出了评价："原来这妇人，见武大身材短矮，人物猥獕，不会风流。这婆娘倒诸般好，为头的爱偷汉子……若遇风流清子弟，等闲云雨便偷期。"她的自我评价是："我是一个不戴头巾男子汉，叮叮当当响的婆娘！拳头上立得人，胳膊上走得马，人面上行的人，不是那等搋不出的鳖老婆！"依照我的阅读理解，潘金莲是一位个性强、性欲强的"双强"女子。她不幸生不逢时，令人可叹的是，她不是一个心善的人。当武大郎闻讯前来捉奸时，"那妇人顶住着门，慌做一团，口里便说道：'闲常时，只如鸟嘴卖弄杀好拳棒。急上场时，便没些用，见个纸虎，也吓一交。'那妇人这几句话，分明教西门庆来打武大，夺路了走"。当王婆提出"长做夫妻，鸩杀武大"之计时，潘金莲的回应是："好却是好，只是奴手软了，临时安排不得尸首。"潘金莲在操作鸩杀武大郎时，行动自如，毫无滞碍。武大郎死前死后，潘金莲与西门庆在武大郎病床前、灵前照样云雨如初，毫无收敛。看得出来，潘金莲为了满足肉欲，丝毫不惧堪下地狱的恶行。

西门庆是贪于色欲。西门大官人在闲逛街时吃了那妇人叉竿一打，"正待要发作，回过脸来看时，是个生的妖娆的妇人，先自酥了半边，那怒气直钻过爪洼国去了，变作笑吟吟的脸儿……那一双眼，却只在这妇人身上，临动身，也回了七八遍头，自摇摇摆摆，踏着八字脚去了"。在接下来的几天时间里，西门大官人反反复复地在潘金莲、王婆家门口逡巡，纠缠王婆"与我说得这件事成"。王婆欲擒故纵地拿捏："今日晚了，且回去。过半年三个月，却来商量。"西门庆便跪下道："干娘休要撒科，你作成我则个！"可以看出，西门大官人色欲之贪已经入骨入髓。不但如此，受色欲之驱，西门庆的心也是恶的。"西门庆在床底下听了妇人这几句言语，提醒他这个念头，便钻出来说道：'娘子，不是我没本事，一时间没这智量。'便来拔开门，叫声：'不要打！'武大却待要揪他，被西门庆早飞起右脚。武大矮短，正踢中心窝里，扑地望后便倒了。西门庆见踢倒了武大，打闹里一直走了。"当王婆提出"长做夫妻，鸩杀武大"之计时，西门庆的回应是："干娘此计甚妙。自古道：'欲求生快活，须下死工夫。'罢，罢，罢！一不做，二不休！"

　　王婆是贪于财物。"次日清早，王婆却才开门，把眼看门外时，只见这西门庆又在门前两头来往踅。王婆见了道：'这个刷子踅得紧，你看我著些甜糖抹在这厮鼻子上，只叫他舐不著。那厮会讨县里人便宜，且教他来老娘手里纳些败缺。'"王婆此时敏锐地捕捉到了从西门庆身上谋财的机会。"西门庆笑将起来，去身边摸出一两来银子，递与王婆，说道：'干娘权收了做茶钱。'婆子笑道：'何消得许多？'西门庆道：'只顾放著。'婆子暗暗地喜欢道：'来了，这刷子当败。'且把银子来藏了。"此时王婆初次尝到了谋财得逞的喜悦，并且发现还有进一步谋财的余地，偷情师徒二人组合愈发陷得深了。西门庆提出"干娘端的与我说得这件事成，便送十两银子与你做棺材本"。王婆则进一步提出："大官人，你便买一匹白绫，一匹蓝绸，一匹白绢，再用十两好绵，都把来与老身。"当西门庆潘金莲之奸情暴露之后，如果不主动提出"短做夫妻，长做夫妻"之论和"鸩杀武大"之计，王婆贪财之心仍有可恕之处。不幸的是，王婆不仅提出了动议，而且亲自参与了施行。我认为，还有两层意思施耐庵没有明写：第一，王婆出此毒计，一是要保住已经谋得的财物，二是留住进一步向西门庆索取的机会。第二，王婆此前应该至少是参与过鸩杀之事，否则无法如此布置周全。

这段故事里还隐藏着一个情节——县令、县吏的贪婪唤发、催生了武松的恶行。在带着何九叔与郓哥二人赴县厅上告状之前，武松除了"要便吃酒醉了，和人相打"之外并无其他恶行。阳谷知县为表彰其打虎除害的英勇事迹，抬举武松做了都头。武松认真履行了都头职责，中规中矩，有在体制内谋前程的意愿。"谁想这官人贪图贿赂，回出骨殖并银子来……"驳回武松所告。

"武松道：'既然相公不准所告，且却又理会。'"此时武松虽然说得波澜不惊，却是一个重大的转折点。一个暴戾无比的武松诞生了。武松旋即着手杀嫂祭兄、斗杀西门庆的惊天之举。之后的"大闹飞云浦""血溅鸳鸯楼"均是源于此。

第三个主题是贪婪唤发愚行。王婆、西门庆偷情师徒二人组合在最初起意、施行之时，筹划不可谓不周，设计不可谓不巧，事情的进展也完全不出所料，但是到头来还是发现有两个致命的重大疏漏：第一，他们充分利用了武松出差的窗口期，却忽视了武松出差最终会回来的重要事实。武大郎在病床上说出"我的兄弟武二，你须得知他性格，倘或早晚归来，他肯干休""那西门庆听了这话，却是提在冰窖子里……"，王婆自以为是地认为："便是武二回来，待敢怎地？自古道：嫂叔不通问。初嫁从亲，再嫁由身。阿叔如何管得？"事实上，武松的意志和力量完全超出了所有人的预料。武松果然是以他自己的方式实现了复仇。第二，他们忽视了最广大的人民群众、社会舆论的监督。"自古道：好事不出门，恶事传千里。不到半月之间，街坊邻舍，都知得了，只瞒着武大一个不知。""且说西门庆和那婆娘终朝取乐，任意歌饮，交得熟了，却不顾外人知道。这条街上远近人家，无有一人不知此事。却都惧怕西门庆那厮是个刁徒泼皮，谁肯来多管？"西门庆自以为十两银子可以堵住何九叔的嘴。何九叔却深知武松的威名，暗地里取好证据留下了后路。

　　自古以来，因陷于贪念不能自拔以至于犯罪的人，往往会用更大更恶的后一个罪行去掩盖前一个罪行，但是后一个罪行却使前一个罪行暴露得更早，把自己陷入更深一层的地狱。当初所有机关妙算，最终毫无例外地都是愚不可及的蠢招。潘金莲、西门庆和王婆三人自然也难逃陷此窠臼。

王伦之匹夫怀璧与德不配位

在《水浒传》里，作者施耐庵对王伦本人持否定态度，对林冲协同劫生辰纲的晁盖团队火并王伦的行为持赞赏态度，这两点是显而易见的。因为绝大多数《水浒传》读者可能也持同样的态度，为不犯众怒起见，我持保留态度。

我这里用"匹夫无罪，怀璧其罪"和"德不配位，必有灾殃"两句话来与王伦的修为、命运作一个相互映照。

如果让我准确无误地解释"匹夫无罪，怀璧其罪"和"德不配位，必有灾殃"，思忖再三，不得不承认真的做不到。虽然王伦是《水浒传》里一个串场的龙套人物，但是其修为和命运还是颇有可说之处，而且正好与这两句话多有契合之处，也正好可以两相映照。

前一句的契合、可说之处在于"匹夫"和"怀璧"两个要素。"匹夫"指那种才艺、人品等各方面均属平庸的男人。"怀璧"的大意是拥有贵重的宝物或者稀缺资源。

《水浒传》第十一回《朱贵水亭施号箭 林冲雪夜上梁山》中，"王伦动问了一回，蓦然寻思道：'我却是个不及第的秀才，因鸟气合着杜迁来这里落草。续后宋万来。聚集这许多人马伴当。我又没十分本事。杜迁、宋万，武艺也只平常……'"。第十五回《吴学究说三阮撞筹 公孙胜应七星聚义》中阮小二有一段话："先生，你不知。我弟兄们几遍商量，要去入伙。听得那白衣秀士王伦的手下人都说道他心地窄狭，安不得人。前番那个东京林冲上山，怄尽他的气。王伦那厮不肯胡乱着人，因此我弟兄们看了这般样，一齐都心懒了。"第十九回《林冲水寨大火并 晁盖梁山小夺泊》中林冲评价王伦"心术不定，语言不准，失信于人，难以相聚……"，并且当面呵斥王伦："这是笑里藏刀、言清行浊的人……量你是个落第的腐儒，胸中又没有文学，怎做得山寨之主……你是一个村野穷儒，亏了杜迁得到这里！柴大官人这等资助你，给盘缠，与你相交，举荐我来，尚且许多推却！今日众豪杰特来相聚，又要发付他下山去！这梁山泊便是你的！你这嫉贤妒能的贼，不杀了要你何用！你也无大量大才，也做不得山寨之主……"

这些批评和自我批评除了"笑里藏刀、言清行浊"之外基本上都是准确的。相较于林冲这样一个"京师禁军教头"、晁盖这样一伙胆敢劫生辰纲的江洋大盗，王伦及其核心团队确实只能属于"匹夫"之列。

至于"怀璧"之"璧"，当时王伦坐头把交椅的梁山泊不但对于林冲、晁盖及其劫生辰纲团队这样一种除了落草为寇之外别无出路的豪杰之士是救苦救难的避风港，之后更是成了宋江逞其"凌云志"的根据地，梁山泊在其鼎盛时期马步水军人数超过了一万，在近一千年前的冷兵器时代确实具有"连城璧"的价值。

《水浒传》第十一回《朱贵水亭施号箭 林冲雪夜上梁山》中柴进是这样介绍梁山泊的："是山东济州管下一个水乡，地名梁山泊，方圆八百余里。中间是宛子城，蓼儿洼。如今有三个好汉在那里扎寨。为头的唤做白衣秀士王伦，第二个唤做摸着天杜迁，第三个唤做云里金刚宋万。那三个好汉，聚集着七八百小喽啰，打家劫舍，多有做下迷天大罪的人，都投奔那里躲灾避难。他都收留在彼。"等林冲上得梁山亲眼所见的情形是这样的："看岸上时，两边都是合抱的大树，半山里一座断金亭子。再转将上来，见座大关。关前摆着枪刀、剑戟、弓弩、戈矛，四边都是擂木炮石。小喽啰先去报知。二人进得关来，两边夹道，遍摆着队伍旗号。又过了两座关隘，方才到寨门口。林冲看见四面高山，三关雄壮，团团围定中间里镜面也似一片平地，可方三五百丈。靠着山口，才是正门。两边都是耳房。"之前还有一首赞梁山水泊的词："山排巨浪，水接遥天。乱芦攒万万队刀枪，怪树列千千层剑戟。濠边鹿角，俱将骸骨攒成。寨内碗瓢，尽使骷髅做就。剥下人皮蒙战鼓，截来头发做缰绳。阻当官军，有无限断头港陌。遮拦盗贼，是许多绝径林峦。鹅卵石叠叠如山，苦竹枪森森似雨。战船来往，一周围埋伏有芦花。深港停藏，四壁下窝盘多草木。断金亭上愁云起，聚义厅前杀气生。"

在以掌握暴力、控制暴力的水平来衡量资源分配的山寨社会里，梁山泊这样一个价值连城之"璧"被王伦这样一位"又没十分本事"的"匹夫"占着，而且拒绝林冲、晁盖及其劫生辰纲团队这样的豪杰之士染指。这个矛盾冲突太大，张力太强了。以王伦之绵薄之力，肯定控制不了局势的发展，最终难免为"璧"所累，成为有罪的"匹夫"，被争"璧"的强人所害。

至于"德不配位，必有灾殃"，我认为林冲给王伦的"心术不定，语言不准，失信于人，难以相聚"的评语是准确、恰当的，王伦根本不具备与坐梁山泊头把交椅相匹配的品德和才能，进退失据，取舍无度，最终招致灾殃。柴进在推荐林冲上梁山时做过这样的表示："三位好汉，亦与我交厚。常寄书缄来。我今修一封书与兄长，去投那里入伙如何？"柴进对王伦有恩——"原来是王伦当初不得地之时，与杜迁投奔柴进，多得柴进留在庄子上住了几时。临起身，又赍发盘缠银两，因此有恩。"对于恩人举荐的人才，王伦居然托辞拒绝。朱贵、杜迁、宋万都以柴进是梁山泊的恩人为由劝谏收留，王伦也没有从善纳谏。

如果置于当下，柴进大约相当于是以王伦为首的梁山团队的首席赞助商，王伦拒绝林冲是忤逆赞助商的意志。那都是犯大忌的事情。

当朱贵、杜迁、宋万都出来劝谏，王伦既没有从善纳谏，又不敢严词驳回，而是凭空生出一个"投名状"来为难。看到杨志与林冲势均力敌，又想留杨志来制衡林冲。这一路下来，王伦把自己言行的正当性、合理性消耗殆尽，威信全无。

另外，在第十一回《朱贵水亭施号箭 林冲雪夜上梁山》里朱贵曾说过这样的话："既有柴大官人书缄相荐，亦是兄长名震寰海，王头领必当重用……山寨中留下分例酒食，但有好汉经过，必教小弟相待。"朱贵的话传出这样的信息：第一，朱贵对于王伦接纳林冲入伙抱有很高的预期，应属理所当然之事；第二，王伦主持的梁山泊当时是秉持敞开大门接纳江湖好汉入伙的宗旨，王伦拒绝林冲即违背宗旨和承诺。

林冲最终得以入伙梁山泊，有近距离、长时间观察王伦的机会。我想，这大致相当于《黔之驴》里边的那只老虎观察驴子的格局——"往来视之，觉无异能者"。当晁盖劫生辰纲团队汹汹而来要求入伙，王伦企图故伎重演，引得林冲积怨爆发。王伦死到临头时感觉"头势不好，口里叫道：'我的心腹都在那里？'虽有几个身边知心腹的人，本待要来救，见了林冲这般凶猛头势，谁敢向前？"看来朱贵、杜迁、宋万都不是王伦的心腹，并且王伦心腹的本事更差。

施耐庵对王伦之死有个点评："可怜王伦做了多年寨主，今日死在林冲之手，正应古人言：量大福也大，机深祸亦深。有诗为证：独据梁山志可羞，嫉贤傲士少宽柔。只将寨主为身有，却把群英作寇仇。酒席欢时生杀气，杯盘响处落人头。胸怀褊狭真堪恨，不肯留贤命不留。"

我认为，这个点评基本上是客观、精到的，但是"机深祸亦深"一句不准。在这出戏码里边，王伦的心机其实并不深，他对局势发生了什么样的变化、危险如何降临，谁是朋友、谁是敌人这样一些关键问题都懵懵懂懂，缺乏清醒的认识，只是一根筋地想保守既得利益，拒绝他人分享。心机最深的人非吴用莫属。吴用上得山来，一席一晤之间就把梁山泊里的格局看透彻了，并且把如何进取，如何防范，如何挑拨，如何借刀杀人，如何顺势上位安排得妥妥帖帖，林冲、朱贵、杜迁、宋万都成了他的棋子，王伦则是他砧板上的肉。以我的阅读理解来揣度，即使林冲不火并王伦，王伦也是在劫难逃的，晁盖团队绝不会容他挡路。

虽说"匹夫无罪，怀璧其罪""德不配位，必有灾殃"用在王伦身上是合适的，但是我总觉得王伦罪不至死，祸殃也不应重至遭杀戮割首。林冲下手忒重忒狠了些！如果将林冲换作鲁智深，断不会如此血腥。依鲁智深之仁慈、洒脱，要么自己转身下山，扬长而去，要么将这厮赶出山寨，令之落荒而逃，顶多加上一个"痛打一顿"的情节。

如果王伦能够认清形势，顺势而为，积极主动地接纳林冲、晁盖等人入伙，并将寨主之位让出来，那将是皆大欢喜的最佳结局。这要求王伦须有极高的智慧。如果林冲在拿定王伦，且在晁盖、吴用等人的协助之下控制住局势之后，严词指出王伦的错误，令其立即改正，让出寨主之位，王伦能从善如流，这将是次优的结局。这不但要求林冲、吴用等人有极高的智慧，还要有极宽厚的慈悲胸怀。

历史上，中国的政治斗争、军事斗争讲究"斩草除根、赶尽杀绝、不留后患"的原则，必须彻底消除对手任何卷土重来的机会，最好是将对手予以肉体的、物理的彻底消灭，否则后患无穷。这对胜利者来说当然是最佳的，但是对于社会、国家、民族、历史则不是。

施耐庵对林冲协同晁盖团队火并王伦的行为持赞赏态度，这背后所反映的价值取向也颇有可说之处，他的智慧、慈悲还是有大缺陷的。

燕青之君身有仙骨

　　"君身有仙骨"出自杜甫诗《送孔巢父谢病归游江东兼呈李白》："自是君身有仙骨，世人那得知其故。"依照我的阅读理解，梁山泊一百单八将里，称得上"可爱、可敬"的人物，除了花和尚鲁智深和浪子燕青二人，难寻更胜任者。我左思右想如何简明扼要地概括燕青时，想到这一句"自是君身有仙骨"很契合燕青的神韵。

　　《水浒传》第七十四回《燕青智扑擎天柱 李逵寿张乔坐衙》开篇如此赞美燕青："古风一首：'罡星飞出东南角，四散奔流绕寥廓。徽宗朝内长英雄，弟兄聚会梁山泊。中有一人名燕青，花绣遍身光闪烁。凤凰踏碎玉玲珑，孔雀斜穿花错落。一团俊俏真堪夸，万种风流谁可学。锦体社内夺头筹，东岳庙中相赛搏。功成身退避嫌疑，心明机巧无差错。世间无物堪比论，金风未动蝉先觉。'话说这一篇诗，单道着燕青。他虽是三十六星之末，果然机巧心灵，多见广识，了身达命，都强似那三十五个。"这段点评中规中矩，可惜没有什么精彩传神之笔。

　　在《水浒传》第九十九回《鲁智深浙江坐化 宋公明衣锦还乡》所叙述的梁山泊团队征方腊惨胜之后的大结局中这几段话倒是意味深长，"只见浪子燕青，私自来劝主人卢俊义道：'小乙自幼随侍主人，蒙恩感德，一言难尽。今既大事已毕，欲同主人纳还原受官诰，私去隐迹埋名，寻个僻净去处，以终天年。未知主人意下若何？'卢俊义道：'自从梁山泊归顺宋朝以来，俺弟兄们身经百战，勤劳不易，边塞苦楚，弟兄损折，幸存我一家二人性命。正要衣锦还乡，图个封妻荫子，你如何却寻这等没结果？'燕青笑道：'主人差矣！小乙此去，正有结果，只恐主人此去无结果耳。'若燕青，可谓知进退存亡之机矣！有诗为证：略地攻城志已酬，陈辞欲伴赤松游。时人苦把功名恋，只怕功名不到头……燕青纳头拜了八拜，当夜收拾了一担金珠宝贝挑着，竟不知投何处去了……""次日早晨，军人收拾字纸一张……上面写道是……'今自思命薄身微，不堪国家任用，情愿退居山野，为一闲人……雁序分飞自可惊，纳还官诰不求荣。身边自有君王赦，淡饭黄齑过此生。'宋江看了燕青的书并四句口号，心中郁悒不乐……"

依照我的阅读理解，至少有两层深意：第一，燕青虽然位列三十六天罡之末，其才略胆识应属独占鳌头。何以见得？当宋江、卢俊义还在深陷"功成名就，封妻荫子，衣锦还乡"这样一些春秋迷梦时，燕青早已悟透了功名的虚妄和凶险，并且预先做好了长远布局：受招安之前在李师师的协助下取得了徽宗皇帝的亲笔赦书；当梁山泊的兵马彻底打败方腊的混乱之际，"燕青抢入洞中，叫了数个心腹伴当去那库里，掳了两担金珠细软出来，就内宫禁苑放起火来……"。燕青的才略胆识堪追陶朱公范蠡。第二，燕青与卢俊义虽然情同父子，但是毕竟有主仆名分。燕青在最后，也是最重要的大是大非的环节上，并没有拘泥于主仆名分，一味愚忠而甘与主人共荣辱，相反是挺身而出，一方面努力主导自己的命运，另一方面救原主人于危难来临之前。这一点是燕青最可贵的品质和才识。相较而言，李逵、吴用、花荣这三位甘为宋江殉身的好汉，只能算是污泥做的骨肉。燕青人格的高贵程度也远远超出了卢俊义。

前文的几段话虽然意味深长，还不足以尽显燕青的仙骨神韵。

好在燕青虽然出场很晚，戏份还是很足。看得出来，施耐庵对燕青也是钟爱、眷顾有加。燕青的出场戏就一鸣惊人。施耐庵对燕青进行了一番几乎无以复加的赞美："为见他一身雪练也似白肉，卢俊义叫一个高手匠人，与他刺了这一身遍体花绣，却似玉亭柱上铺着软翠。若赛锦体，由你是谁，都输与他。不则一身好花绣，更兼吹的、弹的、唱的、舞的、拆白道字、顶真续麻，无有不能，无有不会。亦是说的诸路乡谈，省的诸行百艺的市语。更且一身本事，无人比的：拿着一张川弩，只用三枝短箭，郊外落生……若赛锦标社，那里利物，管取都是他的。亦且此人百伶百俐，道头知尾。本身姓燕，排行第一，官名单讳个青字。北京城里人口顺，都叫他做'浪子'燕青。曾有一篇沁园春词单道着燕青的好处，但见：唇若涂朱，睛如点漆，面似堆琼。有出人英武，凌云志气，资禀聪明。仪表天然磊落，梁山上端的夸能。伊州古调，唱出绕梁声，果然是艺苑专精，风月丛中第一名。听鼓板喧云，笙声嘹亮，畅叙幽情。棍棒参差，揎拳飞脚，四百军州到处惊。人都羡英雄领袖，'浪子'燕青。"

燕青单凭直觉就一语道破了吴用装神弄鬼的玄机："主人在上，须听小乙愚言：这一条路，去山东泰安州，正打从梁山泊边过。近年泊内，是宋江一伙强人在那里打家劫舍，官兵捕盗，近他不得。主人要去烧香，等太平了去。休信夜来那个算命的胡讲，倒敢是梁山泊歹人，假装做阴阳人，来煽惑主人。小乙可惜夜来不在家里，若在家时，三言两语，盘倒那先生，倒敢有场好笑。"

燕青真的是文武双全、智勇双全的全才，"学神"级的人物。有高人专门撰文研究过燕青间谍才能及其工作实况，我就不再赘述。

燕青有两出重头戏：智扑擎天柱和月夜遇道君。前一出体现了燕青在"智、勇、力"三方面的素质，后一出则体现了燕青在"智、勇、忠、才、情"五方面的素质。为了节约篇幅起见，我单说"月夜遇道君"一出。

在以宋江为核心的梁山团队急于推进招安事业的紧要关头，被"蜂目蛇形、转面无恩"的高俅欺骗，燕青主动请缨再闯东京城"天子脚下"的龙潭虎穴，克服了他人无法克服的困难，圆满地达成使命。其"智、勇、忠"自不必说，若无过人的"才、情"，怕是不但达不成使命，连活着出东京城都难保。

有了前番"李逵元夜闹东京"的教训，此番燕青的第一难事是取得李师师的信任。再次见面，李师师当即给燕青来了一个下马威："你休瞒我，你当初说道是：'张闲，那两个是山东客人。'临期闹了一场，不是我巧言奏过官家，别的人时，却不满门遭祸！他留下词中两句，道是：'六六雁行连八九，只等金鸡消息。'我那时便自疑惑，正待要问，谁想驾到，后又闹了这场，不曾问得。今喜汝来，且释我心中之疑。你不要隐瞒，实对我说知；若不明言，绝无干休！"细细品来，李师师的这段话也是意味深长：第一，李师师心智过人，仓促之间就抓住了宋江那首包含了千言万语的《乐府词》中的玄妙之处；第二，李师师在与燕青一面之晤之后，就已对燕青颇为在意了；第三，李师师在徽宗皇帝心中分量颇重，颇受信任。

燕青"能言快说，口舌利便"的一番话，解开了李师师对宋江词中两句"六六雁行连八九，只等金鸡消息"的疑惑，也得到了绝代佳人的谅解和信任。

在接下来的这一段李师师与燕青的箫歌唱和里，李、燕二人仿佛神仙眷侣一般。我私下琢磨这可能是史上绝无仅有的、最美妙的英雄佳人对手戏，堪与传颂千年的项羽和虞姬合演的《霸王别姬》相比。

燕青充分利用李师师提供的平台，以《渔家傲》和《减字木兰花》两首词打动了徽宗皇帝，不但为自己求得一纸御笔赦书，而且把梁山团队渴望被招安、高俅等人蒙蔽天听的实情禀告了徽宗皇帝，直接促成了招安的成功。

请允许我把两首词原文照抄。

《渔家傲》："一别家山音信杳，百种相思，肠断何时了。燕子不来花又老，一春瘦的腰儿小。薄幸郎君何日到，想自当初，莫要相逢好。好梦欲成还又觉，绿窗但觉莺啼晓。"

《减字木兰花》："听哀告，听哀告！贱躯流落谁知道，谁知道，极天罔地，罪恶难分颠倒。有人提出火坑中，肝胆常存忠孝，常存忠孝，有朝须把大恩人报！"

前一首《渔家傲》是燕青凭记忆唱的，后一首《减字木兰花》是燕青现场即兴创作的。徽宗皇帝是整个中国历史上艺术修养最高的皇帝之一，他老人家来找李师师"其意正要听艳曲消闷"，却被燕青以极艺术的方式丝丝入扣、不着痕迹地引导到了听取梁山团队关于招安工作的汇报上面。燕青实为促成招安成功之第一功臣。

我认为，燕青最值得称道的不在于促成招安之"功"，而在于他无意居功，更在于他过人的才、情。这才是他的仙骨神韵之所在。

说到最后，我还有三点感慨。感慨之一：燕青的主人卢俊义虽然号称"玉麒麟"，高坐梁山泊第二把交椅，其实是一个蠢人，其蠢人事迹有五，一是听吴用一席花言巧语就上当受骗，而且拒绝听从李固、燕青的忠言提醒；二是在去泰安经过梁山泊时自以为是地高调，以至于被戏耍尚不知有诈；三是如燕青所言"平昔只顾打熬气力，不亲女色。娘子旧日和李固原有私情"，卢俊义竟丝毫没有察觉；四是对功名执迷不悟，拒绝燕青劝导；五是燕青具有如此超强的悟性和学习能力，居然不延请名师教燕青学文，否则燕青即使不去参加科举考试，也完全可以成为文坛明星。

感慨之二：《水浒传》交代燕青"竟不知投何处去了"，这还不是最好、最浪漫的结局。最好、最浪漫的结局应该是："不一日，燕青乔装潜入东京城，来到李师师家里，二人私下畅叙离情别意。燕青说得李师师抛下家私携手去到一无人知晓的桃源胜地，如神仙眷侣一般共度余生。"莫非金庸大师安排韦小宝效仿的对象就是燕青？

感慨之三：功成身退，明哲自保，历来被称为是一种大智慧。这种智慧是在生存竞争的生态环境极其恶劣的状况下无可奈何地修成的。如果生存竞争的生态环境能够好一点，这种智慧不要也罢，毕竟功名带来的各种享受还是令人愉悦的。但是，如何才能使生存竞争的生态环境好一点呢？

卢俊义之大愚若智

卢俊义的出场是宋江为了解决自己在晁盖曾头市中箭受伤身亡之后坐梁山泊头把交椅的合法性危机而强行导入的。晁盖临终嘱咐宋江："若那个捉得射死我的，便教他做梁山泊主！"以我的阅读理解，晁盖此话颇为阴险，给宋江出了一道不大不小的难题。这是晁盖"人之将死，其心也险"，彻底与宋江决裂的意思表示，因为晁盖分明知道宋江根本就没有能耐去"捉得射死我的"史文恭，晁盖是想在自己死后让梁山团队四分五裂，不让宋江过好日子。好在宋江运用自己的聪明才智非常妥当地解决了这个难题，既保住了自己的头把交椅，也避免了梁山团队的分裂。宋江解决这个难题的措施就是把卢俊义引入梁山团队。卢俊义正是以其"大愚若智"，几乎是天衣无缝地配合宋江演完了后半部《水浒传》。

施耐庵在卢俊义出场时用一首《满庭芳》词给予高度评价："目炯双瞳，眉分八字，身躯九尺如银。威风凛凛，仪表似天神。义胆忠肝贯日，吐虹蜺志气凌云，驰声誉，北京城内，元是富豪门。杀场临敌处，冲开万马，扫退千军。殚赤心报国，建立功勋。慷慨名扬宇宙，论英雄播满乾坤。卢员外双名俊义，绰号玉麒麟。"但是《水浒传》中卢俊义的主要事迹却多半是"大愚若智"的表现。

卢俊义的第一个"大愚若智"的事迹就是浑然不察吴用布下的极其粗陋的罗网，爽快地吞下吴用没有饵料的钓钩。吴用化装成一个卖卦营生的秀才模样，偕同"鸟眼像贼一样看人"的蠢野汉子李逵，打着"讲命谈天，卦金一两"的纸招儿混进北京城里，"转到卢员外解库门首，自歌自笑，去了复又回来，小儿们哄动"。如此这般就轻易地吸引到了卢俊义的关注。卢俊义自己的解释是"既出大言，必有广学"。施耐庵的解释是"也是天罡星合当聚会，自然生出机会来"。吴用胡乱一通"员外这命，目下不出百日之内，必有血光之灾：……只除非去东南方巽地上，一千里之外，方可免此大难。虽有些惊恐，却不伤大体……"之类的无稽之谈，卢俊义就深信不疑。卢俊义允许吴用在自家白粉壁赫然写下口歌四句："芦花丛里一扁舟，俊杰俄从此地游。义士若能知此理，反躬逃难可无忧"，居然对其险恶用心毫无察觉。

卢俊义的第二个"大愚若智"的事迹就是用极傲慢、愚蠢的方式拒绝李固、燕青、贾氏的劝谏，一意孤行，要去泰安州"避祸"。李固的劝谏是："主人误矣。常言道：'卖卜卖卦，转回说话。'休听那算命的胡言乱语，只在家中，怕做甚么？"卢俊义的拒辞是："我命中注定了，你休逆我。若有灾来，悔却晚矣。"燕青的劝谏是："主人在上，须听小乙愚见：这一条路，去山东泰安州，正打从梁山泊边过。近年泊内，是宋江一伙强人在那里打家劫舍，官兵捕盗，近他不得。主人要去烧香，等太平了去。休信夜来那个算命的胡讲，倒敢是梁山泊歹人，假装做阴阳人，来煽惑主人。小乙可惜夜来不在家里，若在家时，三言两语，盘倒那先生，到敢有场好笑。"卢俊义的拒辞是："你们不要胡说，谁人敢来赚我！梁山泊那伙贼男女，打甚紧！我观他如同草芥，兀自要去特地捉他，把日前学成武艺，显扬于天下，也算个男子大丈夫！"娘子贾氏的劝谏是："自古道：'出外一里，不如屋里。'休听那算命的胡说，撇下海阔一个家业，耽惊受怕，去虎穴龙潭里做买卖。你且只在家内，清心寡欲，高居静坐，自然无事。"卢俊义的拒辞是："你妇人家省得甚么？宁可信其有，不可信其无，自古祸出师人口，必主吉凶。我既主意定了，你都不得多言多语！"随着故事的发展，三人的劝谏都应验了，卢俊义貌似"正严"的拒辞都是自以为是的愚蠢。

卢俊义的第三个"大愚若智"的事迹就是在路过梁山泊时以极狂妄的方式进行挑衅，并且在遭遇梁山团队车轮战般的戏弄之后对其已经显而易见的险恶陷阱连"后知后觉"都没有，更谈不上做出应对防范了。梁山团队用车轮战戏弄卢俊义的篇幅太长，按下不表，单说卢俊义狂妄无知的挑衅。列位看官，请允许我原文照抄："自此在路夜宿晓行，已经数日，来到一个客店里宿食，天明要行，只见店小二哥对卢俊义说道：'好教官人得知：离小人店不得二十里路，正打梁山泊边口子前过去。山上宋公明大王，虽然不害来往客人，官人须是悄悄过去，休得大惊小怪。'卢俊义听了道：'原来如此。'便叫当直的取下了衣箱，打开锁，去里面提出一个包，内取出四面白绢旗，问小二哥讨了四根竹竿，每一根缚起一面旗来，每面栲栳大小几个字，写道：'慷慨北京卢俊义，远驮货物离乡地。一心只要捉强人，那时方表男儿志。'李固等众人看了，一齐叫起苦来。店小二问道：'官人莫不和山上宋大王是亲么？'卢俊义道：'我自是北京财主，却和这贼们有甚么亲！我特地要来捉宋江这厮！'小二哥道：'官人低声些，不要连累小人，不是耍处！你便有一万人马，也近他不的。'卢俊义道：'放屁！你这厮们都和那贼人做一路！'店小二叫苦不迭，众车脚夫都痴呆了。李固跪在地下告道：'主人可怜见众人，留了这条性命回乡去，强似做罗天大醮！'卢俊义喝道：'你省的甚么！这等燕雀，安敢和鸿鹄厮并？我思量平生学的一身本事，不曾逢著买主，今日幸然逢此机会，不就这里发卖，更待何时！我那车子上叉袋里，已准备下一袋熟麻索，倘或这贼们当死合亡，撞在我手里，一朴刀一个砍翻，你们众人，与我便缚在车子上。撇了货物不打紧，且收拾车子捉人，把这贼首解上京师，请功受赏，方表我平生之愿。若你们一个不肯去的，只就这里把你们先杀了。'前面摆四辆车子，上插了四把绢旗；后面六辆车子，随从了行。那李固和众人，哭哭啼啼，只得依他。卢俊义取出朴刀，装在杆棒上，三个丫儿扣牢了，赶着车子，奔梁山泊路上来。"

我读这一段也是读得"都痴呆了"，对卢俊义匪夷所思的想象力佩服得五体投地。

卢俊义的第四个"大愚若智"的事迹就是离了梁山泊回到北京城外遇见浪子燕青时再次拒绝了燕青的忠言劝谏。"燕青说道：'自从主人去后，不过半月，李固回来，对娘子说道：'主人归顺了梁山泊宋江，坐了第二把交椅。'当时便去官司首告了。他已和娘子做了一路，嗔怪燕青违拗，将我赶逐出门。将一应衣服尽行夺了，赶出城外。更兼分付一应亲戚相识：但有人安著燕青在家歇的，他便舍半个家私，和他打官司，因此无人敢著小乙。在城中安不得身，只得来城外求乞度日，权在庵内安身。正要往梁山泊寻见主人，又不敢造次。若主人果自泊里来，可听小乙言语，再回梁山泊去，别做个商议。若入城中，必中圈套。'卢俊义喝道：'我的娘子不是这般人，你这厮休来放屁！'燕青又道：'主人脑后无眼，怎知就里？主人平昔只顾打熬气力，不亲女色，娘子旧日和李固原有私情，今日推门相就，做了夫妻。主人若去，必遭毒手！'卢俊义大怒，喝骂燕青道：'我家五代在北京住，谁不识得？量李固有几颗头，敢做恁般勾当？莫不是你做出歹事来，今日倒来反说！我到家中问出虚实，必不和你干休！'燕青痛哭，拜倒地下，拖住主人衣服。卢俊义一脚踢倒燕青，大踏步便入城来。"

这里面还隐含着卢俊义的另两个"愚"处：第一是对贾氏、李固、燕青三人的识人不察；第二是平日里对妻子贾氏未能恪尽丈夫的义务。"修身、齐家"两方面都有问题。

卢俊义的第五个"大愚若智"的事迹就是在征方腊功成之后第三次拒绝燕青的劝谏，执迷于"衣锦还乡，封妻荫子"，丝毫不察功名的虚妄、险恶，不肯弃官归隐避祸，以至于最终遭饮鸩毒，落水身亡。

以我们这些过着庸常的世俗生活的升斗小民的世俗标准来衡量，在将化装成算命先生的吴用请到自家解库厅前之前，卢俊义属于标准的成功人士，但是，自卢俊义开言与智多星吴用对谈之时，其命运开始逆转，先是家破财散，最终是遭鸩身亡。如果撇开天罡地煞梁山英雄排座次、破辽征方腊等成就英雄业绩的宏大叙事，卢俊义的结局是标准的失败者。

卢俊义是如何从成功走向失败的呢？从外因方面来分析，以我的理解有两个方面的原因：第一是以宋江为核心的梁山团队用心险恶。为了实现自己的目标，宋江、吴用等人不惜以造成卢俊义家破人亡的结局来逼迫卢俊义入伙梁山泊（类似的故事在朱仝身上也演过一次）。第二是当时政治的腐败、黑暗，像卢俊义这等忠义干练之士不但无法循正常的上升途径走到能够充分发挥才能、为国家和社会服务的位置上去，反而无情地被完完整整、干净彻底地淘汰掉了。

从内因方面来分析，也有两个方面的原因：第一是卢俊义内心的浮躁。这种浮躁又源自卢俊义追求功名的操切之心。卢俊义的操切之心已是炽于内，溢于外。正是这种浮躁与吴用化装成算命先生故意制造的喧哗形成了呼应，吴用的无稽之谈正好触发了卢俊义拿梁山团队试刀博取功名的妄念。如果卢俊义是一个内心沉稳宁静、淡泊功名的人，那么无论吴用如何出奇招，故弄玄虚，制造大动静，最多也只能招来卢俊义的冷眼一瞥，宋江、吴用的任何诱逼之奇计也无从下手。

第二是卢俊义内心的骄傲。西方文化中有这样一种说法："骄傲是一切罪恶的排头兵，率领其他的罪恶来折磨人类。"虽然我对此也是一知半解，我感觉卢俊义完完整整地印证了这一句话。因为骄傲，使得愚昧、无知、狂妄、跋扈、蛮狠、贪婪等罪恶都整整齐齐地依附在卢俊义的身上。

　　卢俊义应该不是天生就如此骄傲，须是早期的成功养成了卢俊义的骄傲。这是老子"祸兮福所倚，福兮祸所伏"的教诲所衍生的。我们常常看见成功人士在大众媒体上正襟危坐地高谈阔论成功之道，也经常看见昨日风光无限、人见人羡的成功人士转眼之间就变得灰头土脸、人见人嫌。成功与失败之间的转换仿佛在旋踵之间发生。我感觉，成功向失败的转换比失败向成功的转换要更容易发生，因为前者是在享受成功的愉悦过程中发生的，后者是在经历磨难的痛苦过程中发生的。成功本身以及成功之后附随而来的愉悦享受，极易导致成功者迷失。"戒骄戒躁"，说起来容易，做起来真的很难。

女儿心事漠 香消玉殒悲

暴力是《水浒传》的主旋律，斗殴杀人是寻常事情。这里选取四个被梁山好汉杀害的美丽女子的故事来说道说道。这四个苦命的美丽女子是阎婆惜、潘金莲、潘巧云和卢俊义之妻贾氏。她们的故事有一个共同之处就是"纵欲不修妇德，恶行冒犯天罡"，都是喜剧始、悲剧终，结果落得以极其悲惨的方式死于非命。主流价值观对她们的评价是"罪有应得"。但是，这些苦命女子是否还有可悯、可恕之处呢？杀害她们的天罡巨星们不管死后是下了地狱还是上了天堂，在面对最后的功德罪孽清算时，是否能对此完全地大义凛然、无愧于心呢？

阎婆和阎婆惜母女俩是一对苦命的人，本来随家主阎公在首都东京从事娱乐行业，却因到山东投亲不着流落在郓城县。郓城县娱乐行业不发达，阎家无法于此谋生，家主阎公偏又"因害时疫死了"，母女俩陷入绝境。所幸的是靠着"疏财仗义"，乐于"济弱扶倾"的及时雨宋江的资助一时渡过了难关。

母亲阎婆是一个干练有谋略的女子，一是为了报恩，二是为了让孤女寡母能在人生地疏的郓城县安身立命，审时度势，做出决断把女儿许配给宋江做外室，并且在小两口关系出现断痕时竭力地做修补工作。

　　女儿阎婆惜则是一个颜值高、智商情商低，"有貌无脑"的坑亲女，对母亲大人的良苦用心、对母女二人的身世处境都懵懵无知，以至于一错再错，竟然异想天开地与虎谋皮，妄图凭借晁盖的信函勒索宋江，结果招来杀身之祸。从《水浒传》的前后叙述来看，阎婆在女儿被杀害之后随即也去世了。宋江一举把阎家灭了。

　　作为三十六大天罡星之首的宋江在这个故事里的表现又是如何呢？且容我原文照抄："宋江初时不肯。怎当这婆子撮合山的嘴，撺掇宋江依允了。就在县西巷内，讨了一所楼房，置办些家火什物，安顿了阎婆惜娘儿两个那里居住。没半月之间，打扮得阎婆惜满头珠翠，遍体金玉。正是：'花容袅娜，玉质娉婷。鬓横一片乌云，眉扫半弯新月。金莲窄窄，湘裙微露不胜情。玉笋纤纤，翠袖半笼无限意。星眼浑如点漆，酥胸真似截肪。韵度若风里海棠花，标格似雪中玉梅树。金屋美人离御苑，蕊珠仙子下尘寰。'宋江又过几日，连那婆子也有若干头面衣服。端的养的婆惜丰衣足食。初时宋江夜夜与婆惜一处歇卧。向后渐渐来得慢了。却是为何？原来宋江是个好汉，只爱学使枪棒，于女色上不十分要紧。这阎婆惜水也似后生，况兼十八九岁，正在妙龄之际，因此宋江不中那婆娘意。"初时宋江的表现还像是一个正常的男人，"向后渐渐"就显露出梁山好汉们通有的粗鄙——"只爱学使枪棒，于女色上不十分要紧"。这是宋江一类梁山好汉在个人素质方面的重大缺陷，根本不懂得如何与美人进行正常的、适当的沟通，也不屑于在此方面做出努力。

　　按照我的理解，在这个故事里，宋江犯下了三个错误。第一，娶了阎婆惜，却又不跟人家好好沟通，不向她讲清楚两人在一起生活的目的和意义，对年轻人的生理、心理方面的期望置之不理。第二，"不合带后司贴书张文远来阎婆惜家吃酒"。第三，未能及时、妥善地处置好晁盖写来的感谢信，这还是宋江心机太深惹的祸。

　　至于武松杀嫂，虽然之前已经略有评说，但仍有言犹未尽之处。有好事者指出，武松拒绝潘金莲的示爱是此悲剧的源头。我的阅读理解却是，虽然武松此举有伪善之嫌（从武松调戏孙二娘和蒋门神之妾的表现来看，武松有浪子本色），但是从当时社会普遍尊崇的礼教来看还是中规中矩的行为。悲剧的源头应该追溯到清河县的那个大户人家："那清河县里有一个大户人家，有个使女，小名唤做潘金莲，年方二十余岁，颇有些颜色。因为那个大户要缠他，这使女只是去告主人婆，意下不肯依从。那个大户以此记恨于心，却倒赔些房奁，不要武大一文钱，白白地嫁于他。""那个大户"对潘金莲的报复极为阴险恶毒，此举把潘金莲和武大两人送上了一条通向悲剧的不归路。

　　如果说武松杀嫂还具有一定的正当性，只是手段太过残忍，明显过当了，那么杨雄、石秀两人联手杀害潘巧云及其侍女迎儿的行为就严重缺乏正当性。

　　细究起来，潘巧云的错误或者罪行无非两项：一是与裴如海通奸，二是诬陷栽赃检举奸情的石秀。这两项错误或者罪行都是重不至死的。

　　虽然施耐庵没有明确表示杨雄也是"只爱学使枪棒，于女色上不十分要紧"，但是通过潘巧云之口说出了"我的老公，一个月倒有二十来日当牢上宿"的情节。这可以看出杨雄对于正当盛年的妻子，由于主客观方方面面的原因并没有履行好丈夫的义务。

　　拼命三郎石秀是一个"乖觉的人"，敏锐地察觉了潘巧云与裴如海的奸情。他也是一个多事的人，向杨雄检举告发的行为违反了"疏不间亲"的古训。石秀只是客居在杨雄家，与杨雄也只是结拜兄弟。潘巧云与裴如海通奸并不损害石秀的利益。石秀的自言自语"哥哥如此豪杰，却恨讨了这个淫妇，倒被这婆娘瞒过了，做成这等勾当"不是恰当的言论。石秀的正确做法应该是找一个适当的理由辞别而去。石秀貌似大义凛然的举动直接地害了四个人的性命，间接地把潘巧云的老父亲也给害了。

卢俊义之妻贾氏是否罪该当死？这是一个难以定夺的问题。但是从燕青说的"主人平昔只顾打熬气力，不亲女色。娘子旧日和李固原有私情"这句话来看，卢俊义对贾氏出轨是有责任的。如果贾氏不出轨，贾氏与李固被杀的悲剧应该是可以避免的。

《水浒传》第六十七回《宋江赏马步三军　关胜降水火二将》中卢俊义处死贾氏、李固的情形："卢俊义起身道：'淫妇奸夫擒捉在此，听候发落。'宋江笑道：'我正忘了。叫他两个过来！'众军把陷车打开，拖出堂前。李固绑在左边将军柱上，贾氏绑在右边将军柱上。宋江道：'休问这厮罪恶，请员外自行发落。'卢俊义得令，手拿短刀，自下堂来，大骂泼妇贼奴。就将二人割腹剜心，凌迟处死，抛弃尸首，上堂来拜谢众人。众头领尽皆作贺，称赞不已。"其中"尽皆作贺，称赞不已"八个字令人有如鲠在喉、难以言说之意。

在《水浒传》里，宋江、武松、杨雄、石秀和卢俊义这些天罡巨星以他们各自的戏剧铺垫、场景杀害阎婆惜、潘金莲、潘巧云和贾氏的行为是得到赞赏的，受害者是受贬损的。主流的民间价值观和文学评论的价值观也都支持这个观念。我对这一点是不赞成的，认为应该加以检讨。

《坐楼杀惜》《武松杀嫂》是全国各地诸多剧种的传统戏目，常演不衰，宋江、武松都是正面形象，阎婆惜、潘金莲是反面教材。还有一则更可恶的戏目叫《活捉三郎》，其剧情大致是："宋江收阎婆惜为外室，阎婆惜却与张文远私通，并以宋江与梁山来往书信要挟，宋江忍无可忍怒杀阎婆惜。阎婆惜死后心有不甘，夜间至张文远家中，活捉他至阴间欲续前缘。"我对此的理解是，阎婆惜死后化身为鬼，无力找宋江报仇，只能迁怒到张文远身上。我建议有正义感的剧作家写一个叫《金莲活捉大户》的剧本，让潘金莲在死后化身为鬼去把那个报复她的大户人家活捉到阴间去做鬼。

《水浒传》里这四场悲剧本来是可以避免的。这些身为天罡巨星的杀人者相对于受害者，无疑是强者中的强者，如果他们能够与他们的受害者进行正常的沟通，对她们稍加垂怜，受害者必定有更好的行为模式，不至于走向两败俱伤的悲剧结局。子曰："不教而杀谓之虐。"《水浒传》的作者赞赏这种杀害行为，无视背后的悲剧，着实令人无话可说。

无论是在个人、群体还是阶级的层面或者范畴，强者与弱者之间建立起必要的沟通渠道，是个人之间关系、社会关系和谐稳定的必要条件。经济学的博弈论也证明了这是社会福利实现最大化的必要条件。

两个超级富豪的过眼云烟

如果有好事者模仿当今流行的福布斯排行榜制作一个"徽宗朝富豪排行榜",那么首席富豪肯定非宋徽宗赵佶莫属,正所谓"贵为太子,富有天下"是也。作为一个富有好奇心的好事者,我也在琢磨一个小问题:小旋风柴进和玉麒麟卢俊义在其财富未曾消散之前,是否有资格入选徽宗朝富豪排行榜?这个小问题又引出一些更大的问题:为何柴进和卢俊义"海阔一个家业"转瞬之间就如过眼云烟,消散一空?如何运用辩证唯物主义的方法来分析其内因和外因?柴卢二人的遭遇对于我们这些向往富豪生活但是尚未成为富豪的普通人有何警示?

虽然《水浒传》没有具体描写柴卢二人的资产状况,但是字里行间也不难判断,无论是以当时的标准还是以当今的标准,他们都可以归到超级富豪的行列。

先来看柴进。《水浒传》第九回《柴进门招天下客　林冲棒打洪教头》说到林冲刺配沧州城,在城外听得一店主人如此介绍柴进:"你不知俺这村中有个大财主,姓柴名进,此间称为柴大官人,江湖上都唤做'小旋风',他是大周柴世宗子孙。自陈桥让位,太祖武德皇帝敕赐与他誓书铁券在家中,谁敢欺负他?专一招接天下往来的好汉,三五十个养在家中,常常嘱付我们：'酒店里如有流配来的犯人，可叫他投我庄上来，我自资助他。'我如今卖酒肉与你，吃得面皮红了，他道你自有盘缠，便不助你。我是好意。"

林冲看到柴进的西庄是此等模样："过得桥来，一条平坦大路，早望见绿柳阴中显出那座庄院。四下一周遭一条涧河，两岸边都是垂杨大树，树阴中一遭粉墙。转弯来到庄前，看时，好个大庄院！但见：门迎黄道，山接青龙。万枝桃绽武陵溪，千树花开金谷苑。聚贤堂上，四时有不谢奇花；百卉厅前，八节赛长春佳景。堂悬敕额金牌，家有誓书铁券。朱甍碧瓦，掩映着九级高堂；画栋雕梁，真乃是三微精舍。不是当朝勋戚第，也应前代帝王家。"

宋江看到柴进的东庄是此等模样："宋江看时，端的好一所庄院，十分齐整。但见：前迎阔港，后靠高峰。数千株槐柳疏林，三五处招贤客馆。深院内牛羊骡马，芳塘中凫鸭鸡鹅。仙鹤庭前戏跃，文禽院内优游。疏财仗义，人间今见孟尝君；济困扶倾，赛过当时孙武子。正是：家有余粮鸡犬饱，户无差役子孙闲。"

柴进如此向宋江夸耀自己的势力："兄长放心！遮莫做下十恶大罪，既到敝庄，但不用忧心。不是柴进夸口，任他捕盗官军，不敢正眼儿觑着小庄……便杀了朝廷的命官，劫了府库的财物，柴进也敢藏在庄里。"活脱脱一个有钱任性的柴大官人形象扑面而来。

再看卢俊义。《水浒传》中没有直接描写卢俊义是如何的富有，我们需透过其行事排场窥见一二。"卢员外正在解库厅前坐地，看看那一班主管收解……""这李固原是东京人，因来北京投奔相识不着，冻倒在卢员外门前。卢俊义救了他性命，养在家中。因见他勤谨，写的算的，教他管顾家间事务。五年之内，直抬举他做了都管。一应里外家私，都在他身上，手下管着四五十个行财管干……"

　　我专门查了一下《辞源》，没有查到"解库""行财管干"的意思。我猜"解库"应该就是金库、仓库的意思，"行财管干"莫不是"行政财务管理干部"的简称？大约就是企业高管的意思吧。卢俊义这个家族企业的格局是：卢俊义是董事长，燕青是董事长助理，李固是总经理，总经理手下有四五十个高管。这个企业好大喔！

　　只可惜柴卢二人"海阔一个家业"转瞬之间就如过眼云烟，消散一空。

　　柴进的丹书铁券也无法抵挡殷天锡的胡蛮一闹，暴戾粗鄙的李逵为了保护柴进而打死殷天锡，反而把柴进害进了监牢。"这殷夫人要与兄弟报仇，教丈夫高廉抄扎了柴皇城家私，监禁下人口，占住了房屋园院。柴进自在牢中受苦。"这是柴进失去财富的外因。

　　至于内因，我认为是柴进内心的妄念——夺回祖宗失去的皇位，以及伴此妄念而来的妄行——不计成本地窝藏豢养"天下往来的好汉"。这些好汉其实就是犯罪分子，他们是否属于"成事不足，败事有余"之徒可以暂时不作讨论，"闹事有余""生事有余"是不在话下的。既然柴大官人"其志不在小"，为何不去结交、培养诸如张良、诸葛亮、刘伯温的谋略大师，即使是低好几个档次的冯谖、牛金星之流也好啊。我对此十分不解。但是转念一想，其实也很好解释——柴大官人也是一个很粗鄙的人，虽然志向远大，但是眼高手低。柴进可能是想在结交的好汉里面培养出若干荆轲之类的效死之士，在关键时刻为自己卖命。无奈事与愿违，本指望替自己卖命的好汉竟把自己送进监牢以至于命悬一线，偌大家业随之烟消云散是自然的了。

　　梁山团队为诱逼卢员外入伙而精心设的局，李固与贾氏为谋夺卢家财产的所作所为，是卢俊义失去财富的外因。至于内因，我认为也是卢俊义内心的妄念——"我思量平生学的一身本事，不曾逢着买主，今日幸然逢此机会，不就这里发卖，更待何时……把这贼首解上京师，请功受赏，方表我平生之愿！"这个妄念支持了卢俊义挑衅梁山泊的妄行，以至于陷入梁山泊的骗局，也诱使李固与贾氏无端产生了谋夺卢氏财产的妄念。如果卢俊义做到了其妻贾氏所言"你且只在家内，清心寡欲，高居静坐，自然无事"，至少在这一局里卢俊义还不至于家破财散。

我对柴卢二人的遭遇颇有同情、痛心之意，同情、痛心之余还颇有感慨。感慨之一：妄念导致妄行，妄行招致毁灭。道理浅显易懂，但是如何才能识别心中的妄念，克制脚下的妄行呢？我从柴卢二人的遭遇总结出来的经验教训是，一是要知足戒贪，守初守界。柴卢二人已经是超级大富豪，兀自不知足，还有更大的贪念，一个还想做皇帝，一个还想做大官。

当初赵柴两家在授受丹书铁券之时是如何约定的，已经是于史无证了，杯酒释兵权的故事可做参考。《宋史·石守信传》是这样记载的："帝曰：'人生驹过隙尔，不如多积金、市田宅以遗子孙，歌儿舞女以终天年。君臣之间无所猜嫌，不亦善乎。'守信谢曰：'陛下念及此，所谓生死而肉骨也。'明日，皆称病，乞解兵权，帝从之，皆以散官就第，赏赉甚厚。"历史上都称颂赵匡胤是一位仁厚之君，可以想象，赵匡胤授予柴进祖先丹书铁券之时也有仁厚的一面，期望柴家能世世代代享受荣华富贵，条件就是要尊重赵家的领导地位，不要对赵家江山心存觊觎。柴进的祖先对赵匡胤的期望应该是给与了正面的承诺，这种承诺也应该化为了柴家的祖训。柴进忘记了祖训，突破了应该遵守的界限，如此招致灾祸，实属必然。

卢俊义自称"我家五代在北京住"，初见吴用时年方三十二岁，应是继承了家族产业。想当初，卢氏祖先草创事业之时，应未曾想过要"商而优则仕"吧？在商言商，本是卢俊义应守之界，在商而谋功谋爵，越界太远了。

感慨之二：从个人修养、创业守成等方面来讲要"识势""顺势"。往大处讲就是要认识、掌握社会发展的客观规律，往小处讲就是要弄清楚自己在社会上的地位和角色。逆势悖行，必然招致灾祸。

感慨之三：交友宜慎，须有最基本的识人之明。《水浒传》对宋江、柴进等人所谓的仗义疏财，毫无原则地广交江湖好汉的"义气"大加赞赏，这实际上是一种极度落后、腐朽的价值标准。如果仔细地去分析，《水浒传》里这些天罡地煞因为讲义气而相互之间造成的麻烦、灾祸、伤害、损失远远超过了相互之间的帮助、扶持，给他人、社会造成的麻烦、灾祸、伤害、损失就更不要去算了。我们还有一个古训 —— "交浅不言深"，这才是真理。

李逵之集丑集恶

　　鲁迅先生在《流氓的变迁》中说："李逵劫法场时，抡起板斧来排头砍去，而所砍的是看客。一部《水浒传》，说得很分明：因为不反对天子，所以大军一到，便受招安，替国家打别的强盗——不'替天行道'的强盗去了。终于是奴才。"鲁迅先生的这个评价，我是完全赞成、坚决拥护的。对李逵，我的态度也是憎恶的。但是说《水浒传》无法回避李逵，不仅仅是因为他的戏份重，还因为他把相貌丑陋、行为粗鄙、无趣、野蛮、暴戾、残忍、愚昧、奴性等诸多人性之恶集于一身，是丑恶的典型、标本，完全可以作为古今中外的丑恶代表。

　　关于李逵相貌之丑，《水浒传》几乎是不吝笔墨或直或曲地大加展现，最有趣的是通过绝代佳人李师师之口说出来的："李逵看见宋江、柴进与李师师对坐饮酒，自肚里有五分没好气，圆睁怪眼，直瞅他三个。李师师便问道：'这汉是谁？恰似土地庙里对判官立地的小鬼。'众人都笑。李逵不省得他说。宋江答道：'这个是家生的孩儿小李。'李师师笑道：'我倒不打紧，辱没了太白学士。'"

　　关于李逵行为之粗鄙、无趣，在第三十八回《及时雨会神行太保　黑旋风斗浪里白条》李逵初次登场亮相的几段故事就展现无遗了。且容我抄录几段原文："戴宗便唤酒保，教造三分加辣点红白鱼汤来……李逵并不使箸，便把手去碗里捞起鱼来，和骨头都嚼了……李逵嚼了自碗里鱼，便道：'两位哥哥都不吃，我替你们吃了。'便伸手去宋江碗里捞将过来了，又去戴宗碗里也捞过来了，滴滴点点，淋一桌子汁水……酒保道：'小人这只卖羊肉，却没牛肉。要肥羊尽有。'李逵听了，便把鱼汁劈脸泼将去，淋那酒保一身……四人饮酒中间，各叙胸中之事。正说得入耳，只见一个女娘，年方二八，穿一身纱衣，来到跟前，深深的道了四个万福……顿开喉音便唱。李逵正待要卖弄胸中许多豪杰事务，却被他唱起来一搅，三个且都听唱，打断了他的话头。李逵怒从心上起，恶向胆边生，跳起身来，把两个指头去那女娘额上一点。那女娘大叫一声，蓦然倒地……戴宗怨李逵道：'你这厮要便与人合口，又教哥哥坏了许多银子！'李逵道：'只指头略擦得一擦，他自倒了。不曾见这般鸟女子，恁地娇嫩！你便在我脸上打一百拳也不妨。'"

关于李逵的野蛮、暴戾、残忍，其标志性动作——"脱得赤条条的，抢板斧排头砍去"虽然已经足以展现，《水浒传》里还有多处似乎不经意的细节更加令人毛骨悚然。

第四十一回《宋江智取无为军 张顺活捉黄文炳》中："穆太公道：'你等如何却打从那条路上来？'李逵道：'我自只拣人多处杀将去，他们自要跟我来，我又不曾叫他！'……李逵拿起尖刀，看着黄文炳，笑道：'……今日你要快死，老爷却要你慢死！'便把尖刀先从腿上割起。拣好的，就当面炭火上炙来下酒。割一块，炙一块。无片时，割了黄文炳，李逵方把刀割开胸膛，取出心肝，把来与众好汉看醒酒汤。众多好汉看割了黄文炳，都来草堂上与宋江贺喜。"

第四十三回《假李逵剪径劫单人 黑旋风沂岭杀四虎》中："李逵盛饭来，吃了一回，看着自笑道：'好痴汉！放着好肉在前面，却不会吃！'

拔出腰刀，便去李鬼腿上割下两块肉来，把些水洗净了，灶里抓些炭火来便烧，一面烧，一面吃。吃得饱了，把李鬼的尸首抛放屋下，放了把火，提了朴刀，自投山路里去了。"

第五十回《吴学究双用连环计 宋公明三打祝家庄》中："且说李逵正杀得手顺，直抢入扈家庄里，把扈太公一门老幼尽数杀了，不留一个……只见黑旋风一身血污，腰里插着两把板斧，直到宋江面前唱个大喏，说道：'祝龙是兄弟杀了，祝彪也是兄弟砍了，扈成那厮走了，扈太公一家都杀得干干净净，兄弟特来请功！'……宋江道：'你这厮违了我的军令本合斩首，且把杀祝龙祝彪的功劳拆过了。下次违令，定行不饶！'黑旋风笑道：'虽然没了功劳，也吃我杀得快活！'"

第五十一回《插翅虎枷打白秀英 美髯公误失小衙内》中："朱仝道：'你好好的抱出来还我！'李逵指著头上道：'小衙内头须儿却在我头上。'朱仝看了，又问：'小衙内正在何处？'李逵道：'被我拿些麻药抹在口里，直抱出城来，如今睡在林子里，你自请去看。'朱仝乘著月色明朗，径抢入林子里寻时，只见小衙内倒在地上。朱仝便把手去扶时，只见头劈成两半个，已死在那里。"

第七十三回《黑旋风乔捉鬼 梁山泊双献头》中："那后生却待要走，被李逵大喝一声，斧起处，早把后生砍翻。这婆娘便钻入床底下躲了。李逵把那汉子先一斧砍下头来……李逵道：'这等腌臜婆娘，要你何用！'揪到床边，一斧砍下头来，把两个人头拴做一处，再提婆娘尸首和汉子身尸相并，李逵道：'吃得饱，正没消食处。'就解下上半截衣裳，拿起双斧，看著两个死尸，一上一下，恰似发擂的乱剁了一阵。李逵笑道：'眼见这两个不得活了。'插起大斧，提著人头，大叫出厅前来：'两个鬼我都捉了。'……太公却引人点著灯烛，入房里去看时，照见两个没头尸首，剁做十来段，丢在地下。太公太婆烦恼啼哭，便叫人扛出后面，去烧化了。李逵睡到天明，跳将起来，对太公道：'昨夜与你捉了鬼，你如何不谢？'太公只得收拾酒食相待……"

综合上面的描述，李逵基本上就是一个具有人形，但是没有丝毫人性的猛兽。

最集中体现李逵愚昧的就是自梁山泊归乡迎母，沂岭母丧虎口的故事。

李逵沂岭母丧虎口，怒杀四虎的故事本身已经足够富于戏剧性了。其后第四十三回《锦豹子小径逢戴宗 病关索长街遇石秀》中："李逵诉说取娘至沂岭，被虎吃了，因此杀了四虎。又诉说假李逵剪径被杀一事，众人大笑。晁、宋笑道：'被你杀了四猛虎，今日山寨里添得两个活虎，正直作庆。'众多好汉大喜，便教杀牛宰马，做筵席庆贺两个新到头领。"这一段更加意味深长。众好汉对李逵沂岭母丧虎口并不以为意，对李逵怒杀四虎也没有什么兴趣，反而对"假李逵剪径被杀"引以为乐，并且直接忽略李逵的丧母之痛，杀牛宰马，做筵席庆贺两个新到头领。书中没有直接描写李逵对此的反应，但是我们基本上可以推导出两个结论：第一，李逵对此没有什么反应；第二，晁、宋等一干梁山泊好汉并不在意李逵的反应。依照我的理解，这些都是李逵愚昧之因结下的恶果。

关于李逵的奴性，自从李逵在江州与宋江结交之后，就心甘情愿、死心塌地地充当宋江的奴仆。在第七十一回《忠义堂石碣受天文 梁山泊英雄排座次》中，李逵有两段对宋江的深情表白："哥哥剐我也不怨，杀我也不怨。除了他，天也不怕！""我梦里也不敢骂他。他要杀我时，便由他杀了罢。"第一百回《宋公明神聚蓼儿洼 徽宗帝梦游梁山泊》中："宋江道：'兄弟，你休怪我！前日朝廷差大使赐药酒与我服了，死在旦夕……我死之后，恐怕你造反，坏了我梁山泊'替天行道'忠义之名。因此，请将你来，相见一面。昨日酒中，已与了你慢药服了，回至润州必死……'言讫，堕泪如雨。李逵见说，亦垂泪道：'罢，罢，罢！生时伏侍哥哥，死了也只是哥哥部下一个小鬼！'言讫泪下……李逵临死之时，嘱咐从人：'我死了，可千万将我灵柩去楚州南门外蓼儿洼和哥哥一处埋葬。'"

李逵是如何一个"集丑集恶"之身，是第一层次的问题。李逵是如何养成"集丑集恶"之身的，是第二层次的问题。

李逵天赋异禀，生就一个几乎是刀枪不入、百毒不侵的粗粝身体，还有一股无穷无尽的天生蛮力，这是李逵养成"集丑集恶"之身的生理基础。

至于心理基础，依照我的理解，李逵幼年时期应该是一个"感统失调综合征"患者，严重缺乏与人正常沟通的能力，具有强烈的攻击性。

《水浒传》中没有详细交代李逵的身世，包含信息量最多的还是朱贵的那一席话："这李逵，他是本县百丈村董店东住；有个哥哥唤做李达，专与人家做长工。这李逵自小凶顽，因打死了人，逃走在江湖上，一向不曾回家。"据此并结合其他零散的信息，我们可以勾勒出李逵身世的几个要点：出生在社会最底层，从小受到歧视、漠视；未接受过任何教育（包括最基本的家教），以至于心中几乎没有任何行为规范和善恶标准，"杀人为乐"是李逵最突出的品行；未接受过沟通训练，"感统失调"不但没有得到纠正，反而被放大，造成既没有沟通能力也没有沟通需求；"自小凶顽"，暴力手段几乎是李逵唯一的表达方式，并且很早就负上了命债，因此混迹江湖，靠出卖自身的暴力谋生；暴力得到宋江的赏识，被宋江收买，结成主奴搭档，终此一生。

李逵本身拥有巨大的力量，但是身处社会底层，是一个遭受歧视、漠视、欺凌的弱者，反抗是本能的反应。但是由于李逵心中缺乏行为规范和善恶标准，并没有正确运用力量的意识，反抗的力量并没有集中指向压迫者，反而向无辜的更弱者肆虐。

李逵身上体现了一系列的矛盾：他既是一个个体力量强大的强者，同时又是一个社会地位渺小的弱者；他既是一个加害者，同时也是一个受害者；他身上蕴藏着无穷的破坏力，但是对他的约束力很微弱。

依照我的理解，弱者也是有力量、有破坏力的，弱者自有弱者的武器。如何规范弱者的力量，减少弱者的破坏力也是社会制度的一个重要方面。

关于李逵"集丑集恶"之身第三层次的问题是，为何李逵的恶行如此昭彰还颇受赞赏？通篇《水浒传》对李逵的笔调、语气基本上是肯定、赞赏的。《水浒传》通过罗真人之口说："贫道已知这人是上界天杀星之数，为是下土众生作业太重，故罚他下来杀戮。吾亦安肯逆天，坏了此人……"点评《水浒传》的金圣叹等人对李逵也是褒扬有加。容与堂刻本书前更有"李逵者，梁山泊第一尊活佛也，为善为恶，彼具无意"这样的评价。《中国文学史》给李逵的评价是："构成李逵性格核心的是他强烈的革命要求和彻底、坚定的革命精神……李逵对自己弟兄们和受苦的人民怀有深厚的感情，这是他英雄性格另一种光辉的表现。"

以我粗浅的学力，我无法回答这第三层次的问题。我只觉得，赞扬、肯定李逵是违悖常识、常理的，反映了一种审美观、价值观、历史观严重混乱的状态。我对此只能持一种悲哀、悲观的态度。

李逵及其所属的梁山团队即所谓的一百单八将，通常被称为"英雄""好汉"。依照我的理解，一百单八将真正够得上"英雄"资格的人寥寥无几。

罗曼·罗兰在《巨人三传》初版序中说："我称为英雄的，并非以思想或强力称雄的人，而只是靠心灵而伟大的人。好似他们之中最伟大的一个，就是我们要叙述他的生涯的人所说的：'除了仁慈以外，我不承认还有什么优越的标记。'没有伟大的品格，就没有伟大的人，甚至没有伟大的艺术家、伟大的行动者，所有的只是些空虚的偶像，匹配下贱的群众的：时间会把他们一齐摧毁。成败又有什么相干？主要是成为伟大，而非显得伟大。"

我非常赞成罗曼·罗兰的英雄观。

仗义疏财真伪论

在《水浒传》里，"仗义疏财"是一种极受推崇的品格。在我的印象中，只有柴进、晁盖、宋江和李应得到了"仗义疏财"的评价。

李应的事迹不显著，先来看看前三位"仗义疏财"的具体事迹。

第九回《柴进门招天下客　林冲棒打洪教头》中柴进西庄酒店主人就曾说："你不知俺这村中有个大财主，姓柴名进，此间称为柴大官人，江湖上都唤做'小旋风'……专一招接天下往来的好汉，三五十个养在家中，常常嘱付我们：'酒店里如有流配来的犯人，可叫他投我庄上来，我自资助他。'"接下来那首赞美柴进的词直接给出了"仗义疏财欺卓茂，招贤纳士胜田文"的高度评价。大致地梳理一下，《水浒传》里可以列举出来的柴进资助过的人有林冲、武松、宋江、杜迁、石勇、王伦及以其为首领时的梁山团队。至于资助的方式，一是招纳在庄园里管吃、管喝、管住，二是临别之时赏发银两相送，三是写推荐信。

对于晁盖，《水浒传》只给出了评价，但是没有细述具体的事迹。只是在第十四回《赤发鬼醉卧灵官殿　晁天王认义东溪村》介绍晁盖："平生仗义疏财，专爱结识天下好汉，但有人来投奔他的，不论好歹，便留在庄上住。若要去时，又将银两赏助他起身。最爱刺枪使棒，亦自身强力壮，不娶妻室，终日只是打熬筋骨。"以及在第十五回《吴学究说三阮撞筹 公孙胜应七星聚义》中借吴凤之口，对阮氏三杰说："这等一个仗义疏财的好男子，如何不与他相见？"只此而已。

宋江头顶"山东及时雨"的光环，"仗义疏财"的事迹自然丰富许多。第十八回《美髯公智稳插翅虎 宋公明私放晁天王》，宋江甫一出场便得到如下的溢美之词："平生只好结识江湖上好汉，但有人来投奔他的，若高若低，无有不纳，便留在庄上馆谷，终日追陪，并无厌倦。若要起身，尽力资助，端的是挥霍，视金似土。人问他求钱物，亦不推托；且好做方便，每每排难解纷，只是周全人性命。时常散施棺材药饵，济人贫苦，赒人之急，扶人之困，以此山东、河北闻名，都称他做'及时雨'，却把他比做天上下的及时雨一般，能救万物。曾有一首《临江仙》赞宋江好处：起自花村刀笔吏，英灵上应天星，疏财仗义更多能。事亲行孝敬，待士有声名。济弱扶倾心慷慨，高名水月双清。及时甘雨四方称，山东呼保义，豪杰宋公明。"

宋江救助了阎婆母女俩，可惜善始恶终。"郓城县一个卖糟腌的唐二哥，叫做唐牛儿，如常在街上，只是帮闲，常常得宋江赍助他。但有些公事去告宋江，也落得几贯钱使。宋江要用他时，死命向前。"在第二十一回《虔婆醉打唐牛儿 宋江怒杀阎婆惜》里，宋江吃了卖汤药的王公奉上的一盏浓浓的二陈汤之后，"蓦然想起道：'时常吃他的汤药，不曾要我还钱。我旧时曾许他一具棺材，不曾与得他。想起昨日有那晁盖送来的金子，受了他一条，在招文袋里，何不就与那老儿做棺材钱，教他欢喜。'宋江便道：'王公，我日前曾许你一具棺木钱，一向不曾把得与你。今日我有些金子在这里，把与你，你便可将去陈三郎家，买了一具棺材，放在家里。你百年归寿时，我却再与你些送终之资。'"只可惜装金子的招文袋忘在了阎婆惜的床头栏杆子上，口惠而实未至。

依照我的理解，宋江"仗义疏财"的典型性事迹有两件，一是在柴进的东庄收服武松，二是在江州城里的一处酒楼里收服李逵，都是依仗"疏财"二字。而在第三十七回《没遮拦追赶及时雨 船火儿夜闹浔阳江》中还有一段意味深长的话："宋江身边有的是金银财帛，自落的结识他们。住了半月之间，满营里没有一个不欢喜他。"

为了辨析"仗义疏财"之真伪，我专门就"仗义"和"仗义疏财"两个词条查了《辞源》。在《辞源》里，"仗义"有两个意思：一是主持正义，二是讲义气。"仗义疏财"的意思是：讲义气，拿钱帮助别人。我又查了"义气"的意思：一是刚正之气，二是忠义之气。

从《辞源》所规定的本义和最普适的符合公序良俗的善良愿望来看，"仗义疏财"应当是出于善良的愿望去帮助他人，此乃"仗义疏财"之真。

据此，在粗略地列举完三位好汉的仗义疏财光荣事迹之后，我要提出本文要讨论的几个问题：三位好汉如此仗义疏财的行为，真的是出于善良去帮助他人，还是另有深谋远虑？《水浒传》的作者和绝大多数读者所推崇的仗义疏财这种品格，真实程度有多大？三位好汉所疏之财有多少是来源正当的合法财产？《水浒传》的作者和绝大多数读者所推崇的仗义疏财这种品格反映的是一种什么样的价值观？这样的价值观会诱导出什么样的行为模式？

从《水浒传》的描述来看，柴进和晁盖的所谓"仗义疏财"完全不是出于善良去帮助他人。柴进关注的是流配的罪犯，重点资助宋江之类重大刑事犯罪分子和王伦之类决意前往山寨落草的异志人士。晁盖式"仗义疏财"则是"专爱结识天下好汉，但有人来投奔他的，不论好歹，便留在庄上住。若要去时，又将银两赍助他起身"。敬请各位读者注意到"不论好歹"四个字。宋江的所谓"仗义疏财"不完全是出于善良去帮助他人。当宋江作为"做好事的押司"动念救助阎婆一家、许与卖汤药的王公一具棺材之时，不能否认他是出于善良去帮助他人，但是宋江大把花钱收服唐牛儿、武松、李逵等人，不计成本地经营"山东及时雨"的品牌，这些行为就不是出于善良去帮助他人了。在《水浒传》里，宋江"仗义疏财"行为模式的主营业务是经营"山东及时雨"的品牌，对付阎婆、王公之类的小人物只是顺手而为的附属业务。

概而言之，三位好汉的仗义疏财是虚伪的，不是真心出于善良去帮助他人，而是另有不便明说的深谋远虑。

依我看来，整个《水浒传》里唯一一个真正达到"仗义疏财"标准的是义救金翠莲父女的鲁智深。

三位好汉所疏之财有多少是来源正当的合法财产？柴进的庄园内有"丹书铁券"坐镇，外有海阔田产，姑且可以推定其所疏之财是来源正当的合法财产。晁盖"祖是本县本乡富户"，应当不乏来源正当的合法财产，但是此君既然能够"独霸在那村坊"，并且毫无滞碍地做出领头劫生辰纲的抉择，那么他所疏之财有多少是来源正当的合法财产是一个需要进一步研究的问题。

最初，宋江的正式身份是郓城县衙的押司，但"他是个庄农之家"，"父亲宋太公在村中务农，守些田园过活"。据此可以判断，宋江来源正当的合法财产绝对不足以支撑他那种"视金似土"式的"仗义疏财"。所幸的是，《水浒传》没有刻意地对宋江所疏之财的来源进行隐瞒。根据"刀笔精通，吏道纯熟"八字评语，还有"宋公明私放晁天王""郓城县月夜走刘唐"等故事，很容易推断出宋江所疏之财很有可能是贪污受贿得来。

既然所谓的"仗义疏财"是虚伪的，所疏之财也大多不是来源正当的合法财产，那么为何得到《水浒传》的作者和绝大多数读者的推崇？这体现了一种什么样的价值观？这样的价值观会诱导出什么样的行为模式？

　　首先，我要用孔子的"大哉，此问"来表扬自己。其次，我必须老老实实地承认，以我绵薄的学力、才力，无法清晰、准确地回答这些问题。

　　细究起来，这些问题的提出是基于一种讲求线性思维的逻辑训练。但是面对《水浒传》所推崇的"仗义疏财"，就像是拿着一把有固定刻度的尺子去丈量一捆不仅打着很多死结、纠缠不清，而且长短伸缩不定的松紧带的长度。

　　《水浒传》推崇"仗义疏财"，与其说体现了一种价值观及其衍生的行为模式，不如说是体现了价值观及其衍生行为模式的混乱。

　　虽然孔子"罕言利"，孟子主张"舍利取义"，中国历史上从来不乏前赴后继的"杀身成仁""舍生取义"的仁人志士，但是不得不承认也不乏贪财、自私自利的人。

　　柴进、晁盖和宋江等人表面上干着"仗义疏财"的事情，但是在内心怀着非常阴险的自私自利的意图，这种意图实际上很自然地溢于言表。这种所谓的"仗义疏财"就是孔子严厉批判的"乡原"。《辞源》里"乡原"的意思是：外博谨愿之名，实与流俗合污的伪善者。《水浒传》推崇"仗义疏财"，结果却引出"伪善""欺骗"等损害道德信仰的行为模式。

　　《水浒传》号称是"只反贪官，不反皇帝"，提倡"忠义"的价值观，忠于赵宋王朝。柴进、晁盖和宋江等人所作所为的那些"仗义疏财"的勾当，都是在大挖特挖赵宋王朝的根基。《水浒传》极力推崇"仗义疏财"，不知是基于何种逻辑。

　　以前我读《道德经》十八章"大道废，有仁义。慧智出，有大伪"、《道德经》十九章"绝圣弃智，民利百倍。绝仁弃义，民复孝慈。绝巧弃利，盗贼无有"，及《庄子·胠箧》"圣人已死，则大盗不起，天下平而无故矣！圣人不死，大盗不止"等篇章时，始终无法理解老庄为何如此"消极"。现在慢慢地感悟到这都是"伪"字惹的祸，即使是在老庄生活的时代也已经有了太多的"伪仁义""伪智慧""伪圣人",无情地粉碎了老庄对"仁义""智慧""圣人"的信心。

如何"克伪复真"确应是中国文化复兴的必修课。

义气得失损益论

　　如果说"忠义""替天行道"是宋江以及梁山团队所标榜的旗号招牌的话，那么"讲义气"就应该是他们的基础价值观。"讲义气"既是梁山泊一百单八将必备的基本素质，也是把他们凝聚成一个团队的黏合剂。即便像呼延灼、关胜此等原本效忠赵宋王朝的身世显赫、武功高强的名将在兵败之后无奈加入梁山团队时说服自己的理由也是"天罡之数，自然义气相投"之类的表述。

　　依照我理解，《水浒传》里好汉们所讲的"义气"并不是《辞源》里"义气"的那两个意思，即刚正之气和忠义之气，而是"江湖义气"。"讲义气"或者"江湖义气"讲究的是"路见不平，拔刀相助""为朋友两肋插刀"，与刚正之气和忠义之气并不是一致的。虽然如此，但是"讲义气"自古以来都是备受推崇的价值观和行为准则。

　　我之所以煞费周章地进行概念辨析，目的是确保后面的议论更有的放矢。此番我的意图是分析一下被梁山团队秉持并且践行的"讲义气"这种价值观和行为准则将会如何影响当事人自身福利的得失和社会福利的损益。分析的尺度是市井升斗小民的锱铢必较。分析的素材是《水浒传》里比较典型的五个"讲义气"故事：史进释陈达结义少华山三头领、鲁智深千里护林冲大闹野猪林、宋公明私放晁天王、武松助施恩醉打蒋门神重夺快活林、石秀长街救杨雄结义。

《水浒传》第二回《王教头私走延安府　九纹龙大闹史家村》里，史进听说本村左近的少华山新添了一伙强人，于是恃强做主召集村里三四百史家庄户"修整门户墙垣，安排庄院，拴束衣甲，整顿刀马，提防贼寇"。少华山三头领中排行第二的跳涧虎陈达不知天高地厚，轻率"下山望史家村去"挑战史进，被史进捉住。朱武和杨春为救陈达定下苦计，步行至史进庄前"两个双双跪下，擎着两眼泪"。朱武一番哭诉："小人等三个，累被官司逼迫，不得已上山落草。当初发愿道：'不求同日生，只愿同日死。'虽不及关、张、刘备的义气，其心则同。今日小弟陈达不听好言，误犯虎威，已被英雄擒捉在贵庄，无计恳求。今来一径就死。望英雄将我三人，一发解官请赏，誓不皱眉。我等就英雄手内请死，并无怨心。"引发史进有关义气的思量："他们直恁义气！我若拿他去解官请赏时，反教天下好汉们耻笑我不英雄。自古道：'大虫不吃伏肉。'……'你们既然如此义气深重，我若送了你们，不是好汉。我放陈达还你如何？'"

几经来往，史进忘记了"提防贼寇"的初心，反而与少华山三头领结下了深厚的交情。庄客王四醉酒误事，将山寨回书落入摽兔李吉之手，中秋之夜招来县尉领兵围庄。史进为了表示不失义气，烧毁自家庄院，与三头领一起杀出重围上了少华山。

至此，因为"讲义气"，他从一个广有田亩房产的富户变成了刑事犯罪分子。《水浒传》第三回《史大郎夜走华阴县　鲁提辖拳打镇关西》里讲到了史进的悔意："一连过了几日，史进寻思：'一时间要救三人，放火烧了庄院。虽是有些细软家财，粗重什物，尽皆没了。'心内踌躇，在此不了……家私什物尽已没了。再要去重整庄院，想不能勾。我今去寻师父，也要那里讨个出身，求半世快乐。史进断然拒绝了朱武入伙落草少华山的要约："我是个清白好汉，如何肯把父母遗体来点污了？你劝我落草，再也休题。"

史进个人的损失是巨大的。家产破灭之后，史进流落江湖、居无定所、四处征战，最终被乱箭射死在昱岭关前。

史进讲义气的行为给他人、社会带来的损失也是巨大的。史进结交少华山三头领，违背了当初自己召集"村里三四百史家庄户"许下的承诺，应该算是一个不大不小的背叛。中秋之夜突围时，至少杀了四个人。史进带去少华山的庄客，都留在山寨，成为落草为寇的匪类。

自鲁智深与林冲在东京大相国寺菜园的廨宇外一见如故、定交结义至鲁智深大闹野猪林这一段，时间并不长，但是高度凝练的戏剧冲突迭出。鲁智深在野猪林里的那一席话体现了鲁智深对林冲那种远远超出了"江湖义气"的真诚友情："兄弟，俺自从和你买刀那日相别之后，洒家忧得你苦。自从你受官司，俺又无处去救你。打听的你断配沧州，洒家在开封府前又寻不见，却听得人说监在使臣房内。又见酒保来请两个公人说道：'店里一位官人寻说话。'以此洒家疑心，放你不下。恐这厮们路上害你，俺特地跟将来。见这两个撮鸟带你入店里去，洒家也在那里歇。夜间听得那厮两个做神做鬼，把滚汤赚了你脚。那时俺便要杀这两个撮鸟，却被客店里人多，恐防救了。洒家见这厮们不怀好心，越放你不下。你五更里出门时，洒家先投奔这林子里来，等杀这厮两个撮鸟。他到来这里害你，正好杀这厮两个。"

次日上路之时，林冲问道："师兄，今投那里去？"鲁智深道："杀人须见血，救人须救彻。洒家放你不下，直送兄弟到沧州。"两个公人听了，暗暗地道："苦也！却是坏了我们的勾当，转去时怎回话？且只得随顺他，一处行路。"自此途中被鲁智深要行便行，要歇便歇，那里敢扭他……被智深监押不离，行了十七八日，近沧州只有七十来里路程。一路去都有人家，再无僻静处了。鲁智深打听得实了，就松林里少歇……摆着手，拖了禅杖，叫声："兄弟保重。"自回去了。

通篇《水浒传》，这一段是最令人感动的。鲁智深与林冲的渊源是："酒家是关西鲁达的便是……年幼时也曾到东京，认得令尊林提辖。"两人初次相识即结为兄弟，这还只是俗套。林冲受诬陷落难之后，智深倾其所有的时间精力相助相护。林冲刺配沧州，戴枷从东京踽踽步行而去，一千多里的路程，智深几乎全程相随，先是暗里后是明里。请列位看官略加思量，是一种什么样的情义支持智深如此作为？

根据我的阅读理解，鲁智深"摆着手，拖了禅杖，叫声：'兄弟保重。'自回去了……"这简简单单的十七个字，包含了诸多戏剧、审美元素：英雄落难、英雄救难、惊天泣神的情义、表面简洁洒脱的告别和内心欲说还休的牵挂等，足以引发多情善感者的无限审美遐想。

在这个故事里，鲁智深的成本主要是时间精力，收益是保全了落难人林冲的性命。鲁智深、林冲也没有杀董超、薛霸两个恶人泄愤。仅就这个故事而言，最是功德圆满。

宋公明私放晁天王、武松助施恩醉打蒋门神重夺快活林和石秀长街救杨雄结义，这三个故事之前曾经闲话过。

对宋江来说，私放晁天王一事可能完全是不假思索的决定。但是，宋江苦心经营"山东及时雨"这个品牌完全是经过深思熟虑的。如果用我们市井升斗小民的锱铢必较的小智小慧来度量，宋公明私放晁天王这一桩生意无论是对宋江本人，还是对社会都是得不偿失的。宋江的收益是在"山东及时雨"招牌上大大地添了光彩。宋江本人因此失去了县衙押司的职位、抛弃了家庭特别是抛下了老父亲、成了杀人犯、自此流落江湖、居无定所，最终还是无奈落草梁山泊为寇，受招安后虽然有过衣锦还乡的无上荣耀，大结局却是遭鸩身亡。对社会来说，宋公明私放晁天王破坏了法律自不待言，公职人员的职业道德也完全被抛弃得一干二净，连带阎婆惜因自己的无知贪婪而殉身。

晁盖及其劫生辰纲团队是此事的直接受益者，暂时保住了人身自由和劫得的巨额财富。如果把时间放长一些来衡量，他们也没有真正受益，因为他们都没有得到时间和空间来享受这些巨额财富在正常的状态下本可提供的福利。

在武松助施恩醉打蒋门神重夺快活林的故事里，武松与施恩之间确实是"够义气"，但是除了夺回快活林大酒店之后极短暂地享受了暴利带来的愉悦之外，给诸当事人本身和相关人带来了极其惨重的生命财产损失，事了之后是"大地白茫茫一片真干净"，到头来终究都是一场空。

石秀长街救杨雄结义本身没有什么可说之处，石秀因"讲义气"而自认有义务维护杨雄的名誉，不容潘巧云与裴如海的奸情，自作主张杀害了敲木鱼报信号的头陀和裴如海，伙同杨雄杀害潘巧云和丫鬟迎儿。我猜想，潘巧云的老父亲潘公也将因此难以保全。石秀和杨雄因此获得的收益是"讲义气"的名声，损失是自此流落江湖，除去上梁山别无出路（别人是逼上梁山，这哥俩儿是主动上梁山）。他人和社会的损失是几条鲜活的生命。

我本人是学经济学出身的，饱受"经济人假设"教条的熏陶。较之以"为朋友两肋插刀"这种令人热血贲张的江湖义气，我更接受"亲兄弟，明算账"这种让人理性冷静的现实哲学。虽然后者无法给人一种审美情绪上的愉悦，但是更真实、更可持续。

马克思、恩格斯在《共产党宣言》里有这样一段论述："资产阶级在它已经取得了统治的地方把一切封建的、宗法的和田园般的关系都破坏了。它无情地斩断了把人们束缚于天然尊长的形形色色的封建羁绊，它使人和人之间除了赤裸裸的利害关系，除了冷酷无情的'现金交易'，就再也没有任何别的联系了。它把宗教虔诚、骑士热忱、小市民伤感这些情感的神圣发作，淹没在利己主义打算的冰水之中……资产阶级撕下了罩在家庭关系上的温情脉脉的面纱，把这种关系变成了纯粹的金钱关系。"

依照我的阅读理解，马克思、恩格斯用深邃、高远的历史眼光，用刀剑一般的笔触批判了资本主义和资产阶级，这是一个方面。另一方面，马、恩也揭示了从"封建的、宗法的和田园般的关系"发展到"赤裸裸的利害关系""纯粹的金钱关系"是一种历史的进步。在封建社会，人与人之间的利益关系虽然罩上了一层"宗法的和田园般的""温情脉脉的面纱"，但是利益博弈的残酷、血腥程度并没有因此稍稍减弱。

现代经济学理论已经证明，反而是这种"赤裸裸的利害关系""纯粹的金钱关系"，因为更符合人性的本质，更有利于传递真实的信息，从而使博弈各方达成信息对称，更有助于实现更高水平的利益均衡。

义气或者江湖义气就是那种"温情脉脉的"、拟"宗法的"人际关系元素，是植根于"乡土社会"的产物。在以身份关系为基础构建的"乡土社会"里，江湖义气可以弥补个人力量的不足，对实现个人的、范围有限的团体的利益有一定的帮助。但是由于江湖义气本身缺乏可靠的、稳定的约束，以江湖义气为基础构建的人际关系也是不可靠、不稳定的。而且，虽然"江湖义气"中有一个"义"字，但是讲"义气"的"义士"们并不优先追求"正义"和"正当"，而是优先考虑身份关系的疏密。所以，"讲义气"并不能保证增进当事人和社会的福利。

随着市场经济的发展，以身份关系为基础构建的"乡土社会"正在渐行渐远地被抛弃，以契约关系为基础的"市民社会"正在形成。"讲义气"这种价值观和行为准则也应当被抛弃。

但是，问题的复杂性在于"讲义气"的脏水里还有一个可爱的孩子——真挚的友情。比如，在鲁智深千里护林冲、大闹野猪林的故事里，我更愿意理解为一种伟大的友情。

在"讲义气"和真挚的友情之间如何把握？这还真是难以抉择。我是这样理解的：世界上任何一种亲密关系都应当是"亲密有间"，不应当是"亲密无间"的；都应当是"有所为，有所不为"，不应当是"无所不为"的。刘关张在桃园结义誓词中所言的"不求同年同月同日生，只愿同年同月同日死"并不可取，不是正常的友情。我自己的原则是，决不要求朋友跟自己"讲义气"，如果有朋友跟自己"讲义气"，则竖起正常的友情的堤防。

韩愈在《柳子厚墓志铭》中有一段话，称颂了柳宗元对刘禹锡的堪称千古绝唱的深情厚谊，也严厉批判了那种虚伪、廉价的盟誓："呜呼！士穷乃见节义。今夫平居里巷相慕悦，酒食游戏相征逐，诩诩强笑语以相取下，握手出肺肝相示，指天日涕泣，誓生死不相背负，真若可信；一旦临小利害，仅如毛发比，反眼若不相识。落陷阱，不一引手救，反挤之又下石焉者，皆是也。此宜禽兽夷狄所不忍为，而其人自视以为得计。闻子厚之风，亦可以少愧矣。"

我对这段话是过目难忘。我从中得到的警戒是：真挚的友情是难能可贵的，虚伪、廉价的信诺是应当警惕的。

职业操守奉违论

"工匠精神"这一概念在各类媒体上频繁地被提及，并且有一种明示或者暗示的论调："德国人、日本人富有'工匠精神'。"对此论调，我倒没有什么不服、不忿或者不屑。我只是想借此话题作为引子开头来闲话一下《水浒传》中各色人物的职业操守。因为依照我的理解，所谓"工匠精神"就是工匠的职业道德或者职业操守，最直接的意思是指工匠对主顾的需求和利益的理解和尊重，对自己的工艺作品追求精益求精、至臻至美的精神，再深入一步就是"得乎技，进乎道"的境界。推而广之，"工匠精神"也可以用来泛指职业道德或者职业操守。

《水浒传》毕竟是鸿篇巨制，不但有波澜壮阔的宏大叙事，而且有丰富、细致、真实的社会生活，各色人物的职业生活脉络清晰可见。

我这里选取《水浒传》中以下三类有迹可循、足以观察其职业操守的人物来闲话一番：皇帝、高官大臣以及基层司法工作人员。

如果把皇帝当作一门职业来看待，它肯定是中国历史上最为特殊的职业。既然特殊，那么应该如何定义皇帝的职业道德标准呢？这方面的论述不少，或真或伪，或诚或诈。在我的阅读范围内，我认为有两段论述可以作为皇帝的职业道德标准。

第一段是《论语·尧曰》："'咨！尔舜！天之历数在尔躬，允执其中。四海困穷，天禄永终。'舜亦以命禹。曰：'予小子履，敢用玄牡，敢昭告于皇皇后帝：有罪不敢赦。帝臣不蔽，简在帝心。朕躬有罪，无以万方；万方有罪，罪在朕躬。'周有大赉，善人是富。'虽有周亲，不如仁人。百姓有过，在予一人。'谨权量，审法度，修废官，四方之政行焉。兴灭国，继绝世，举逸民，天下之民归心焉。所重：民、食、丧、祭。宽则得众，信则民任焉。敏则有功，公则说。"

第二段是黄宗羲《原君》中的："有生之初，人各自私也，人各自利也；天下有公利而莫或兴之，有公害而莫或除之。有人者出，不以一己之利为利，而使天下受其利；不以一己之害为害，而使天下释其害……"

在本着朴素善良愿望的普通百姓心目中，符合上述标准的皇帝算是有职业道德的好皇帝。但是，不幸得很，虽然中国历史上出现的皇帝有将近五百人之多，能够完全符合上述标准的几乎没有。如果把标准降低，比如"勤政爱民，公正贤明，惩恶扬善，力保国泰民安"，那倒是可以找出一些好皇帝。

即使是按照低标准来衡量，宋徽宗赵佶也是属于那种不尊奉职业操守的坏皇帝。实际上，宋徽宗赵佶也没有把皇帝当做是一个必须认真对待的职业。在当上皇帝之前，赵佶是"这浮浪子弟门风，帮闲之事，无一般不晓，无一般不会，更无一般不爱，更兼琴棋书画，儒释道教，无所不通；踢球打弹，品竹调丝，吹弹歌舞，自不必说"。在当上皇帝之后，仍然继续保持同样的风范。

在《水浒传》里，宋徽宗赵佶第一件重要的事情就是提拔高俅："朕欲要抬举你，但有边功，方可升迁。先教枢密院与你入名，只是做随驾迁转的人……后来没半年之间，直抬举高俅做到殿帅府太尉职事。"第二件事情就是在广有后宫佳丽之余还"私行妓馆"，幸李师师、赵元奴。第三件事情就是在发现蔡京、童贯、高俅、杨戬四大奸臣蒙蔽、欺骗自己之后予以训斥，招安了梁山泊团队。

《水浒传》第一百回《宋公明神聚蓼儿洼 徽宗帝梦游梁山泊》里有一段话："至今徽宗天子，至圣至明，不期致被奸臣当道，谗佞专权，屈害忠良，深可悯念。当此之时，却是蔡京、童贯、高俅、杨戬四个贼臣，变乱天下，坏国，坏家，坏民。"这完全是言不由衷，言不符实，丝毫不能改变宋徽宗赵佶违悖皇帝职业操守的形象。

至于高官大臣的职业道德标准，我想抄录范仲淹在《岳阳楼记》里的一段话："不以物喜，不以己悲。居庙堂之高则忧其民，处江湖之远则忧其君。是进亦忧，退亦忧。然则何时而乐耶？其必曰'先天下之忧而忧，后天下之乐而乐'乎？"这是高官大臣职业道德的最高标准。如果降低到最基础的标准，我认为应该是：在勤政廉洁之外还能做到对手中的权力有敬畏之心，对赋予权力的皇帝或者上司不谗佞，对治理的对象如果做不到尊重也能予以怜惜。

对照上述标准，我们来看看《水浒传》中的这些高官大臣是否能遵奉职业操守。

宿元景宿太尉是《水浒传》中唯一好的高官大臣，但是他在书中的事迹不足以支撑判断他是否能完全遵奉高官大臣的职业操守。

非常遗憾的是，《水浒传》中蔡京、童贯、高俅、杨戬、梁中书、蔡九、高廉等人的事迹虽然繁简不一，但是都足以证明他们几位都属于完全违悖高官大臣职业操守的人。

因为高俅的事迹最丰富，我们单挑高俅来说道说道。

宋徽宗赵佶不把皇帝职业当一回事，私相授受把殿帅府太尉的官职给了流氓出身、只有踢球本事的高俅。

高俅理所当然地也不把殿帅府太尉的职事当一回事。高太尉上任之后的第一件事情不是深入调研、加强学习、熟悉情况，争取尽快进入角色，适应工作，而是找寻冤家，逞威报复。优秀的职业军人王进不幸成为第一个被报复的对象，被逼无奈放弃工作岗位。大宋军队因高俅失去一位优秀战将。

高俅的第二个事迹是为了帮助自己的螟蛉之子实现霸占林冲之妻的邪恶目的，设计陷害林冲，最终将家破人亡的林冲逼上梁山。

开封府当案孔目孙定的一番陈述："谁不知高太尉当权，倚势豪强，更兼他府里无般不做，但有人小小触犯，便发来开封府，要杀便杀，要剐便剐……"对高俅当上殿帅府太尉之后的所作所为做了一个阶段性的概括。

高俅的第三个事迹是驳回了杨志谋取复职的请求。这件事情本身倒不能说高俅有错，但是如果高俅之前收受过杨志"买上告下"的"打点理会"，情况就不一样了。

高俅的第四个事迹是两次主张兴兵攻打梁山泊，其中第二次是亲自领兵，均以失败告终，第二次还兵败被擒。

高俅的第五个事迹是伙同蔡京、童贯、杨戬把破辽、征方腊有功的卢俊义、宋江陷害致死。

概括起来，高俅没有显示出任何胜任职位的才能，没有付出任何努力去争取胜任职位，也没有给赋予他权力的宋徽宗赵佶任何业绩回报。不但没有回报，反而不断地胡作非为，一方面把自家阵营里的得力干将驱逐出去，或像王进一样逼去遁隐，或像林冲、杨志一样逼上梁山，或像卢俊义、宋江一样予以肉体消灭。另一方面鱼肉百姓，制造民怨，严重贬损赵宋王朝的统治基础。

在《水浒传》的故事体系里，基层司法工作人员作为一种人物类型不但人数众多，而且戏份最重。因其职业行为所引发的故事足以支撑观察其职业操守的奉违。但是，如果从职业操守奉违的角度来分析这些故事，结论非常令人沮丧：《水浒传》里众多基层司法工作人员除了何涛一人认真履职之外，其余均干着以权谋私、吃里扒外的勾当。

宋江身为郓城县衙直日押司，在看到何涛带来的公文、了解到晁盖一伙劫生辰纲的案情之后，"肚里寻思道：'晁盖是我心腹兄弟。他如今犯了迷天之罪，我不救他时，捕获将去，性命便休了。'"宋江的第一反应不是如何履行自己的职责，而是稳住何涛，飞奔至晁盖庄上报信。这还是一个个案，根据"刀笔精通，吏道纯熟""端的是挥霍，视金如土"之类的描述，再结合宋江的家庭背景，内外勾结、权钱交易恐怕是宋江押司职业生涯的常态。

朱仝、雷横身为郓城县都头，奉命前去捉拿晁盖一伙，却各自都揣着要救、放晁盖的心思，"故意这等大惊小怪，声东击西，要逼晁盖走了"。

蔡福、蔡庆两兄弟身为大名府押狱，在如何处理卢俊义性命的问题上，完全根据李固与梁山泊团队的对冲使钱来作决定。至于应当如何正确履职，在当事双方奉上的金条面前，这根本就没有纳入两人思考的范围。

至于诸多有名无名的管营、牢子、孔目、差拨收受、索取所谓的"常例钱"，并且根据"常例钱"的有无多寡、主动被动等情节来决定对囚徒罪犯的优待虐待、性命去留，这些都是不值一提的家常便饭，却也反映出此类人物毫无职业操守可言。

根据我的理解，施耐庵在《水浒传》里对职业操守、职业素养是不重视的，他所竭力推崇的"讲义气""仗义疏财"的品格是以违背职业操守、抛弃职业素养为代价的。比如说，宋江、朱仝、雷横等人私放晁盖的行为被视为"讲义气"而得到称颂，何涛认真履职的行为妨碍了"讲义气"而被伤害和羞辱。

我认为，这是《水浒传》的大败笔，体现了其价值观的严重混乱。对个人来说，职业是赖以安身立命的基础，职业操守、职业素养是个人品格的重要组成部分。对社会来说，职业是社会稳定的基石，职业操守、职业素养是社会和谐的黏合剂。《水浒传》推崇"忠义"的价值观，"忠"忠于朝廷、忠于皇帝，以违背职业操守、抛弃职业素养为代价的"讲义气""仗义疏财"明显不忠于朝廷、不忠于皇帝，那是大挖朝廷和皇帝墙脚的行为。

曾子"日三省吾身"之"为人谋而不忠乎"，此"忠"应该含有职业操守、职业素养的成分。

《水浒传》作为中国历史上四大名著之一，重"讲义气""仗义疏财"，轻职业操守、职业素养，流毒贻害甚为深远。

《水浒传》里有一类人物——军官出身的好汉（王进、鲁达、林冲、杨志、秦明、呼延灼、关胜等）的职业素养、职业操守有值得称道之处，他们讲究"把一身本事，边庭上一枪一刀，博个封妻荫子，也与祖宗争口气"。至于他们的职业素养、职业操守有何值得称道之处，留待下回分解吧。

军官素养忠节论

前番在《职业操守奉违论》篇里议道：《水浒传》里有一类人物 —— 军官出身的好汉（王进、鲁达、林冲等）的职业素养、职业操守有值得称道之处。

细论起来，梁山泊英雄排座次，一百单八将里面共有二十三个好汉是军官出身：大刀关胜、豹子头林冲、霹雳火秦明、双鞭呼延灼、小李广花荣、花和尚鲁智深、双枪将董平、没羽箭张清、青面兽杨志、金枪手徐宁、急先锋索超、镇三山黄信、病尉迟孙立、丑郡马宣赞、井木犴郝思文、百胜将韩滔、天目将彭玘、圣水将单廷圭、神火将魏定国、轰天雷凌振、花项虎龚旺、中箭虎丁得孙、小尉迟孙新。

若论职业素养，军官出身的好汉是整个《水浒传》各路好汉里武艺最高的，非军官出身的好汉仅有玉麒麟卢俊义、行者武松、九纹龙史进可以与之比肩。最具有代表性的武功水平分层体现在第四十八回《一丈青单捉王矮虎　宋公明两打祝家庄》里，强盗出身的猥琐好色之徒矮脚虎王英被世家出身的一丈青扈三娘在十数合之内就活捉而去，一丈青扈三娘随即就被军官出身的豹子头林冲在十合之内活捉过来。

这些军官出身的好汉基本上都是世代从军，有深厚的家传渊源。比如，大刀关胜是三国名将关公关云长的后人，双鞭呼延灼是宋朝开国名将呼延赞嫡派子孙，青面兽杨志是杨令公之孙。鲁智深在初见林冲时道："洒家是关西鲁达的便是……年幼时也曾到东京，认得令尊林提辖。"这段话有一个意涵——鲁林兄弟二人的父辈都是军官，父辈之间可能也是至交。非一百单八将的好汉军官王进，他的父亲是一棒伤了高俅的都军教头王升。在王进的尽心指教之下，非军官出身的好汉史进在半年左右把十八般武艺，再从头学得十分精熟。

这些军官出身的好汉心中都有一个共同的理想："指望把一身本事，边庭上一枪一刀，博个封妻荫子，也与祖宗争口气。"

第三十二回《武行者醉打孔亮　锦毛虎义释宋江》里，宋江、武松二人离了孔太公庄上，一个去投清风寨花荣，一个去投二龙山入伙，分手之时宋江有一段同样意思的话："兄弟，你只顾自己前程万里，早早到了彼处。入伙之后，少戒酒性。如得朝廷招安，你便可撺掇鲁智深、杨志投降了，日后但是去边上，一枪一刀，博得个封妻荫子，久后青史上留得一个好名，也不枉了为人一世……"我认为，这段话是这个《水浒传》里宋江说过的最真诚的话。我也相信，"去边上，一枪一刀，博得个封妻荫子，久后青史上留得一个好名"是军官们真诚的理想或者信念，他们愿意认真地依此来做职业规划和生涯规划。

这些军官出身的好汉除了双枪将董平之外，个人的道德操守也都基本上没有大的瑕疵，没有恃强凌弱、滥杀无辜的行为，更没有诸如李逵、燕顺、王英、邓飞、张横等人那种种令人发指的恶行。第六十九回《东平府误陷九纹龙　宋公明义释双枪将》中说到，东平府太守程万里有个女儿，十分大有颜色；董平无妻，累累使人去求为亲，程万里不允。等到宋江领梁山泊人马打破东平府，"董平径奔私衙，杀了程太守一家人口，夺了这女儿"。因此我认为双枪将董平的个人道德操守大有瑕疵。

根据我的理解，军官这个职业是中国历史上最特别的职业之一。这个职业对人的磨砺和遴选最为严苛，是用死亡和伤残的筛子来拣选。说到这里，我就联想起范仲淹的《渔家傲·秋思》："塞下秋来风景异，衡阳雁去无留意。四面边声连角起，千嶂里，长烟落日孤城闭。浊酒一杯家万里，燕然未勒归无计。羌管悠悠霜满地，人不寐，将军白发征夫泪。"还有众多类似的边塞诗，其壮美之情溢于言表，军人士官之苦、之难同样也是溢于言表。

军官这个职业不但有死亡和伤残的磨砺和筛选，还有忠与叛的考验和煎熬。《水浒传》里二十三个军官出身的好汉中，豹子头林冲、青面兽杨志、花和尚鲁智深、小李广花荣、病尉迟孙立、小尉迟孙新等人是主动或者半主动落草投奔梁山泊的。诸如大刀关胜、霹雳火秦明、双鞭呼延灼、双枪将董平、没羽箭张清、金枪手徐宁、急先锋索超等人都是从赵宋官军阵营投降而来。《水浒传》交代的投降缘由说辞都是"一者是天罡之数，自然义气相投；二者见宋江礼貌甚恭"。对于忠与叛如此重大的抉择处理得如此轻率，我对此颇不以为然，认为是《水浒传》的重大瑕疵之一。

在中国历史上，军官（特别是高级军官）忠叛抉择的案例不计其数，彪炳青史的正面典型和遗臭万年的反面典型各有千秋，也有一些正邪难分的复杂典型。我在《中国古典文心》（北京大学出版社 2014 年第 1 版）中读到顾随先生讲解李陵《答苏武书》，颇有感慨，借此也闲话《水浒传》一番。

顾随先生讲《答苏武书》主要是从文理、法度、神韵等方面来辨析文章的华丽与苦辣，看重的是文章本身。

我更关注的是文章之外李陵及其家族的命运遭遇、李陵在忠叛抉择之时的思虑煎熬。

李陵之叛自有前因后果，虚虚实实，恩仇交加，功罪纠缠，真假难辨，甚至《答苏武书》是李陵本人亲作还是伪托之作尚且存疑。这些远远超出我的智商情商、知识学力所能理解的范围，中国历史实在是太复杂了。

相较而言，《水浒传》里因"天罡之数""义气相投"和"礼貌甚恭"而叛朝廷投山寨的诸位军官好汉的忠叛抉择实在轻率，有鼓励"叛"的嫌疑，同样令我难以理解、接受。

我感谢先烈们的牺牲和贡献，我们这一代人能生活在和平盛世，不必去面对忠叛抉择的思虑煎熬。我有时也会逼迫自己去思考这样的问题：如果我自己面对李陵、吴三桂之类的忠叛抉择时将如何？比如说，假定我生活在抗战时期，被日军俘虏，被威逼利诱去当汉奸，我能守住底线、保住忠节吗？因为没有事到临头，一切只是假设。我现在的看法是，比起个人的肉体死伤之苦，个人名誉和家族后人精神、荣誉遭受的贬损是一种更大、更深、更久的苦。在智商情商、知识学力有限的前提下，应该尽量去做简单的选择。秦桧、吴三桂和汪精卫之流已经永远被钉在历史的耻辱柱上了，他们的后人也跟随着受名誉之累，恐怕是绵绵无绝期的。这是很可怕的。但是，把那些卖国求荣、卖祖求荣、卖亲求荣、卖友求荣的败类永远钉在历史的耻辱柱上以儆效尤，对于一个伟大的民族来说确实是基本的必修课，不得稍有松懈。

小是非酿大祸论

佛谚有云："菩萨畏因，众生畏果。"凡事皆有因果，有因必有果，有果必有因，因果必相应。种善因方得善果，种恶因必得恶果。菩萨注重"因"，在"因"上下功夫。凡人众生注重"果"，在"果"上下功夫。

中国民间有无数讲"因果报应"的故事。"三言二拍"的基调是宣扬善有善报、恶有恶报的"因果报应"。但是我总觉得"三言二拍"的故事讲得不够隽永深刻，读后没有意犹未尽的味道。

《水浒传》故事体系的总体架构就是一场宏大的"因果报应"。《水浒传》里诸多独立故事也可以用来印证"因果报应"。这一回我就《水浒传》第五十一回中"插翅虎枷打白秀英"的悲剧故事解析小是非如何酿成大灾祸的因果报应。

这个故事的缘起是"本县一个帮闲的李小二"撺掇因公出差方回的雷横"去瞧一瞧"新来郓城县的"好个粉头"白秀英。雷横欣然而从，"便和那李小二径到勾栏里来看"……"入到里面，便去青龙头上第一位坐了"。雷横入场之后发生了一个很关键的细节："那李小二人丛里撇了雷横，自出外面赶碗头脑去了。""雷横坐在上面，看那妇人时，果然是色艺双绝。"雷横作为当时此勾栏里的首席看官对演出效果非常满意。但是接下来的故事发展逐渐超出了主人公们的控制范围，欢乐祥和的气氛开始消失。白秀英拿起盘子用一种非常优雅的方式来讨要演出报酬："财门上起，利地上住，吉地上过，旺地上行。手到面前，休教空过。"……白秀英托着盘子，先到雷横面前。雷横便去身边袋里摸时，不想并无一文。雷横道："今日忘了，不曾带得些出来，明日一发赏你。"白秀英笑道："头醋不酽彻底薄。官人坐当其位，可出个标首。"雷横通红了面皮道："我一时不曾带得出来，非是我舍不得。"白秀英道："官人既是来听唱，如何不记得带钱出来？"雷横道："我赏你三五两银子也不打紧，却恨今日忘记带来。"白秀英道："官人今日见一文也无，提甚三五两银子。正是教俺望梅止渴，画饼充饥。"白玉乔叫道："我儿，你自没眼。不看城里人村里人，只顾问他讨甚么。且过去自问晓事的恩官告个标首。"雷横道："我怎地不是晓事的？"白玉乔道："你若省得这子弟门庭时，狗头上生角。"众人齐和起来。雷横大怒，便骂道："这忤奴怎敢辱我！"白玉乔道："便骂你这三家村使牛的，打甚么紧！"有认得的喝道："使不得！这个是本县雷都头。"白玉乔道："只怕是驴筋头。"雷横那里忍耐得住，从坐椅上直跳下戏台来，揪住白玉乔，一拳一脚，便打得唇绽齿落。众人见打得凶，都来解拆开了，又劝雷横自回去了。勾栏里人一哄尽散了。

雷横与白氏父女的冲突爆发点是雷横大大方方地坐在勾栏里"青龙头上第一位"心满意足地看演出，却不能当场支付报酬，更重要的是雷横阻滞了白氏父女在勾栏里收取报酬的进程。虽然雷横承诺"明日一发赏你"，并且"通红了面皮"，白氏父女不但不相信雷横的承诺，还不依不饶话赶话地羞辱雷横，把雷横刺激到出手伤人，使得冲突进一步升级。

白秀英仗着与新任知县往日在东京来往的交情，径到知县衙内诉告，并且"撒娇撒痴，不由知县不行，立等知县差人把雷横捉拿到官，当厅责打，取了招状，将具枷来枷了，押出去号令示众"。白秀英为了进一步羞辱，"又去知县行说了，定要把雷横号令在勾栏门首"，脱去衣服，捆绑起来。雷横的母亲正来送饭，看见儿子被绑在那里，便哭起来，指着白秀英辱骂："你这千人骑、万人压、乱人入的贱母狗！"白秀英大怒，抢向前只一掌，把雷横的母亲打个跟跄，老大耳光子只顾打。这雷横是个大孝的人，见母亲被打，一时怒从心起，扯起枷来，望着白秀英脑盖上打下来，可怜白秀英"裂脑横尸一命休"。至此，一干人等终于把一个小是非作成了既有人受辱、受伤，更有人惨死的大灾祸，没有一个从中受益。

我仔细体会这个故事，发现《水浒传》的作者致力于诱导读者去接受这样一个观念：雷横打伤白玉乔，是因为白玉乔羞辱了雷横；雷横打死白秀英，是因为白秀英羞辱殴打了雷横的母亲，因此雷横的行为是"义举"，是正当的。

但是，如果自觉地摆脱作者的诱导也能很自然地察觉到这一场悲剧实际上是非常无谓的"庸人自扰"。从整个故事发展的因果相继来看，只要涉及其中的任何一位主人公能有恰当的行为，这一场全盘皆输的闹剧、悲剧本是可以避免的。

先来看撺掇雷横"去瞧一瞧"的李小二，他"人丛里撇了雷横，自出外面赶碗头脑去了"，没有在雷横跟前伺候着。如果李小二当时在事发现场，那么他应该有能力帮助雷横缓和与白氏父女之间的冲突，避免矛盾升级。作者给李小二的身份定义是"帮闲"，与高俅、富安等人可以说是同类。"帮闲"是一种很有意思的角色，概括起来，帮闲之类有以下特征：第一，没有可以"帮忙"的真才实学，但是多有鸡鸣狗盗的旁门左道可以帮闲。第二，善于趋炎附势，攀枝摘叶。第三，甘于媚骨柔膝，曲意逢迎。用当下流行的话语，"帮闲"是对踏踏实实做事的正派人来说"不靠谱"的一类人。"帮闲"是不绝于史、不绝于世的一类人。良家子弟一定要警惕，不要养成"帮闲"品性。

　　再来看雷横。虽然雷横殴伤白玉乔、打死白秀英都是应激而为，但也绝非无可指摘的"义举"。雷横欣然接受李小二的"撺掇"入勾栏坐"青龙头上第一位"，却忘记随身带钱支付应付报酬，当白氏父女讥讽溢于言表时，他不能因势利导将冲突消弭于无形，反而与白氏父女针尖对麦芒将冲突升级到打人杀人的程度。雷横是一个没有智慧的人，用现在时髦的话来讲也是一个处理突发事件和应对复杂局面能力很差的人。雷横在第十三回初次登场时，作者"虽然仗义，只有些心匾窄"的评价还是比较妥当的。如果当时雷横诚恳、善意地向白氏父女表达歉意，即便是白氏父女步步紧逼，也可以屈尊向旁人求助借钱，还可以大喝一声："李小二这厮哪里去了？唤他过来帮洒家解围！"如此这般，冲突应不至于升级到打人杀人的程度。无论是在古代还是当代，县城都是一个"十家九亲"的小社会。白氏父女是外乡人，勾栏里的看官们应该大多是本地的乡里乡亲。雷横在勾栏里遭外乡人的窘迫，不但没有人主动站出来帮助解围，反而发生了"众人齐和起来"的情况。这是需要雷横深刻反思的事情。这也反映了雷横平日里没有积下值得乡里乡亲们回报的恩德。雷横从一个县城里身份显赫的县衙都头沦为杀人犯，自身责任也很大，这需要深刻检讨、反思。

　　说到白氏父女，如果把"自取其辱""自取其害"的标签贴在他们的身上，应该没有冤屈他们。白秀英"和新任知县旧在东京两个来往，今日特地在郓城县开勾栏"，她与知县大人属于"特定关系人"。但是无论如何，白氏父女在郓城县城毕竟是"客"的身份，雷横则是"主"。自古强龙不压地头蛇，这是江湖规矩里的铁律。雷都头大大咧咧地坐在勾栏里"青龙头上第一位"，白氏父女对自己和对方的身份和行为特征的敏感性全无，竟然把雷横当作看"霸王戏"的恶客，在情感和道德两个方面试图去压制雷横。这是白氏父女在与雷横短暂交往过程中犯下的根本性的立场错误。当"雷横通红了面皮"提出"明日一发赏你"的妥协方案的时候，白氏父女没有敏锐地抓住双方都可以体面下台阶的机会，反而采取不相信的态度，使矛盾冲突发展到不可收拾的程度。这是白氏父女犯下的第二个错误。第三个错误是逞巧言把本来简单的矛盾冲突升级到对身份、人格的指责、羞辱。第四个错误是为满足报复心，动用"特定关系人"知县大人的力量对雷横作更进一步的霸凌、羞辱。

至于知县大人，虽然参与了对雷横的伤害，他也没有从这场冲突中获得任何利益。知县大人犯了一个官场上的大忌讳，为了满足"特定关系人"的报复心而对自己的下属进行羞辱。上司应该尽力维护下属的利益和荣誉，这才是合格的表现，也最符合自己的利益。如果一个上司不但不维护下属的利益和荣誉，反加伤害和羞辱，那是不可能指望下属会尽职尽力工作了。

雷横的母亲首先是一个被伤害者，但是她老人家的无情咒骂对白秀英也造成了深深的伤害。她本来对白秀英拥有居高临下的道德、情感优势，但无节制的咒骂把这个优势浪费了并且招致伤害和羞辱。

所有这些先后出场的主要人物们犯下的错误是"因"。白玉乔被打伤、雷横被"捆扎"在勾栏门首并最后落草梁山、雷母被白秀英撕打、白秀英被雷横打死，这些就是"果"。

主要人物们犯下的错误都是可避免的。如果我们拿这个故事去跟老子、孔子等先贤们的谆谆教诲进行印证，就可以发现他们也在反反复复地教导我们要"畏因"。

比方说，孔子在《论语·卫灵公》里讲："辞达而已矣。"老子在《道德经》第五章里讲："多言数穷，不如守中。"孔子和老子都要求我们慎言，把想要表达的意思说清楚即可，忌巧言、多言。遵循孔子和老子的教诲，直截了当地表达自己最重要、最有用的信息，那么人际交往中的冲突就不会激化。但雷横和白氏父女都进行了多余的借题发挥，说了表面上是巧言，实际上却有害的废话。

　　如果我们对自己日常生活中家人之间、朋友之间、同事之间的沟通失败进行深入分析研究，就可以发现绝大多数人都是没有牢记、遵循孔子"辞达而已矣"和老子"多言数穷，不如守中"的教诲，犯了雷横和白氏父女同样的错误，说了多余的借题发挥的废话。我发现一个奥秘，就是平时讲话多用陈述句和陈述的语气，尽量少用反问、质疑的语句和语气，杜绝讥讽、嘲笑、抱怨、责备的语句和语气，这样可以减少很多不必要的争执，提高沟通效率，降低沟通成本。即便是发生了争执也不要紧，在争执的过程中就事论事，不要借题发挥旁及其他，绝对不要趁机提起问候对方的身份、父母祖先、师承出身、智商情商之类跟争执本身没有关系的话头。这样的争执一般都可以祥和收场。在《论语》里，孔子也经常跟自己的学生争执，甚至发展到孔子不得不赌咒发誓的程度，但是孔子和自己的学生从来没有因为争执而伤感情。

　　故事中的主要角色们还有一个共同的错误：当他们认为自己占据优势地位时，不但没有自我克制的自觉，反而凭借自己的优势地位肆无忌惮地羞辱对方。如果其中有一人拥有这种自觉，那么悲剧发展的链条就会断裂，悲剧就可以避免。

　　老子在《道德经》第八章说："上善若水。水善利万物而不争，处众人之所恶，故几于道。居善地，心善渊，与善仁，言善信，政善治，事善能，动善时。夫唯不争，故无尤。"拿"插翅虎枷打白秀英"的故事来印证、领会老子的这段教诲非常适宜、恰当。老子的教诲比较晦涩、玄妙，如果用通俗的语言来表达的话，就是人的内心要秉持善良，言语行为要表达、流露善意，始终保持谦逊、克制的姿态，这样可以避免灾祸。老子的这个教诲在日常生活中可以得到印证。如果一个人的内心秉持善良，言语行为流露善意，始终保持谦逊、克制的姿态，那么他（她）一定可以得到绝大多数人（除非遇到李逵、牛二之类没有是非丑恶之分的恶人）的善待，不会招惹灾祸上身。这个故事里的一干主人公显然都没有遵循老子的教诲，戾气、恶意压制了善良和善意。

中国民间有一句质朴的谚语"和气生财"。白氏父女从东京城远道而来郓城县城开勾栏，无非是想多挣点钱。仅仅因为雷横忘记随身带钱滞碍了收取演出报酬的进程，白氏父女就抛弃和气，恶语相向。一次收取报酬不顺利，保持和气就还有下一次、无数次嘛！何必操切失态啊？白氏父女人财俱失，成为这个故事里的最大输家，其因果报应的教训是非常惨痛的。

在整个《水浒传》里，此类全是输家、没有赢家的故事，比如没毛大虫牛二赖宝刀、七星聚义智取生辰纲、宋江坐楼杀惜、王婆贪贿说风情、快活林三易其手、浔阳楼宋江吟反诗、毛太公贪功谋死虎、殷天锡夺园等，比比皆是。

人品尊卑贵贱论

据《康熙传》（人民出版社 1998 年 7 月第 1 版）记载，康熙皇帝在传位给雍正皇帝的谕旨中说："皇四子胤禛人品贵重，深肖朕躬，必能克承大统……"遥想当年，康熙皇帝被九王夺嫡的连续剧折磨得心力交瘁，"人之将死，其言也慎"，特别又涉及皇位传承的天下第一等大事，谕中此语之意味不可谓不深。

我对其中"人品贵重"四字印象深刻，反复思索其涵义，想象为什么康熙皇帝在传位谕旨中用此来做表扬和自我表扬。

如果分析得更细致一点，"人品"包括"身份"和"品格"两重涵义。"人品贵重"则有以下几层涵义：于己可以自律严格，言行中规中矩，不授人以是非之柄；与人交处可以同甘共苦，知人善解，受人敬重；于事可以不畏艰险，攻坚克难，功绩卓著。"人品贵重"之人可以不夸自荣、不怒自威，令人"远不生怨，近不敢亵"，由衷而生敬畏之心。

本文的意图是，自"人品贵重"的话题切入，选取《水浒传》中若干可以观察、品评其人品之尊卑贵贱的人物，针对其言行修为，照例避实就虚、避重就轻地闲话一番。

根据我的理解，《水浒传》里可以比较，易于观察、叙述并且值得一说其人品尊卑贵贱的人物有宋徽宗赵佶、高俅、鲁智深、梁中书、宋江、卢俊义燕青主仆二人。

宋徽宗赵佶，身份可谓尊贵之至：生在天家，先是贵为亲王，后又贵为天子，享尽人间荣华富贵，自是不在话下。

若论此君的品行，却是不受恭维。此君乍一出场，施耐庵给的评语是："这浮浪子弟门风，帮闲之事，无一般不晓，无一般不会，更无一般不爱，更兼琴棋书画，儒释道教，无所不通；踢球打弹，品竹调丝，吹弹歌舞，自不必说。"这分明是一个玩得高级精致的流氓。

至于坐享后宫佳丽三千人，兀自仍嫌不足，"私行妓馆……听艳曲解闷"。宋徽宗赵佶作为李师师最尊贵的恩客，没有实行专享政策，允许李师师继续开放市场，接待其他平常顾客。有大方之家对此颇为感动，认为宋徽宗赵佶有"民主风范"。我倒是认为宋徽宗赵佶没有刻意端着皇帝的架子，主动将自己降为普通嫖客的身份（从一个斤斤计较的升斗小民价值标准来看，成本可能也是一个问题：如果每个都要专享，成本未免太高了，皇帝都未必承担得起）。在此种场合，宋徽宗赵佶的品行自然也就是一个嫖客的品行。

《水浒传》第一百回《宋公明神聚蓼儿洼 徽宗帝梦游梁山泊》里施耐庵给出一段评语："至今徽宗天子，至圣至明，不期致被奸臣当道，谗佞专权，屈害忠良，深可悯念。当此之时，却是蔡京、童贯、高俅、杨戬四个贼臣，变乱天下，坏国，坏家，坏民。"此话完全是言不由衷，言不符实。宠信、重用这四大贼臣，完全是宋徽宗赵佶自己的选择。以高俅为例，宋徽宗赵佶应该充分了解：第一，高俅除了"踢得两脚好气球"讨自己欢喜之外，别无其他任何本事；第二，"殿帅府太尉职事"是攸关江山社稷和自己身家性命的重要职位。如果一定要追问宋徽宗赵佶这么做的原因，只能套用传颂多年的那句朗朗上口的广告词——"我能！"蔡京、童贯、高俅、杨戬这四个贼臣除了当面讨欢喜之外，实际上并没有把宋徽宗赵佶当做至高无上的皇帝来对待，而是阳奉阴违，狐假虎威，极尽"壅蔽"之能事，把皇帝玩弄于股掌之间。宋徽宗赵佶即使察觉了他们的勾当，也只是呵斥了事，并不深究。以至于宋徽宗赵佶在他们心目中丝毫没有皇帝的尊严，不但可以"近而亵之"，而且几乎可以予取予求。

等到"靖康之耻"从天而降，徽钦二宗父子从华夏上国的九五之尊跌落成为膻腥夷狄的阶下囚徒，皇室宗亲、妇女财帛惨遭掳掠奴役，备受凌辱而死。由此观之，宋徽宗赵佶的结局可谓至悲至苦、至轻至贱。究其原因，还是品行之中多有自轻自贱的成分所致。

虽然从《水浒传》的故事体系里无法看出高俅这厮的最终结局是好还是坏，其人品轻贱的事实倒是显而易见的。高俅以"浮浪破落户子弟"的身份出场，施耐庵给出的评语是："若论仁义礼智，信行忠良，却是不会，只在东京城里城外帮闲。"在遇见"正用这样的人"的"小王都太尉"之前，高俅是一个良善之辈避之唯恐不及的，"人见人嫌"的至轻至贱之徒。虽因"合当发迹，时运到来"，攀龙附骥而侥幸获得"殿帅府太尉职事"，高俅的品行并没有任何改善，反而把隐藏在内心深处的人性之恶毫无保留地释放出来了。他先是直接断送了王进的职业生涯，其次是直接酿成了林冲的家破人亡，再次是间接地断送了杨志的职业生涯。他还直接间接地培养了高衙内、高廉、殷天锡等恶棍。

施耐庵通过一个小小的开封府孔目之口道出高俅之恶："谁不知高太尉当权，倚势豪强，更兼他府里无般不做，但有人小小触犯，便发来开封府，要杀便杀，要剐便剐，却不是他家官府？"

高俅对王进的那一声质问："你那厮便是都军教头王升的儿子？"暴露了高俅对王进的迫害不是一时性起，而是长久积郁心头的私仇私愤的释放。第八十回《张顺凿漏海鳅船 宋江三败高太尉》说明两个问题：一是高俅久居殿帅府太尉之位，也没有学到什么军事才能，以至于统领着精兵强将却三败于押司出身的宋江统领的山寨人马；二是以败将之身在梁山泊竟然酒醉失态与燕青比赛相扑，仍然是一副流氓品相。到一百回《水浒传》终了，也是高俅等人使奸计把宋江、卢俊义一干人等逐个害死。

总之，高俅虽然身为"殿帅府太尉"，居人臣极尊贵之位，其人品始终牢固保持"浮浪破落户子弟"似的轻贱。

关于梁中书，我认为观察其人品只需一个小小的窗口，出现在第六十二回《放冷箭燕青救主 劫法场石秀跳楼》。梁中书先是收受李固的贿赂，酷刑逼供，欲遂李固之愿而置卢俊义于死地，后又收受蔡家兄弟转交的梁山团队的重金贿赂，"必然周全卢俊义性命"，全然不顾梁山团队跟自己曾经有夺宝之仇。

我这里抄录原文中的一段细节："次日，李固不见动静，前来蔡福家催并……李固随即又央人去上面使用，中间过钱人去嘱托，梁中书道：'这是押牢节级勾当，难道教我下手？过一两日，教他自死。'两下里厮推。"

我对这一段印象深刻，感慨良多，久久难以释怀。梁中书贵为"北京大名府留守司，上马管军，下马管民，最有权势"，人品却实在难以恭维，分明是一个"吃了原告吃被告"，收钱不办事的滥贱角色。虽然端着身份不肯干"押牢节级勾当"，人品却和那些善于敲骨吸髓的"押牢节级"一般腌臜下作。

宋江在江湖上享有"山东及时雨"的盛名，时常受到诸多好汉"纳头便拜"的崇敬，征辽、征方腊功成之后，"加授武德大夫、楚州安抚使、兼兵马都总管"，享受了衣锦还乡的荣耀，其身份自有尊贵的一面。但是，浔阳楼酒后题反诗，江州府避罪装疯自甘身投污秽，为逼朱仝和卢俊义入伙梁山而杀人破家，这三项事迹充分暴露了宋江内心阴暗、凶残狠毒，人品轻贱、下流。

当卢俊义还是"卢大员外""北京大名府第一等长者"的时候，其身份自然颇为尊贵。第六十一回《吴用智赚玉麒麟 张顺夜闹金沙渡》中记载的卢俊义召集燕青、李固等人议事的排场也颇为可观。但是，因痴迷于功名，秉性之中的愚顽终究暴露，先是被梁山群豪武戏酒戏作贱一番，后是两拒燕青之劝，以至于遭受牢狱之灾和鸩毒之祸。卢俊义原本的尊贵之身也难逃家破身亡的悲惨结局，诸般尊崇荣耀如镜花水月一般化为乌有。

燕青是卢俊义的仆从，对卢俊义也恪尽了仆从的礼数、义务。第九十九回《鲁智深浙江坐化 宋公明衣锦还乡》里记载："只见浪子燕青，私自来劝主人卢俊义道：'小乙自幼随侍主人，蒙恩感德，一言难尽。今既大事已毕，欲同主人纳还原受官诰，私去隐迹埋名，寻个僻净去处，以终天年。未知主人意下若何？'卢俊义道：'自从梁山泊归顺宋朝已来，俺弟兄们身经百战，勤劳不易，边塞苦楚，弟兄损折，幸存我一家二人性命。正要衣锦还乡，图个封妻荫子，你如何却寻这等没结果？'燕青笑道：'主人差矣！小乙此去，正有结果，只恐主人此去无结果耳。'若燕青，可谓知进退存亡之机矣！有诗为证：略地攻城志已酬，陈辞欲伴赤松游。时人苦把功名恋，只怕功名不到头……燕青纳头拜了八拜，当夜收拾了一担金珠宝贝挑着，竟不知投何处去了……""次日早晨，军人收拾字纸一张……上面写道是……'今自思命薄身微，不堪国家任用，情愿退居山野，为一闲人……雁序分飞自可惊，纳还官诰不求荣。身边自有君王赦，淡饭黄齑过此生。'"

燕青在最后，也是最重要的大是大非的环节上，并没有拘泥于主仆名分，一味愚忠而甘与主人共荣辱，相反是挺身而出，一方面努力主导自己的命运，另一方面救原主人于危难之前。这一点正是燕青人品贵重的体现。相较而言，李逵、吴用、花荣这三位甘为宋江殉身的好汉，只能算是污泥做的骨肉，人品轻贱是不在话下的。

根据我的理解，鲁智深是整个《水浒传》里众多人物中最为人品贵重的一位。

鲁智深出场时的身份是渭州经略府提辖官，只因失手三拳打死镇关西不得不弃职潜逃，从此流落江湖，颠沛流离，居无定所，甚至有一段落草为寇的生涯。鲁智深在五台山出家为僧期间，不守戒律，率性纵酒，行为失范，为众僧所嫌，连鲁智深的"出家赞助商"赵大员外也对他的行为"好生不然"。虽然如此，都不妨碍鲁智深被我推举为整个《水浒传》里最为人品贵重的人物。

我认为，鲁智深第一个可贵的品格是拥有内生蕴厚的慈悲心和出入水火的拯救力。"义救金翠莲，拳打镇关西""救难说因缘，大闹桃花村""千里护林冲，大闹野猪林"，这三个故事淋漓尽致地展现了鲁智深的慈悲心和拯救力。鲁智深与金翠莲父女、刘太公一家都是偶然相遇，仅一面之缘，鲁智深一见有难，毫不迟疑地视救难为己任。鲁智深与林冲虽是结义兄弟，但也只有心怀大慈悲的人才能做到千里护送。金翠莲父女、刘太公一家和林冲都托鲁智深之力脱离了危难，这种"力"可称之为"拯救力"。一个人有慈悲心已属不易，再有拯救力，那就可称得上救苦救难的菩萨了。

鲁智深第二个可贵的品格是不持不执，不粘不滞，实属天下第一洒脱之人。鲁智深一生如行云流水，从不粘滞于任何人物、钱财、恩仇和事功。顾随先生有语："虽不作诗亦可成为诗人，如《水浒传》鲁智深是诗人，他兼有李、杜之长——飘洒而沉着。别人是将'诗'表现在诗里，鲁智深把'诗'表现在生活里，乃最伟大的诗人。"

智真长老初见鲁智深时即给出"此人上应天星，心地刚直。虽然时下凶顽，命中驳杂，久后却得清净，正果非凡"的评语。正如智真长老所言，智深确实得了正果，脱离了轮回，是整个《水浒传》人物结局最好的。

如果把关注的目光从《水浒传》转移到现实生活，难免要感慨《水浒传》毕竟是巨著，历经数百年之后我们仍然可以从中提炼出观察、分析和自我修炼人品的方法：人品的尊卑贵贱与主人公的身份地位高低、财富多寡、学识深浅都没有直接的关系，而是与其心性修为直接相关。提炼净纯心性修为方可得贵重人品。

《水浒传》第九十回《五台山宋江参禅　双林渡燕青射雁》中记载宋江在五台山上向智真长老求教："请问吾师：浮世光阴有限，苦海无边，人身至微，生死最大。特来请问与禅师。"宋江之问确实是有感而发，至大至深。智真长老答偈："六根束缚多年，四大牵缠已久。堪叹石火光中，翻了几个筋斗。咦！阎浮世界诸众生，泥沙堆里频哮吼。"我觉得，智真长老已经清晰准确地回答了宋江的问题，但是宋江没有听懂。宋江为什么会听不懂呢？无非"执障"二字吧。

智真长老的"阎浮世界诸众生，泥沙堆里频哮吼"与"高尚是高尚者的墓志铭，卑鄙是卑鄙者的通行证"是否有相通之处呢？这道思考题留给列位读者自行作答吧。

慎得戒贪免祸论

《论语》是我常备案头、阅读频次最高的一本书，日常生活之中因触事、触情有感而发时，往往回想起其中的相应论述。随着岁月的累积，我对孔子的崇敬、仰慕之心与日俱增。有大方之家责难说：《论语》乃至于整个孔子的思想都是一些道德教条的堆砌，根本没有系统的理论。这并没有影响我对《论语》和孔子的敬仰之情。因为即使是《论语》和孔子提出的一系列道德训诫，比如"知耻近乎勇"，"见义不为无勇也"，"吾日三省吾身"，等等，两千多年之后的今天我们不但能从中体会到孔子及其弟子如仁厚长者一般的亲切教诲，还能体会到孔子及其弟子如佛、如神一般注视着人世、人生的垂怜的目光。这些道德训诫既可以针对有温度的世俗生活，也有高冷的、终极的哲学意义。

这回我从"见得思义"来切入。《论语》至少有两处论及"见得思义"。《季氏》篇第十："孔子曰：'君子有九思：视思明，听思聪，色思温，貌思恭，言思忠，事思敬，疑思问，忿思难，见得思义。'"《子张》篇第一："子张曰：'士见危致命，见得思义，祭思敬，丧思哀，其可已矣。'"我对"见得思义"的理解是，当我们有所"得"（特别是意外之"得"）的时候，一定要掂量掂量这种"得"是否符合道义的要求，是不是不义之财。

对于我们这些斤斤计较、只善于算小账的升斗小民来说，"见得思义"的标准可能太高了，从"见得思危"开始修炼会比较切合实际，每当有所"得"时先想想这个"得"的背后是不是隐藏着危险、灾祸。《水浒传》里正好有三个故事可以印证"见得思危"之事关生死存亡。

第一个故事是"何九叔知祸识恶，勇作证明哲保身"。话说"偷情悲喜剧之三人组"王婆、潘金莲和西门庆仗着由贪念支撑的"聋子不怕雷"式胆量，合谋鸩杀了武大郎。接踵而至的难题是如何掩盖罪行，王婆非常明智地分析出最核心的难题："只有一件事最要紧，地方上团头何九叔，他是个精细的人，只怕他看出破绽，不肯殓。"西门大官人可能是根据自己在阳谷县"没有搞不掂的事情"的那种江湖自负，认为这不是难题："这个不妨，我自分付他便了。他不肯违我的言语。"

但是，故事并没有按照"三人组"预想的剧情逐次展开。"三人组"犯了两个方面的错误：第一，严重低估了武松的报复心和报复力；第二，严重低估了何九叔违拗西门庆意志的胆量和能力。换句话说就是严重高估了西门庆把控局势的能力。

何九叔显然没有达到"见得思义"的高境界，算的也是市井小民的得失之账："我本待声张起来，却怕他没人做主，恶了西门庆，却不是去撩蜂剔蝎？待要胡卢提入了棺殓了，武大有个兄弟，便是前日景阳冈上打虎的武都头，他是个杀人不斩眼的男子，倘或早晚归来，此事必然发。"何九叔确实也有过人之处，不但深谙"两害相权取其轻"之理，而且比"三人组"更清醒地体察到了武松身上所蕴藏的无穷威力。

从《水浒传》的叙述来看，在因西门庆潘金莲奸情引发的系列故事发生之前，何九叔与武松只有一面之缘，就是武松因打虎之举感动知县大人而得"步兵都头"之位，"众上户都来与武松作贺庆喜，连连吃了三五日酒"。何九叔与武松在这个场合一起吃过酒。也就是这一面之缘，何九叔敏锐地把握住了武松身上蕴藏着无穷威力的事实。何九叔既有自知之明，也有知人之明。

所以何九叔虽然因"惧怕西门庆是个刁徒，把持官府的人"，暂时收受西门庆十两银子，终究没有顺遂"三人组"的意愿，挺身而出为武松作证。这是何九叔的可敬之处。何九叔做到了"见得思危"、戒贪免祸。

第二个故事是"二张贪贿酬门神，天伤无情丧众身"。"二张"是张团练、张都监二人，"天伤"是天伤星行者武松。话说蒋门神遭武松一顿痛打，迫于武松之威无奈向施恩交还快活林酒店的资产，自然不肯善罢甘休。第三十回《施恩三入死囚牢 武松大闹飞云浦》中，康节级的一席话说清楚了故事的缘由："蒋门神躲在张团练家里，却央张团练买嘱这张都监，商量设出这条计来。一应上下之人，都是蒋门神用贿赂，我们都接了他钱。厅上知府一力与他做主，定要结果武松性命。只有当案一个叶孔目不肯……"就是这个叶孔目"一力主张，知府处早晚说开就里。那知府方才得知张都监接受了蒋门神若干银子，通同张团练设计排陷武松，自心里想道：'你倒赚了银两，教我与你害人！'因此心都懒了，不来管看……"，于是蒋门神一伙只好改变原先的设计，欲在押解路上结果武松的性命。

二张一蒋三人也严重低估了武松的报复心和报复力，对武松身上蕴藏的无穷威力缺乏清醒认识。"大闹飞云浦""血溅鸳鸯楼"是这个故事的大结局，孟州知府接报张都监衙内"共计杀死男女一十五名"，飞云浦地里保正等人告称"杀死四人在浦内"，三人自然不幸名列其中。

张都监不但见得不思义、见得不思危，反而因贪贿而积极主动地施计陷害武松，结果惨遭灭门之祸。

第三个故事是"贪虎功自招灭门，得银两枉引杀身"，说的是第四十九回《解珍解宝双越狱 孙立孙新大劫牢》里毛太公一家为夺解珍解宝的打虎之功枉自引发的一出苦难悲剧。

毛太公一家仅仅是因夺解珍解宝兄弟的射虎之功，就设局欲置解氏兄弟于死地，无疑是一个邪恶之家。"登州府牢里包节级得了毛太公钱物，只要陷害解珍、解宝的性命。"结果这双方都以极其悲惨的结局收场："一伙好汉呐声喊，杀将入去，就把毛太公、毛仲义并一门老小尽皆杀了，不留一个。""包节级措手不及，被解宝一枷打重，把脑盖劈的粉碎。"

毛太公一家、包节级都只看到了"得"，全然不顾是否属于"不义之得"，更不顾"不义之得"背后隐藏的不可预测、不可控制的危险。在这个故事里，他们绝没有想到自己的不义之举会引发一个暴力团伙高度的私力救济。

在这三个故事里，知"见得思危"的何九叔得以明哲保身，不知"见得思危"的张都监、毛太公一家和包节级惨遭灭门、杀身之祸。何九叔的经验极其宝贵，张都监、毛太公一家和包节级的教训极其惨痛。

从这些"见得不思义""见得不思危"之因而致的苦难悲剧之果，我们应该可以感悟到孔子这简洁的"见得思义"的道德训诫所蕴藏的深厚哲学涵义，可以感悟到孔子已经看透了"见得不思义"和"不义之得"与种种人间苦难、悲剧之间的内在因果联系。孔子试图用一种温和的声音唤醒迷误的人们。

前面讲过，"见得思义"的标准可能太高，从"见得思危"开始修炼会比较切合实际。在"见得思危"之前是否还可以有一个"见得思疑"的阶段？在接受他人授予利益、将有所得之前，应先消除诸多疑问。比如，有所予必有所求，那么真实的"所求"是什么？表面上的"所求"与真实的"所求"之间是否有陷阱？对方是否值得信赖、值得交往？满足"所求"在自己的能力范围吗？满足"所求"是否逾越道德、法律界限？

　　无数的人间苦难、悲剧告诉我们，从"见得思疑"进阶到"见得思危"，再到"见得思义"是一个漫长、艰难的修炼过程。即使是突破第一关，修成"见得思疑"也非易事。"见得忘义"甚至"见得忘身"的人大有人在。何九叔也是一个值得学习的好榜样。我们还是要加强学习，加强修炼，警钟长鸣啊！

武松蜕变循迹论

武松是一个令我欲说还休的人物。武松在血溅鸳鸯楼之后有两句自言自语的话 ——"我方才心满意足""这口鸟气今日方才出得松脱" ——让我感到毛骨悚然，一时更加找不到叙述的角度。

武松是《水浒传》里无法回避的人物，作者倾注了大量的笔墨。稍加深入分析就可以发现，武松的性格有血有肉，远不是符号性、标签性人物。武松从一个天赋异禀、血气方刚的社会底层青年蜕变成一日之内怒杀十九人的杀人者也是有迹可循的。且听我徐徐道来。

我先罗列一些细节：

第二十三回《横海郡柴进留宾　景阳冈武松打虎》中的"武松初次见宋江"：武松在柴大官人庄上第一次出场时对宋江"前倨后恭"，知道宋江的身份后"纳头便拜"。武松向宋江陈述盘桓在柴进庄上的缘由："小弟在清河县，因酒后醉了，与本处机密相争，一时怒起，只一拳打得那厮昏沉。小弟只道他死了，因此一径逃来大官人处躲灾避难，今已一年有余。"

第二十三回《横海郡柴进留宾　景阳冈武松打虎》中的"武松酒后疑酒家"：在景阳冈下的酒家畅饮十五碗那"三碗不过冈"的好酒之后，面对酒家不要贸然孤身过冈的善意劝说，武松的回应是："你鸟子声！便真个有虎，老爷也不怕。你留我在家里歇，莫不半夜三更要谋我财，害我性命，却把鸟大虫唬吓我？"

第二十三回《横海郡柴进留宾 景阳冈武松打虎》中的"仁厚散钱酬猎户"：武松就厅前，将打虎的本事，说了一遍。厅上厅下众多人等都惊的呆了，知县就厅上赐了几杯酒，将出上户凑的赏赐钱一千贯，给与武松。武松禀道："小人托赖相公的福荫，偶然侥幸，打死了这个大虫，非小人之能，如何敢受赏赐？小人闻知这众猎户，因这个大虫，受了相公责罚，何不就把这一千贯给散与众人去用？"知县道："既是如此，任从壮士。"武松就把这赏钱，在厅上散与众人猎户。

第二十四回《王婆贪贿说风情 郓哥不忿闹茶肆》中的"大郎街头诉相思"：武松的嫡亲哥哥武大郎在阳谷县街头再见武松时如此陈述："当初你在清河县里，要便吃酒醉了，和人相打，如常吃官司，教我要便随衙听候，不曾有一个月净办，常教我受苦。"

第二十七回《母夜叉孟州道卖人肉 武都头十字坡遇张青》中的"武松调戏母夜叉"：在十字坡菜园子张青和母夜叉孙二娘的人肉包子铺里，武松道："我见这馒头馅内有几根毛，一像人小便处的毛一般，以此疑忌。"武松又问道："娘子，你家丈夫却怎地不见？"那妇人道："我的丈夫出外做客未回。"武松道："怎地时，你独自一个须冷落。""武松就势抱住那妇人，把两只手一拘拘将拢来，当胸前搂住；却把两只腿望那妇人下半截只一挟，压在妇人身上，只见他杀猪也似叫将起来。"

第二十九回《施恩重霸孟州道 武松醉打蒋门神》中的"为激门神戏小妾"：武松看了，睄着醉眼，径奔入酒店里来，便去柜身相对一副座头上坐了；把双手按着桌子上，不转眼看那妇人……武松道："过卖：叫你柜上那妇人下来相伴我吃酒。"酒保喝道："休胡说！这是主人家娘子！"武松道："便是主人家娘子，待怎地？相伴我吃酒也不打紧！"那妇人大怒，便骂道："杀才！该死的贼！"推开柜身子，却待奔出来。武松早把土色布衫脱下，上半截揣在怀里，便把那桶酒只一泼，泼在地上，抢入柜身子里，却好接着那妇人；武松手硬，那里挣扎得，被武松一手接住腰胯，一手把冠儿捏作粉碎，揪住云髻，隔柜身子提将出来望浑酒缸里只一丢。听得扑嗵的一声响，可怜这妇人正被直丢在大酒缸里。

通过这些细节可以对武松的身世、性格、品行做出以下几点推断：武松年幼失怙，与哥哥相依为命，因此缺乏严谨的家教；天性善良；自幼身处社会底层，不受尊重、信任，因此养成了应激防卫型的性格；天赋异禀，天生神力，相貌堂堂，威风凛凛；在清河县有过一段放纵浪荡的青春岁月。武松轻松自如地调戏孙二娘和蒋门神小妾，可能就与这一段经历有关。诸如鲁智深、林冲、杨志等志诚君子千万做不到。

景阳冈赤手空拳打死作害已久的猛虎，是武松人生的巅峰。"打虎英雄"的声誉塑造了武松此后的生涯。

有闲极无聊的大方之家探讨武松接受潘金莲示爱的可能性及避免此后一系列的血腥故事的可能性。但我认为，武松绝无可能接受潘金莲示爱，原因有二：第一，武松不可能违背礼教冒犯与自己相依为命、共同成长的可敬兄长；第二，"打虎英雄"的光环也不允许武松如此苟且，否则他无法继续在江湖上立足。基于同样的原因，武松也不可能囫囵吞下兄长莫名而死的苦果。对于偷情心理掌控自如的民间偷情大师王婆，对于复仇心理几乎一无所知，分析完全南辕北辙。

虽然武松不可能接受潘金莲示爱，也不可能囫囵吞下兄长莫名而死的苦果，但是避免此后一系列血腥故事的可能性还是曾经存在的。非常不幸的是，两次欺骗彻底摧垮了武松对赵宋王朝体制的信任，逼迫武松用血腥的方式实现私力复仇。

第一次欺骗的实施主体是阳谷县的知县。武松将打虎所得的赏赐钱散与众猎户，知县见他忠厚仁德，有心要抬举他，参武松做了本县的步兵都头。武松放下回清河县看望哥哥的念想，接受了知县的抬举。武松非常珍惜知县的抬举，认真履行了步兵都头的职责和知县的私人托付，用行为表达了接受所有的明规则、潜规则。但知县大人显然更看重西门大官人许下的银两，对武松的意愿和努力并不重视，也忽略了武松忠于所托的私谊。一句"武松，你休听外人挑拨你和西门庆做对头"，知县大人开启了武松血腥复仇的第一道门，逆转了武松走正路成长的进程。

第二次欺骗的实施主体是孟州守御兵马都监张蒙方（以下简称"张都监"）。张都监先是抬举武松做"亲随梯己人"，然后用赐酒、赐财、赐宴、许婚一步步将武松诱入圈套，最后一举陷害将武松打入死囚牢。初入张府，初尝诱饵之时，武松对张都监还是心存感激的。等到"武松下在大牢里，寻思叵耐张都监那厮安排这般圈套坑陷我"时，张都监彻底打开了武松血腥复仇的大门，呼唤出一个"一日之内怒杀十九人"的大魔头。

武松虽然有赤手空拳打死猛虎的天生神力，但是在知县大人和张都监面前仍然属于弱者。武松充分表现了弱者对于强者的天然服从，在景阳冈下对于酒家的那种戒备荡然无存。昧于贪婪之恶，知县大人和张都监作为强者对弱者武松实施欺骗。贪婪之恶终于将武松心中的滥杀之恶呼唤出来了。第三十一回《张都监血溅鸳鸯楼 武行者夜走蜈蚣岭》中，武松潜入鸳鸯楼听到张都监、张团练和蒋门神三人议论如何在飞云浦结果自己的性命之时，"心头那把无名业火高三千丈，冲破了青天"。张都监与武松的强弱之势也因此在鸳鸯楼里发生了易位。弱者自有弱者的力量和武器。

无论是强者、弱者，都有如何将力量导向善的轨道的问题，这个责任更多地在强者一方。强者对弱者的欺骗实在是恶中之恶。社会精英分子应该从哲学的角度研究强者对弱者实施欺骗的恶性，从道德和法律的角度研究如何惩戒强者对弱者实施欺骗的行为。

　　武松的蜕变轨迹令我感慨良多，难以释怀。武松虽然曾经是一个放纵浪荡的问题青年，但是仍然有在赵宋王朝体制内成长的愿望和努力，可惜被两次欺骗无情地击得粉碎，内心深处的恶被呼唤出来了。好在武松心本良善，"打虎英雄"的荣誉深深地塑造了他，读者留心一下可以发现三个迹象：武松再见宋江时已经不再"纳头便拜"了；武松是第一个就招安表现出坚决反对的梁山好汉；征方腊惨胜之后武松拒绝了跟随宋江回朝廷领功受赏的要求（宋江对武松拒绝的回应是"任从你心"。这说明宋江也已经清楚意识到宋武二人已经恩断义绝了）。这三个迹象反映了武松"否定之否定"的新一轮蜕变。

　　武松可以作为一面镜子，照出了相类似的出身于社会底层、具有杰出禀赋和才能的年轻人的命运镜像。年轻人应该如何端正形象，擦去身体和心灵的污垢，对个人、对社会都是重大课题。我联想起《尚书·尧典》里"直而温，宽而栗，刚而无虐，简而无傲"的论述，这对个人修养来说也是一个近乎完美的标准。即使做不到完美，其中的"平衡感"也是非常有益的，可以帮助我们远离偏执、偏激，减少犯错误的机会，减少遭受苦难、制造苦难的机会。

功善居伐悟戒论

本篇闲话旨在用《水浒传》的故事来印证老子在《道德经》里提出的"功成而弗居"和孔子及其弟子在《论语》里提出的"无伐善"两个命题。

老子《道德经》二章："天下皆知美之为美，斯恶已；皆知善之为善，斯不善已。故有无相生，难易相成，长短相较，高下相倾，音声相和，前后相随。是以圣人处无为之事，行不言之教，万物作焉而不辞，生而不有，为而不恃，功成而弗居。夫唯弗居，是以不去。"《道德经》九章："功遂身退，天之道。"

《论语·公冶长》第二十六："颜渊季路侍。子曰：'盍各言尔志？'子路曰：'愿车马衣轻裘与朋友共敝之而无憾。'颜渊曰：'愿无伐善，无施劳。'子路曰：'愿闻子之志。'子曰：'老者安之，朋友信之，少者怀之。'"

《尚书·大禹谟》也有意思相近的论述："汝惟不矜，天下莫与汝争能；汝惟不伐，天下莫与汝争功。"

我的理解，"功成而弗居"要求我们在功业成就之后不能居功自傲，要及时功成身退。"无伐善"则要求我们不能夸耀、炫耀自己的善行和美德。

　　在《水浒传》里，完整地做到了"功成而弗居"和"无伐善"的人物非鲁智深莫属。

　　先说鲁智深的"功成而弗居"。第九十九回《鲁智深浙江坐化　宋公明衣锦还乡》记载鲁智深："拿了方腊，带到草庵中，取了些饭吃，正解出山来，却好迎着搜山的军健，一同绑住捉来见宋先锋……宋江道：'那和尚眼见得是圣僧罗汉，如此显灵，令吾师成此大功，回京奏闻朝廷，可以还俗为官，在京师图个荫子封妻，光耀祖宗，报答父母劬劳之恩。'鲁智深答道：'洒家心已成灰，不愿为官，只图寻个净了去处，安身立命足矣！'宋江道：'吾师既不肯还俗，便到京师去住持一个名山大刹，为一僧首，也光显宗风，亦报答得父母。'智深听了，摇首叫道：'都不要。要多也无用。只得个囫囵尸首，便是强了。'宋江听罢，默上心来，各不喜欢。"

　　再来看鲁智深的"无伐善"。渭州府"义救金翠莲"、桃花村"救难说因缘"和沧州道"千里护林冲"，这三件事都是充分体现智深"慈悲心"和"拯救力"的善举。"义救金翠莲"时，鲁提辖先妥妥帖帖地把金翠莲父女送远之后才去找镇关西算账，根本就没考虑受报答的问题，拳打镇关西之后的逃亡路上接受金翠莲父女和赵员外的款待也属于随遇而安的情形。桃花村"救难说因缘"之后，智深也是妥妥帖帖地收服了小霸王周通，断绝其邪念，让刘太公欢欢喜喜地回庄去了，除了率性地吃喝一通之外没有收受刘太公任何报偿。智深在完成沧州道"千里护林冲"之后，也只是"摆着手，拖了禅杖，叫声：'兄弟保重。'自回去了"。

　　智深对于他的"受拯救者"可谓是恩重如山，却并没有任何意图去营造"施恩—报恩"的对应关系，没有刻意彰显、夸耀自己的善举，没有在江湖上塑造"关西大救星"之类的个人品牌。智深颇得李白《侠客行》中"事了拂衣去，深藏身与名"之古意。

在《水浒传》里，既"居功"又"伐善"的反面典型非宋江莫属了。

先说宋江的"居功"。第九十九回《鲁智深浙江坐化 宋公明衣锦还乡》记载，征方腊成功之后，"先锋使宋江，加授武德大夫、楚州安抚使、兼兵马都总管""先锋使宋江、卢俊义，各赐金银一千两，锦缎十表里，御花袍一套，名马一匹""当日宋江等，各各谢恩已了，天子命设太平筵宴，庆贺功臣""宋江分派已了，与众暂别，自引兄弟宋清，带领军健一二百人，挑担御物行李衣装赏赐，离了东京，望山东进发。宋江、宋清在马上衣锦还乡，回归故里"。

再来看宋江的"伐善"。早前本人曾经分析过，宋江"山东及时雨"的名声令人称奇，更令人生疑。在信息传播主要靠口口相传的年代，令几乎半个中国的江湖好汉知晓、景仰，这要花费多少成本？现在根据儒家的"无伐善"理论，宋江"山东及时雨"的名声绝不是空穴来风，也绝不是众江湖人士有感而发、出自内心的真诚称颂，而是来源于宋江自觉的"伐善"行为。"山东及时雨"实际上是主人公别有用心、刻意经营的个人品牌。

卢俊义和燕青主仆二人在征方腊成功之后、武松在"景阳冈打虎"和"征方腊断臂"之后的不同抉择都构成了一对"功成而居"和"功成弗居"的相互参照。

第三十回《施恩三入死囚牢 武松大闹飞云浦》中记载，武松醉打蒋门神、帮助施恩重霸快活林酒店之后，"快活林一境之人都知武松了得，那个不来拜见武松……施恩得武松争了这口气，把武松似爷娘一般敬重"。我认为，此时的武松既有"居功"又有"伐善"的表现。

仔细研究一百单八将大结局可以发现：恪守"功成而弗居"戒律者都得善终；诸如宋江、卢俊义、李逵、吴用、花荣等不得善终者，都未恪守"功成而弗居"戒律。虽然不足以支撑建立"功成而弗居"与"善终"、

"居功"与"灾祸"之间的内在的、必然的逻辑联系，但是通过参悟这些故事我们仍然可以得出结论：恪守"功成而弗居"戒律，有助于保持人生的圆满、完美。

老子《道德经》艰深、晦涩，阅读几成畏途，结合耳熟能详、通俗易懂的故事，或许可以窥得些微门径。根据我的阅读理解，"居功"意在充分提取"与功俱来"的现实利益，而提取利益与聚拢是非也是如影随形的。另外，居功者必然为功所役，失去本我。宋江为鲁智深开出的两种居功方式均不合智深的心意，如果鲁智深接受，鲁智深就不是智深了。所以，必须承认老子在《道德经》里关于"功成而弗居"的论述具有穿越辽远时空的智慧光芒。

相对而言，《论语》明显更加平易、亲切。我们可以比较简易地悟明："无伐"之善是真善，"有伐"之善是伪善。《水浒传》里智深与宋江的故事印证了这一点。老子《道德经》中"皆知善之为善，斯不善已"似乎也可以作为"无伐善"的诠释。

从审美价值的角度来看，"功成而弗居"者鲁智深、燕青等人的形象、气质也要远比"居功"者宋江、卢俊义更优美、清爽。"伐善"者宋江与"无伐善"者智深相比，更是俗不可耐，污浊不堪。

招安求荣得祸论

　　招安是《水浒传》故事体系里分量最重的部分。通过分析、研究招安，可以进一步揭示宋江本人的性格、价值观、人生观和世界观，以及《水浒传》及其作者的审美观、价值观、世界观和历史观，发现其中的种种错乱和矛盾。

　　我们先来分析、研究《水浒传》里涉及宋江本人的与招安相关的故事情节。

　　"逼上梁山"一词经常被用来概括一百单八将落草梁山的缘由。实际上真正被"逼上梁山"的好汉非常有限，按照最严格的标准，只有林冲一人，放宽一点可以加上杨志。"逼上梁山"用在宋江身上根本就不合适。宋江因"坐楼杀惜"而惹官司逃难，起初并没有考虑将晁盖主持的梁山泊作为目的地，先是逃在柴大官人庄上，次是孔太公庄上，后是清风寨小李广花荣营中。等到宋江准备领着在清风山、对影山收服的人马去投奔梁山泊入伙时，被其父宋太公传假消息给制止了。宋江在刺配江州路过梁山泊时，特地交代负责押送的两个公人："山上有几个好汉，闻我的名字，怕他下山来夺我……只拣小路过去，宁可多走几里不妨。"晁盖"打听得宋江断配江州，只怕路上错了路道，教大小头领分付四路等候"，把宋江迎上了梁山，力邀宋江留下入伙。宋江以"父亲明明训教宋江，小可不争随顺了哥哥，便是上逆天理，下违父教，做了不忠不孝的人在世，虽生何益"的说辞拒绝入伙。等到宋江因"浔阳楼题反诗"在江州被判斩立决，晁盖亲领梁山众好汉劫法场救出宋江，宋江方才顺坡下驴上了梁山。

这里再抄录几段宋江本人关于上梁山的缘由的自我陈述供列位读者评判。

在第五十八回《三山聚义打青州　众虎同心归水泊》里，宋江对着被梁山泊俘虏的双鞭呼延灼陈述道："小可宋江，怎敢背负朝廷？盖为官吏污滥，威逼得紧，误犯大罪，因此权借水泊里随时避难，只待朝廷赦罪招安……"

第五十九回《吴用赚金铃吊挂　宋江闹西岳华山》写道：宋江下马入寨，把宿太尉扶在聚义厅上，当中坐定，众头领两边侍立着。宋江下了四拜，跪在面前，告复道："宋江原是郓城县小吏，为官司所逼，不得已啸聚山林，权借梁山水泊避难，专等朝廷招安，与国家出力……"

第八十三回《宋公明奉诏破大辽　陈桥驿滴泪斩小卒》里写道：宋江叩头称谢，端简启奏："臣乃鄙猥小吏，误犯刑典，流递江州。醉后狂言，临刑弃市，众力救之，无处逃避，遂乃潜身水泊，苟延微命。所犯罪恶，万死难逃。今蒙圣上宽恤收录，大敷旷荡之恩，得蒙赦免本罪。臣披肝沥胆，尚不能补报皇上之恩。今奉诏命，敢不竭力尽忠，死而后已！"

将宋江此三番陈述进行对比，并且与《水浒传》中宋江的事迹进行对比，不需要进行复杂的思辨就可以得出一个结论：宋江的言行非常符合孔子深恶痛绝的"巧言令色"。

"为官吏污滥，威逼得紧，误犯大罪，因此权借水泊里随时避难""为被官司所逼，不得已啸聚山林，权借梁山水泊避难""误犯刑典，流递江州。醉后狂言，临刑弃市，众力救之，无处逃避，遂乃潜身水泊，苟延微命"，针对自己为什么上梁山的缘由，宋江的三番陈述不但与事实南辕北辙，而且三次陈述都不相一致。

根据《水浒传》里的宋江事迹，导致宋江上梁山的直接缘由是身在江州牢城时的"浔阳楼题反诗"之举，令宋江身陷江州牢城的缘由是"坐楼杀惜"，致"坐楼杀惜"的因缘则是宋江利用职务之便为劫生辰纲的江洋大盗通风报信。无论是利用职务之便为晁盖一伙通风报信，"坐楼杀惜"，还是"浔阳楼题反诗"，宋江诸行为均属于"故意犯罪"的性质。宋江的初心绝不是"与国家出力"，而是"挖国家墙脚"。"浔阳楼题反诗"把宋江的邪恶初心暴露无遗。

综合上述分析，仅仅根据宋江在上梁山的缘由这个问题上的言行就完全可以将他定义为"巧言令色"的"佞人"。

接下来再分析、研究宋江关于招安之事本身的言行事迹。

从宋江不惜代价经营"山东及时雨"这个个人品牌的行为来看，他是一个胸有大志的人，并不会只满足于江湖好汉们的"纳头便拜"。

不过细说起来，宋江的雄心壮志并没有什么特别高尚之处，无非就是功成名就，荣华富贵，光宗耀祖，衣锦还乡。在宋江所在的时代，普通男子欲得功名，正途只有两个：一是通过科举金榜题名，二是"指望把一身本事，边庭上一枪一刀，博个封妻荫子，也与祖宗争口气"。宋江虽然号称"刀笔精通，吏道纯熟，更兼爱习枪棒，学得武艺多般"，但是实际上在文的方面，宋江并没有实力去接受科举的考验。在武的方面，虽然"征辽"和"征方腊"显示了宋江具有一定的军事才能，但是身为郓城县衙押司之时，他没有任何机缘获得"边庭上一枪一刀，博个封妻荫子"的荣耀。曲线求功名的旁门左道是满足宋江炽热名利心的唯一途径，先叛后降的"造反—招安"模式是必然选择。

在《水浒传》第三十二回《武行者醉打孔亮 锦毛虎义释宋江》里，逃亡的宋江、武松在孔太公庄上相见，宋江对武松说了一番颇语重心长的话："兄弟，你只顾自己前程万里，早早到了彼处。入伙之后，少戒酒性。如得朝廷招安，你便可撺掇鲁智深、杨志投降了，日后但是去边上，一枪一刀，博得个封妻荫子，久后青史上留得一个好名，也不枉了为人一世。我自百无一能，虽有忠心，不能得进步。兄弟，你如此英雄，决定得做大官。可以记心，听愚兄之言，图个日后相见。"此时的宋江连上梁山落草的念想都还没有产生，就语重心长地给武松作准备接受招安的政治思想工作，这说明宋江早就已经对先叛后降的"造反—招安"模式做过周密思谋。

宋江之父宋太公情愿宋江受牢狱之灾也要假传消息骗宋江回家，阻止他落草梁山为寇。宋江对父亲的忌讳并无违拗，结合其逃亡路上避开梁山的因素，可以推断出宋江内心还在抗拒"落草为寇"。好在"浔阳楼题反诗"犯下的死罪破除了宋江心中这个纠结。

等到解决晁盖临死留下的山寨之主难题，完成"梁山泊英雄排座次"，坐定头把交椅之后，宋江就立即以坚定的意志力排异议稳步推进招安工作。

值得评说的情节有两个：第一，梁山泊一百零八个英雄好汉，除武松、李逵和鲁智深三人对宋江推进招安表示了异议之外，基本上无人表示反对，对宋江布置的相关任务也都采取承担、慎待的态度。第二，在招安成功之前，宋江可以非常如意地掌控局面和进程。但是等到招安成功，宋江率领梁山泊人马开到东京城外，本人登堂入室进入朝廷面见皇帝之后，宋江虽然还能对梁山泊人马指挥若定，却已经无法掌控队伍和自己本人的命运了。

一百零八个英雄好汉，不是一个小数目，而且他们的来历是被祖老大唐洞玄国师锁镇在龙虎山"伏魔之殿"石碑之下万丈地穴中的魔王。接受招安，向朝廷投诚，对宋江本人，是一个向谁效忠、为谁服务的重大的政治抉择。对啸聚梁山的一百单八将其他成员来说，也是一个事关身家性命的大事。为什么没有人挺身而出表示反对、予以制止呢？这是一个值得评说的问题。

一百单八将中除了宋江之外，几乎都没有清晰的政治倾向和主张，他们上梁山并不是因为有清晰、明确的政治追求，而仅仅是为了安身立命。一百单八将上梁山之前，在他们各自所处的领域都是天赋异禀的顶尖人才，上梁山落草为寇虽说有"大碗喝酒，大块吃肉，大秤分金"的快意，但实际上是被放逐到社会的最边缘，处于人生的最低谷，生存状态是最恶劣的朝不保夕。只要能够平安地摆脱这种状态和模式，那就是一种改善。这就是为什么一百单八将里没有人挺身而出对接受招安表示反对、予以制止的原因。宋江也因此得以从容地推进接受招安的工作。

宋江把接受招安作为自己坐上梁山头把交椅之后的首要工作，在这个阶段宋江算是比较走运的，工作进展很如意，很快就达成所愿。但是等宋江带领梁山军马开拔至东京城外时，形势开始发生不以宋江的意志和力量为转移的逆转。

在《水浒传》第八十二回《梁山泊分金大买市　宋公明全伙受招安》里，先是宋徽宗说了一段足以令宋江心花怒放的话："寡人久闻梁山泊宋江等有一百八人，上应天星，更兼英雄勇猛。今已归降，到于京师。寡人来日，引百官登宣德楼。可教宋江等俱依临敌披挂戎装服色，休带大队人马，只将三五百马步军进城，自东过西，寡人亲要观看。也教在城军民，知此英雄豪杰，为国良臣。然后却令卸其衣甲，除去军器，都穿所赐锦袍，从东华门而入，就文德殿朝见。"但是等宋江领着众好汉兴致勃勃、辛辛苦苦地耀武扬威一番之后，转头一大盆冰水倾注而下。"又说枢密院官，具本上奏：'新降之人，未效功劳，不可辄便加爵，可待日后征讨，建立功勋，量加官赏。现今数万之众，逼城下寨，甚为不宜。陛下可将宋江等所部军马，原是京师有被陷之将，仍还本处，外路军兵，各归原所。其余人众，分作五路，山东，河北，分调开去，此为上策。'次日，天子命御驾指挥使，直至宋江营中，口传圣旨，令宋江等分开军马，各归原所。"

这一段描述清晰地向宋江本人、梁山泊众好汉以及《水浒传》的读者们阐明：姑且不论梁山泊众好汉的生存状态是否有改善，宋江本人不但没有因招安的成功而被以宋徽宗为代表的朝廷所接纳，没有获得登堂入室的机会，实现其理想，反而因为身处"天子脚下"手握重兵无所处置成为朝廷与部下之间的夹心饼，危机四伏，一触即发。征辽、征方腊成为宋江和梁山泊人马无可奈何的临时逃遁之所。"陈桥驿滴泪斩小卒"更表明宋江此时已经既无力庇佑自己的部下，也无法掌控自己的命运。此时的宋江陷入"如今人方为刀俎，我为鱼肉"的格局无法自拔，老子"祸兮福之所倚，福兮祸之所伏"的垂训在宋江身上得到了完整的验证。

《水浒传》第九十九回《鲁智深浙江坐化 宋公明衣锦还乡》讲到，宋江率梁山泊人马征方腊得胜还朝，给宋徽宗上了一道表文，其中开列了一张名单详细记述一百单八将在经历征方腊一战之后阵亡、病故、坐化、出家、路辞、留京、朝觐者的详细情况。这一纸表文可以理解为宋江带领梁山泊一百单八将接受招安一事的成绩单。对于宋江本人来说，"神聚蓼儿洼"是最终的成绩单，虽然在此之前还有一场"衣锦还乡"欢喜、荣耀的昙花一现。宋江招安求荣得祸是最终的大结局。

"螳螂捕蝉"与"探骊得珠"这两个故事可以用来分析宋江"招安求荣得祸"的缘由，即"见利而忘其真""见利而忘其危"。宋江的这场人生辩证法考试以彻底失败告终，不但赔上了自己的"卿卿性命"，而且殉上了数十位天罡星地煞星的性命。宋江对如何追求招安成功有比较清醒的认识，对招安成功之后矛盾会发生什么样的变化没有清醒的认识。宋江取得了招安的成功，也取得了征辽和征方腊的成功，也成功地得到了赵宋官家的封赏。但是正因为这些成功，宋江成了与四大奸臣争名夺利的博弈对象，招安成功与征战成功之"得""荣""利"转化成为与四大奸臣博弈之"失""祸""危"。宋江对这种转化无知无觉。

辩证法规律是不以人的意志为转移的铁律，顺之者昌，逆之者亡。中华民族是世界文明史上最重视辩证法规律的民族，从《易经》《道德经》《论语》《庄子》，到"四大名著"这些代表中华文明最高成就的经典都遵循着辩证法的原理。

根据我的理解，《道德经》所言之"道"就是辩证法规律，《庄子》所言之得道"真人""圣人"就是熟谙辩证法规律，并且能够加以熟练掌握和运用者。

关于辩证法的理论专著，平常读者研习起来可能有艰深晦涩之处。四大名著则是用庞大繁复的故事体系来演绎辩证法规律，故事是通俗易懂的，但是其中的辩证法规律照样讳莫如深。这反映了辩证法规律易说难解更难行的特点。

上文中提及的系列对立统一的矛盾，是人世间每个人学习、运用人生辩证法必须、必然要面对的矛盾。用佛家的语言来说，每个人做出的抉择是"因"，其人生成就、福祸报应是"果"。

宋江虽然也号称讲究忠孝节义，但实际上是一个"精致的利己主义者"和为所欲为的机会主义者，从未惧怕过"恶有恶报"的因果相承，种下诸多"杀人灭家"恶之因，无拘无束，为所欲为，最终落得"神聚蓼儿洼"，孜孜以求的功名利禄归于"镜中月，水中花"似的一场空。

梁山泊一百单八将在征方腊一战功成之后有一部分人以坐化、出家、路辞等方式拒绝追随宋江返京领赏。他们之所以这么做，是因为既看透了宋江带领梁山泊人马谋求招安的所作所为背后隐藏的险恶用心，也看透了追随宋江返京领赏背后的凶险。

宋江杀人灭家之恶

　　《水浒传》中宋江和他的紧密追随者的系列杀人灭家之恶令我如鲠在喉、耿耿于怀。杀人灭家的是非善恶本来昭然若揭，但是《水浒传》把它们掩盖在仗义疏财、义气相投、替天行道之类的幻象之下，反而被当作壮举、义举赋予正当性，所以必须予以揭露和批判。

　　宋江第一个杀人灭家的故事是杀阎婆惜灭阎家，我在《女儿心事漠　香消玉殒悲》中已经解析过了，在此按下不表。

　　宋江第二个杀人灭家的故事是第三十四回《镇三山大闹青州道　霹雳火夜走瓦砾场》中用计骗慕容知府杀秦明全家，逼秦明落草。

　　宋江第三个杀人灭家的故事是第四十一回《宋江智取无为军　张顺活捉黄文炳》中宋江违拗晁盖，执意带前来江州劫法场救自己的梁山人马攻打无为军杀黄文炳全家报仇。"众好汉亦各动手，见一个杀一个，见两个杀一双，把黄文炳一门内外大小四五十口尽皆杀了，不留一人。"

　　宋江第四个杀人灭家的故事是第五十回《吴学究双用连环计　宋公明三打祝家庄》中纵容李逵屠扈家庄。"且说李逵正杀得手顺，直抢入扈家庄里，把扈太公一门老幼，尽数杀了，不留一个。"

　　为什么把李逵屠扈家庄的账算到宋江头上呢？我的主张是：李逵是宋

江最紧密的追随者，两人之间有意无意达成了一种默契，宋江需要李逵的残暴、狠戾，李逵需要宋江的庇佑。宋江需要这种无度的杀戮震慑可能出现的违拗、反抗。所以，把李逵之所为等于宋江之所为是没有问题的。

宋江第五个杀人灭家的故事是第五十一回《插翅虎枷打白秀英　美髯公误失小衙内》中为逼朱仝上梁山吩咐李逵杀小衙内。"朱仝乘着月色明朗，径抢入林子里寻时，只见小衙内倒在地上。朱仝便把手去扶时，只见头劈做两半个，已死在那里……只见吴用、雷横从侧首阁子里出来，望着朱仝便拜，说道：'兄长，望乞恕罪！皆是宋公明哥哥将令分付如此。若到山寨，自有分晓。'朱仝道：'是则是你们弟兄好情意，只是忒毒些个！'"

《水浒传》里第六个杀人灭家的故事是第六十五回《托塔天王梦中显圣　浪里白条水上报冤》中张顺为逼安道全上梁山血洗李巧奴家："张顺悄悄开了房门，趄到厨下，见一把厨刀明晃晃放在灶上，看这虔婆倒在侧首板凳上。张顺走将入来，拿起厨刀，先杀了虔婆。要杀使唤的时，原来厨刀不甚快，砍了一个人，刀口早卷了。那两个正待要叫，却好一把劈柴斧正在手边，绰起来，一斧一个砍杀了。房中婆娘听得，慌忙开门，正迎着张顺，手起斧落，劈胸膛砍翻在地。张旺灯影下见砍翻婆娘，推开后窗，跳墙走了。张顺懊恼无极，随即割下衣襟，蘸血去粉壁上写道：'杀人者，安道全也。'连写数十处……安道全道：'你苦了我也！'张顺道：'只有两条路从你行：若是声张起来，我自走了，哥哥却用去偿命；若还你要没事，家中取了药囊，连夜径上梁山泊救我哥哥。这两件随你行。'安道全道：'兄弟忒这般短命见识！'"

另外，第五十六回《吴用使时迁盗甲　汤隆赚徐宁上山》中一步一步环环相扣骗徐宁上梁山教授钩镰枪战法，把徐宁一家老小也都骗上梁山，第六十一至第六十七回诓骗卢俊义上梁山最终导致卢俊义手刃妻子贾氏和李固，也都有杀人灭家的阵阵寒意。

我把《水浒传》里杀人灭家的故事梳理出来，颇费了些心力。我不敢自夸对《水浒传》的故事和人物烂熟于心，但当我在心里默默咀嚼时总有一种如鲠在喉、难以释怀的感觉，最难释怀的就是上述杀人灭家的故事。

首先，宋江和他的紧密追随者所为的杀人灭家之举具有正当性吗？我的主张是它们没有丝毫的正当性。宋江和他的追随者所杀的绝大部分都是与事由没有直接关系的无辜者，比如秦明的家人、黄文炳的家人、扈家庄的家属、小衙内、李巧奴家的虔婆和使唤。即便是与事由有直接关系的人，比如阎婆惜、黄文炳、李巧奴、贾氏和李固，他们有的是因为揭发了施暴者的罪行而被杀，有的是因为主张自己的正当利益妨碍了施暴者而被杀，有的是希望摆脱施暴者的妄行而被杀。

宋江的行为明目张胆地违反了孔子"己所不欲，勿施于人"的主张，因为当初宋江自己是拒绝落草梁山的。

其次，既然宋江和他的追随者的杀人灭家之举没有丝毫的正当性，为什么《水浒传》没有予以旗帜鲜明的批判和谴责呢？我的主张是：这要归结到作者的审美观和价值观的错乱上。《水浒传》里有诸多明显的丑恶、残暴被当作美好、善良来供奉的情况。比如，集丑集恶、杀人为乐的人形猛兽李逵被当作英雄好汉，还把似是而非的"仗义疏财""讲江湖义气"当作高尚的品格予以大力推崇，相当于把一些廉价，甚至是虚无缥缈之物奉为珍宝。《水浒传》一方面推崇"忠"的品格，另一方面又颂扬宋江因为讲义气私放晁盖的行为，贬损黄文炳维护赵宋王朝利益、揭发宋江题反诗的行为。那些违背、抛弃职业操守的刑事犯罪行为也被当作"讲义气"给予颂扬。这些都反映了《水浒传》价值观、审美观的混乱、幼稚。这样的审美观、价值观是非常有害的。

不但如此，《水浒传》的读者和演绎者也很少对这种恶行予以批判和谴责，反而是更多地采取赞赏、颂扬的态度。《坐楼杀惜》是诸多剧种的保留剧目，"扬宋贬阎"是共同的审美观、价值观，错乱非常严重。这就是一种典型的被孔子批判为"德之贼"的"乡愿"。

再次，如果从受害者、被逼迫者的角度来观察，他们承受了什么样的痛苦和煎熬？他们的人生观、世界观会发生什么样的变化？性格会发生什么样的扭曲？

阎婆一家投亲无着流落郓城县，又遭家主阎公丧身，其处境之难可想而知。她用女儿的身体换取安身立命之所，本是无可奈何的屈辱之举，不承想女儿竟被指望的靠山残忍杀害，老人家遭受的是什么样的打击啊？

沧州知府出于对朱仝的欣赏和信任把儿子托付给他照看，不料被朱仝的朋友们设计残忍杀害，心情会是如何悲愤啊？

阎婆和沧州知府都要面对一个极其严峻的问题：余生如何对自己的生活、他人重新建立信心和信任？

对于那些被逼迫者，我一直有一个疑惑：为什么他们对这种伤害性极大、侮辱性更强的逼迫采取了敢怒不敢言的隐忍？我现在的主张是因为一个"怕"字压住了他们所有其他的感情、行为。敢于毫无滞碍杀人灭家者肯定还有更强的后手，隐忍是止损的最佳方案。

扈三娘是一个很特别的情况，一家老小被黑旋风李逵杀个精光，还被宋江私自做主许配给被她活捉过的手下败将矮脚虎王英（这位有吃人肉恶习的山大王无论长相、武艺、人品，没有一样好的），她服服帖帖地隐忍了。对此我无法找到令人信服的解释。将此当作作者一厢情愿的妄言比较合乎情理。

宋江为什么热衷于有恃无恐、不择手段地逼迫好汉们加入梁山团队？我的主张是，宋江既不是为了壮大革命队伍，也不是为好汉们的前途着想，而是为了增加自己赌博的筹码。宋江"招安求荣得祸"的历程证明了这一点。

《道德经》第十六章有言："知常曰明，不知常，妄作凶。"我理解，老子的教诲是：懂得和遵循常识、常理才是明智的，违背常识、常理的胡作非为会带来灾祸。《道德经》第三十一章又有言："夫乐杀人者，则不可以得志于天下矣。"《尚书·大禹谟》："皋陶曰：'与其杀不辜，宁失不经……'"我理解，皋陶的教诲是：不得滥杀无辜，应当珍惜生命、爱惜生灵。所以，宋江和他的紧密追随者的杀人灭家是"不知常"的"妄作"。这一点是没有疑义的。

《庄子·大宗师》里"鱼相造乎水，人相造乎道。相造乎水者，穿池而养给；相造乎道者，无事而生定。故曰：鱼相忘乎江湖，人相忘乎道术"的论述也可以用来批判宋江的"妄作"。如果宋江与他的受害者们能回到"相忘乎江湖，相忘乎道术"的境界，那是多么和谐啊！

智真长老委婉地用"泥沙堆里频哮吼"批评、规劝宋江的"妄作"。"多贪多杀，多淫多诳，多欺多诈；不遵佛教，不向善缘，不敬三光，不重五谷；不忠不孝，不义不仁，瞒心昧己，大斗小秤，害命杀牲"的评语也应该用来骂宋江这样的人。

人与人之间基于良善的相互信任和帮助是人世间最可宝贵的财富。宋江的"妄作"最大的恶在于破坏、减损了人与人之间基于良善的相互信任和帮助的基础。

外 篇

余勇再三

有余须知足　缩手免无路

　　虽然我早已步入中年，但是在读书、看电影、看电视等方面始终保留着强烈的"男孩"倾向，喜欢正义战胜邪恶、好人打败坏人的战争、战斗故事，不耐烦缠缠绵绵的儿女情长和钩心斗角的家长里短。在四大名著里面，《三国演义》《水浒传》《西游记》已经通读过若干遍，并且曾经与志同道合的哥们儿深入探讨过《三国演义》《水浒传》里谁的武功最强和《西游记》里面谁的法力最高，一百零八条英雄好汉的绰号仍有将近一半能脱口而出。我也多次鼓起勇气想通读《红楼梦》，但是从来没有超过第五回，其中纠结、复杂的人物关系实在是让我难以消化。据说《红楼梦》是四大名著中最伟大的一部，是中华民族的文化精华。我自认为是一个读书人，没有通读《红楼梦》让我感觉功力大有亏欠，就像自吹是武林高手的人连太祖长拳都没练过，总担心像余秋雨大师那样识字多、有文化的人会说我没文化。

　　好在我还是读过《红楼梦》前五回的，可以据此辩解一番。如果有人说我没文化的话，我还可以招架一番。《红楼梦》前两回是全书的精华、浓缩，是点题、点睛之笔所在，曹雪芹想要表达的中心思想已经相当完整地在这里面得到呈现，第三回之后的内容只不过是这些思想的铺陈、演绎罢了。

　　不过，我在私下里总想，《红楼梦》固然是四大名著中最伟大的一部，是中华民族的文化精华，是对中华民族文化的深刻反思，唯其如此，它揭示了中华民族文化里面最消极、最丑陋的一些层面。《红楼梦》通篇充满了贪婪、腐败、倾轧、凌辱、霸占、偷情、乱伦等种种不堪之事，体现人性光辉、美丽的宝黛之情被压制和消灭。《红楼梦》确实引人入胜，但也令人灰心丧气。

　　我认为，曹雪芹想要表达的中心思想主要体现在前两回中的一首歌和一副对联里面。

　　这一首歌就是第一回中的《好了歌》及其解注。且容我先来当一回"文抄公"。

　　可巧这日（甄士隐）拄了拐杖挣挫到街前散散心时，忽见那边来了一个跛足道人，疯癫落脱，麻屣鹑衣，口内念着几句言词，道是：

　　世人都晓神仙好，惟有功名忘不了！

　　古今将相在何方？荒冢一堆草没了。

　　世人都晓神仙好，只有金银忘不了！

　　终朝只恨聚无多，及到多时眼闭了。

　　世人都晓神仙好，只有姣妻忘不了！

　　君生日日说恩情，君死又随人去了。

　　世人都晓神仙好，只有儿孙忘不了！

　　痴心父母古来多，孝顺儿孙谁见了？

　　士隐听了，便迎上来道："你满口说些什么？只听见些'好''了''好''了'。"那道人笑道："你若果听见'好''了'二字，还算你明白。可知世上万般，好便是了，了便是好。若不了，便不好，若要好，须是了。我这歌儿，便名《好了歌》。"士隐本是有宿慧的，一闻此言，心中早已彻悟。

因笑道："且住！待我将你这《好了歌》解注出来何如？"道人笑道："你解，你解。"士隐乃说道：

陋室空堂，当年笏满床，衰草枯杨，曾为歌舞场。蛛丝儿结满雕梁，绿纱今又糊在蓬窗上。说什么脂正浓，粉正香，如何两鬓又成霜？昨日黄土陇头送白骨，今宵红灯帐底卧鸳鸯。金满箱，银满箱，展眼乞丐人皆谤。正叹他人命不长，那知自己归来丧！训有方，保不定日后作强梁。择膏粱，谁承望流落在烟花巷！因嫌纱帽小，致使锁枷杠，昨怜破袄寒，今嫌紫蟒长：乱烘烘你方唱罢我登场，反认他乡是故乡。甚荒唐，到头来都是为他人作嫁衣裳！

那疯跛道人听了，拍掌笑道："解得切，解得切！"士隐便说一声"走罢！"将道人肩上褡裢抢了过来背着，竟不回家，同了疯道人飘飘而去。

这一副对联就是第二回中贾雨村在"智通寺"门口看到的"身后有余忘缩手，眼前无路想回头"。

《好了歌》及其解注出现在甄士隐经历了独生女儿甄英莲走失、房屋家产被烧毁这一系列人生最重大的打击之后。曹雪芹赋予甄士隐"宿慧"，安排一个跛足道人诵念《好了歌》给他听，启发他去感悟人生无可回避的各种苦难。《好了歌》及其解注凝结了曹雪芹深刻的悲剧性的思考，对命运的无常、人们面对无常的命运的无奈、人们经受苦难时的无助的感悟。

甄士隐所遭遇的女儿走失、家产被毁是命运强加给他的苦难，人是无能为力的。但是像"终朝只恨聚无多，及到多时眼闭了""因嫌纱帽小，致使锁枷杠"这样的悲剧、苦难是人自己招致的，其根源是我们内心深处几乎与生俱来的贪婪，避免这种悲剧、苦难，我们是可以有所作为的。

曹雪芹用一种貌似漫不经心的方式推出"身后有余忘缩手，眼前无路想回头"这副对联，可谓是苦心孤诣、匠心独运。它与《好了歌》及其解注前后呼应，精准、微妙地诠释了贪婪如何招致悲剧、苦难，以及悲剧、苦难不期而至时的无奈和无助。自古以来几乎所有的腐败故事都逃不脱这种模式。

曹雪芹满怀慈悲之心，运用如椽巨笔，描画了欢乐与苦难、繁华与衰败、显赫与穷苦、荣耀与屈辱、高贵与低贱、富裕与贫困、疯狂与灭亡、聚敛与消散之间的循环、轮回，但是没有提出跳出这种循环、轮回的答案。也许造物主已经注定人永远无法跳出这种循环、轮回。

我们可以有什么样的作为呢？陶渊明为了追求心灵的自由，摆脱"心为形役"的状态，"不为五斗米折腰"，毅然挂冠而"归园田居"。陶渊明的榜样提醒我们，至少应在重要关头保持一种自惕、自省、自律，克制我们内心深处可能存在的贪念，在面对财色、名利的予取抉择之际能采取自觉的行为，避免"人为财役""人为物役"。归结起来，我们的作为应该是"自惕、自省、自律、自觉"，这样才能得到"自在、自由"。

自古以来，能够得到腐败机会的人都是身居社会中上层的精英分子，属于"人死了钱还没花完"的"身后有余"者，其中"忘缩手"者沦为了腐败分子。当然，并不是所有的腐败分子都必然掉进"无路回头"的深渊。也许正因如此，"忘缩手"者大有人在，"长伸手"者也大有人在。侥幸者自有侥幸的理由、借口，但是当头顶的"达摩克利斯之剑"不期斩落时，一切的理由、借口都无法引出脱离深渊、回头上岸的路径。

所以，我要提出"有余须知足，缩手免无路"的建议来跟大家共勉。

孙悟空妖仙生涯的幸福时光

根据《西游记》的文字记载，自孙悟空从灵台方寸山中斜月三星洞的菩提祖师处学成归来，至辅佐唐僧取经成功而被如来佛祖封为斗战胜佛之间的这一段漫长岁月里，他的正式身份是"妖仙"。且容我抄录几段原文为证。

第四回《官封弼马心何足　名注齐天意未宁》——

金星奏道："臣领圣旨，已宣妖仙到了。"玉帝垂帘问曰："那个是妖仙？"悟空却才躬身答道："老孙便是！"仙卿们都大惊失色道："这个野猴！怎么不拜伏参见，辄敢这等答应道：'老孙便是！'却该死了！该死了！"玉帝传旨道："那孙悟空乃下界妖仙，初得人身，不知朝礼，且姑恕罪。"

第十四回《心猿归正　六贼无踪》——

龙王道："大圣，你若不保唐僧，不尽勤劳，不受教诲，到底是个妖仙，休想得成正果。"悟空闻言，沉吟半晌不语。

《西游记》没有对"妖仙"给出明确的定义。根据我的阅读理解，"妖仙"是与"神仙"相对应的概念。妖仙拥有类似于神仙的法力或者法术，但是没有神仙的名分，没有被列入玉帝管辖的天庭和如来佛祖管辖的西天灵山的正式神仙编制之中，妖仙虽然拥有神仙的名分、编制，但是没有按照神仙的修为标准严格自律，情愿自堕为妖仙。

在孙悟空的妖仙生涯里就有两次被列入神仙编制：第一次是被玉帝封为弼马温，第二次是玉帝承认了他自封的"齐天大圣"称号，并赐建齐天大圣府予以安顿。虽然这两次都是玉帝息事宁人的敷衍之举，但是孙悟空若是能及时抓住这其中一次机会，按照神仙的修为标准严格要求自己，谨言慎行，那么他早就是神仙了。当然这两次机会，一个级别太低，一个是没有实权的非领导职务，不能满足心高气傲的孙悟空对荣誉和实权的追求。

孙悟空在历经八十一难、辅佐唐僧完成西天取经之后，被封为斗战胜佛。据我了解，佛的级别好像是高过菩萨，想必孙悟空应该心满意足了。《西游记》没有继续记载孙悟空成佛之后的生活。凡夫俗子的修为境界严重地限制了我的想象力，我想象不出孙悟空成佛之后的生活情景。不过，我倒是认为孙悟空最幸福的黄金时光应该还是在妖仙生涯之中，始于从灵台方寸山中斜月三星洞的菩提祖师处学成归来，戛然止于搅乱蟠桃会后被托塔李天王十八架天罗地网围困之时，端的是轻狂纵欢、为所欲为、快意恩仇、得志称心。容我再抄录几段原文为证。

第二回《悟彻菩提真妙理　断魔归本合元神》——

悟空谢了，即抽身，捻着诀，丢个连扯，纵起筋斗云，径回东胜。那里消一个时辰，早看见花果山水帘洞，美猴王自知快乐，暗暗的自称道：去时凡骨凡胎重，得道身轻体亦轻。举世无人肯立志，立志修玄玄自明。当时过海波难进，今日回来甚易行。别语叮咛还在耳，何期顷刻见东溟……

第三回《四海千山皆拱伏　九幽十类尽除名》——

手中那棒，上抵三十三天，下至十八层地狱，把些虎豹狼虫，满山群怪，七十二洞妖王，都唬得磕头礼拜，战兢兢魄散魂飞，霎时收了法象，将宝贝还变做个绣花针儿，藏在耳内，复归洞府，慌得那各洞妖王，都来参贺。

此时遂大开旗鼓，响振铜锣，广设珍馐百味，满斟椰液萄浆，与众饮宴多时。却又依前教演。猴王将那四个老猴封为健将，将两个赤尻马猴唤做马、流二元帅，两个通背猿猴唤做崩、芭二将军。将那安营下寨，赏罚诸事，都付与四健将维持。他放下心，日逐腾云驾雾，遨游四海，行乐千山。施武艺，遍访英豪；弄神通，广交贤友。此时又会了个七弟兄，乃牛魔王、蛟魔王、鹏魔王、狮驼王、猕猴王、猢狲王，连自家美猴王七个。日逐讲文论武，走拟传觞，弦歌吹舞，朝去暮回，无般儿不乐。把那万里之遥，只当庭闹之路，所谓点头径过三千里，扭腰八百有余程……

第五回《乱蟠桃大圣偷丹　反天宫诸神捉怪》——

话表齐天大圣到底是个妖猴，更不知官衔品从，也不较俸禄高低，但只注名便了。那齐天府下二司仙吏，早晚扶侍，只知日食三餐，夜眠一榻，无事牵萦，自由自在。闲时节会友游宫，交朋结义。见三清，称个'老'字；逢四帝，道个'陛下'。与那九曜星、五方将、二十八宿、四大天王、十二元辰、五方五老、普天星相、河汉群神，俱只以弟兄相待，彼此称呼。今日东游，明日西荡，云去云来，行踪不定……

如果不是以神界、佛界的"免堕轮回，不遭毒害，极乐长生，自在逍遥，与天同寿"高标准、严要求来衡量，而是以世俗的"今朝有酒今朝醉""诗酒且图今日乐"低标准、宽要求来衡量，孙悟空在这段黄金时光里的幸福水平是最高的：除了"色"之外，人世间世俗的成功人士所能得到的物质享受、精神享受几乎无一落空。在此期间，孙悟空还从东海龙王处获得如意金箍棒；从十代冥王的生死簿上勾去姓名，从而跳出生死轮回；利用在天庭担任齐天大圣非领导职务的便利结下广泛深厚的神脉关系，为实现从妖仙到神仙身份的晋升奠定了扎实的基础。

孙悟空经历了从石猴到猴王，再从猴王到妖仙，最后从妖仙晋升为神仙的一个传奇生涯，特别是在妖仙生涯中有诸多的经验和教训值得我们这些凡夫俗子去学习和吸取。

先说好的经验方面。首先，孙悟空有强烈的进取心，勇于去改变现状。孙悟空有两个事迹证明这一点：第一个是勇闯水帘洞，为众猴拓展出"花果山福地，水帘洞洞天"新生存空间，从一只普通的石猴晋升为猴王。第二个是不满足于美猴王的简单幸福，毅然决然地做出"云游海角，远涉天涯，务必访此三者，学一个不老长生，常躲过阎君之难"的决定并当即付诸实施。

其次，孙悟空有吃苦耐劳、不怕困难的精神和毅力。孙悟空在灵台方寸山斜月三星洞初见菩提祖师的那一段对话可以证明这一点："祖师道：'你是那方人氏？且说个乡贯姓名明白，再拜。'猴王道：'弟子东胜神洲傲来国花果山水帘洞人氏。'祖师喝令：'赶出去！他本是个撒诈捣虚之徒，那里修甚么道果！'猴王慌忙磕头不住道：'弟子是老实之言，决无虚诈。'祖师道：'你既老实，怎么说东胜神洲？那去处到我这里，隔两重大海，一座南赡部洲，如何就得到此？'猴王叩头道：'弟子飘洋过海，登界游方，有十数个年头，方才访到此处。'"

再次，孙悟空有良好的学习精神、学习能力，愿意学习，善于学习。这也有两个记载于《西游记》第一回《灵根育孕源流出 心性修持大道生》和第二回《彻悟菩提真妙理 断魔归本合元神》里的简单事迹可以给予证明：第一个是成为孙悟空之前在灵台方寸山听出樵夫唱词里"相逢处，非仙非道，静坐讲《黄庭》"的《黄庭》乃道德真言。根据我的理解，美猴王并非不学而知《黄庭》，而是在"飘洋过海，登界游方"的过程中有意无意中听到有人讲《黄庭》并留下印象。第二个是轻易打破菩提祖师之盘中暗谜，得缘菩提祖师授高深法术并且无滞无碍地一学就会。

最后，孙悟空有非常良好的沟通能力，或者说情商很高，性格很好。孙悟空的性格有顽劣、浮躁、偏执的一面，也有随和、灵活、善解人意的一面。上至如来佛祖、玉皇大帝、菩提祖师、太上老君、观音菩萨，下至山野樵夫农夫、和尚道士，他都能自如沟通，准确地传情达意，特别是利用在天庭担任齐天大圣非领导职务的便利结下广泛深厚的神脉关系，为后来的取经事业预先打下了良好的基础。

再说坏的教训方面。孙悟空因大闹天宫被如来佛祖镇压在五行山下五百余年，"不能展挣"，饥时吃铁丸子，渴时饮溶化的铜汁。这是成佛之前的生涯里孙悟空遭受的最大挫折。根据我的分析研究，孙悟空的性格有三个方面的重大缺陷：耽于享受、贪心不足、狂悖不羁。虽说是三个方面，实际上是密不可分的一个整体。

孙悟空最终能够晋升为"斗战胜佛"，并不完全出自他本身自觉地努力奋斗的结果，以如来佛祖为核心，以观音菩萨为主要执行者组成的佛祖菩萨体系对孙悟空的悉心教育培养，反而是最重要的因素。孙悟空自己是非常耽于享受的。

《西游记》第一回《灵根育孕源流出　心性修持大道生》里的这段记载可以作证：美猴王享乐天真，何期有三五百载。一日，与群猴喜宴之间，忽然忧恼，堕下泪来……猴王道："今日虽不归人王法律，不惧禽兽威服，将来年老血衰，暗中有阎王老子管着，一旦身亡，可不枉生世界之中，不得久住天人之内？"……猴王闻之，满心欢喜，道："我明日就辞汝等下山，云游海角，远涉天涯，务必访此三者，学一个不老长生，常躲过阎君之难。"孙悟空在菩提祖师处，一根筋地只想学得长生不老之术。在取经途中，每遇挫折，孙悟空都要向师父唐僧、观音菩萨或者如来佛祖提出念松箍咒，除去头上紧箍的要求。这些说明孙悟空原本就没有"修炼成佛，普度众生"的远大、崇高理想，仅仅是追求永无止境的享受，连"知足常乐"的低水平修养都没有。

孙悟空先是不知足于自在逍遥的美猴王，定要学得长生不老之术，随后依次大闹了龙宫、地府和天宫。《西游记》第七回《八卦炉中逃大圣　五行山下定心猿》这段记载把孙悟空的贪心不足、狂悖不羁展露无遗——

大圣也收了法象，现出原身近前，怒气昂昂，厉声高叫道："你是那方善士？敢来止住刀兵问我？"如来笑道："我是西方极乐世界释迦牟尼尊者，阿弥陀佛。今闻你猖狂村野，屡反天宫，不知是何方生长，何年得道，为何这等暴横？"大圣道："我本天地生成灵混仙，花果山中一老猿。水帘洞里为家业，拜友寻师悟太玄。炼就长生多少法，学来变化广无边。在因凡间嫌地窄，立心端要住瑶天。灵霄宝殿非他久，历代人王有分传。强者为尊该让我，英雄只此敢争先。"佛祖听言，呵呵冷笑道："你那厮乃是个猴子成精，焉敢欺心，要夺玉皇上帝尊位？他自幼修持，苦历过一千七百五十劫。每劫该十二万九千六百年。你算，他该多少年数，方能享受此无极大道？你那个初世为人的畜生，如何出此大言！不当人子！不当人子！折了你的寿算！趁早皈依，切莫胡说！但恐遭了毒手，性命顷刻而休，可惜了你的本来面目！"大圣道："他虽年劫修长，也不应久占在此。常言道：'皇帝轮流做，明年到我家。'只教他搬出去，将天宫让与我，便罢了。若还不让，定要搅攘，永不清平！"佛祖道："你除了生长变化之法，再有何能，敢占天宫胜境？"大圣道："我的手段多哩！我有七十二般变化，万劫不老长生。会驾筋斗云，一纵十万八千里。如何坐不得天位？"

根据我的分析研究，在《西游记》里的神佛体系之中，孙悟空的法术、法力水平属于中等偏上的档次，法术、法力水平远高于孙悟空的神、仙、佛、菩萨不计其数。孙悟空竟敢不知天高地厚地挑战如来佛祖，"要夺玉皇上帝尊位"，究其原因，应归结于妖仙生涯里的这段幸福时光所养成的骄傲迷失了心性。

《西游记》的故事体系可以被理解为孙悟空修炼、成长的一个完整过程。孙悟空妖仙生涯的幸福时光，则可以被理解成一个寓言，印证了老子"祸兮福所倚，福兮祸所伏"的千古教诲。古往今来，人世间活跃在此界彼界、此坛彼坛，形形色色的成功人士、伟大人物身上，无一不有妖仙孙悟空的影子。

如来佛祖深知孙悟空的妖仙本性，若无紧箍咒的约束，孙悟空终究无法修成正果。根据我的理解，紧箍咒之"戴"与"脱"也是一个寓言，紧箍咒是约束和自由的对立统一。

《西游记》未解之谜大揭秘

根据我的阅读理解，《西游记》有两大值得一说的未解之谜：菩提祖师的真实身份之谜与六耳猕猴现身之谜。

有意地留下若干未解、不解之谜，这是中国古典小说构思和叙述的传统手法，所谓春秋笔法是也。这种手法既可以构建出空灵、隽永的审美空间，又可以将作者意欲传达的主题思想用一种耐人寻味的寓言方式委婉曲折地予以表达，当然也有可能把作者的愚顽、疏漏展露无遗。

闲话少说，且听我来揭秘《西游记》两大未解之谜。

关于菩提祖师的真实身份之谜，我的立论是菩提祖师的真实身份就是如来佛祖本尊。我这里并非信口开河之言，而是基于扎实可靠的论据。

第一，如来佛祖在菩提树下悟得佛理而成佛教祖师，因此除如来佛祖之外实无敢妄称"菩提祖师"者。如来佛祖佛法无边，可在至大无外、至小无内的空间里自如穿梭，遍观宇宙之内，前世、现时、未来的万事万物无不在其法眼普视之下。菩提祖师在"灵台方寸山，斜月三星洞"辟一道场，开坛收徒传道。此事在佛界、神界、仙界、妖界和人间均了无痕迹，如来佛祖对此也似乎无知无觉，显然不合如来佛祖之佛理。此现象可以有两种解释：一是菩提祖师即如来佛祖的变化之身；二是菩提祖师与如来佛祖达成了默契。综合其他因素，前者更符合如来佛祖之佛理和人间常理。

第二，孙悟空在大闹天宫之时公然叫嚣"夺玉皇上帝龙位"，这是大逆不道之死罪。如来佛祖对孙悟空的惩罚是"翻掌一扑，把这猴王推出西天门外，将五指化作金、木、水、火、土五座联山，唤名'五行山'，轻轻的把他压住……"，如来佛祖"袖中只抽出一张帖子，上有六个金字：'唵、嘛、呢、叭、咪、吽'。递与阿傩，叫贴在那山顶上。这尊者即领帖子，拿出天门，到那五行山顶上，紧紧的贴在一块四方石上。那座山即生根合缝，可运用呼吸之气，手儿爬出，可以摇挣摇挣……如来即辞了玉帝众神，与二尊者出天门之外，又发一个慈悲心，念动真言咒语，将五行山召一尊土地神祇，会同五方揭谛，居住此山监押。但他饥时，与他铁丸子吃；渴时，与他溶化的铜汁饮。待他灾愆满日，自有人救他"。

孙悟空从八卦炉里逃出、被众天将围在凌霄殿前，在玉皇大帝尚可差遣调配的后备力量里面，费举手之劳即可制服孙猴子的大神如车载斗量的米谷一般多，局势完全平稳可控。玉皇大帝舍此大费周章请如来佛祖亲自出马降伏，表明玉皇大帝对如来佛祖与孙悟空之间的渊源也是心知肚明。玉皇大帝此为表面上是卖给如来佛祖一个天大的面子，内心深处可能是呵呵冷笑："你自家的猴孩子，好自处置吧！"

如来佛祖在将孙悟空压住五行山之前有一段意味深长的话："佛祖听言，呵呵冷笑道：'你那厮乃是个猴子成精，焉敢欺心，要夺玉皇上帝龙位……趁早皈依，切莫胡说！但恐遭了毒手，性命顷刻而休，可惜了你的本来面目！'"

如来佛祖如此诸般言行至少有以下两层言外之意：一是如来佛祖对孙悟空表面上是惩罚，实际上是保护，告诫有心人勿对孙悟空施以毒手。二是如来佛祖对孙悟空的"本来面目"了如指掌。

如来佛祖在与孙悟空的对话、交往中始终没有追问、质疑其师承来历，孙悟空在其他场合也没有遭到同样的追问、质疑。此现象表明所有与孙悟空沟通交流者都保持了同样的默契。

第三，向中土所在的南赡部洲传经，是如来佛祖在《西游记》所记载的那个时期给予高度重视、亲自策划、亲自部署的核心工作。如来佛祖安排孙悟空加入唐僧取经团队，并且在功成之后封为"斗战胜佛"。这无疑表明孙悟空与如来佛祖有极其深厚的渊源。如来佛祖自始至终对孙悟空都关爱有加、悉心培养。第五十八回《二心搅乱大乾坤 一体难修真寂灭》中如来佛祖平息真假美猴王之争后，孙悟空叩求如来佛祖："那师父定是不要我了……望如来方便，把松箍儿咒念一念，褪下这个金箍，交还如来，放我还俗去罢。"如来佛祖断然拒绝："你休乱想，切莫放刁。我教观音送你去，不怕他不收。好生保护他去，那时功成归极乐，汝亦坐莲台。""功成归极乐，汝亦坐莲台"这样的许诺、激励出自如来佛祖之口，其中倾注了何等的关爱？孙悟空是如何修来此等的福缘？

第四，这个论据与后面六耳猕猴现身之谜有关。孙悟空在菩提祖师座前求教之时说过这样的话："此间更无六耳，止弟子一人，望师父大舍慈悲，传与我长生之道罢……"如来佛祖在平息真假美猴王之争时一番就"六耳猕猴"的高谈阔论令观音菩萨等都云山雾罩般迷惑不解，孙悟空听了应是心中凛然一惊，霍然有悟。综合六耳猕猴现身之谜，"六耳"是如来佛祖引孙悟空之言，警示唐僧、孙悟空师徒二人用心良苦的神来之笔。如来佛祖是在暗示孙悟空，本尊就是你的授业恩师菩提祖师，并且严厉警告孙悟空不得再有胡闹之举，必须兢兢业业辅佐唐僧取经。

至此应顺便讨论一下为何菩提祖师在临别之时给孙悟空提出严厉的戒律和警告："你这去，定生不良。凭你怎么惹祸行凶，却不许说是我的徒弟，你说出半个字来，我就知之，把你这猢狲剥皮锉骨，将神魂贬在九幽之处，教你万劫不得翻身！"根据我的理解，这是因为在佛、菩萨、神仙组织体系里并不存在一个"菩提祖师"，他老人家是如来佛祖的化身。如果孙悟空哪怕是偶尔一次提及自己是菩提祖师的徒弟，那么智慧、法力无边的佛、菩萨、神仙们自然而然地会将思维和想象指向如来佛祖。所有的默契都会被打破，如来佛祖的传经取经工作部署将无从安排，损失、破坏将是孙悟空无法弥补、承担的。貌似天不怕地不怕的孙悟空守住了这个戒律，也证明了确属可造之材，堪当大任。

关于六耳猕猴现身之谜，后文还会详细解说，我初步的理解是：六耳猕猴乃如来佛祖略施小技变化而来，用于教育、引导唐僧、孙悟空师徒二人的素材。

第五，菩提祖师给孙悟空起名，观音菩萨给猪悟能、沙悟净起名，不约而同地都用了"悟"字辈，实乃"此中有真意"，实为证明菩提祖师的真实身份就是如来佛祖的最有力证据。

第一回《灵根育孕源流出　心性修持大道生》中菩提祖师在给猴王赐名时说："我门中有十二个字，分派起名，到你乃第十辈小徒矣……乃广、大、智、慧、真、如、性、海、颖、悟、圆、觉十二字。排到你，正当'悟'字。与你起个法名叫做'孙悟空'……"

第八回《我佛造经传极乐　观音奉旨上长安》中，观音菩萨欲给大圣起个法名，听孙悟空说已有法名时非常高兴："我前面也有二人归降，正是'悟'字排行。你今也是'悟'字，却与他相合，甚好，甚好。"

虽然我对佛学知识基本上是白纸一张，但是我从文学、影视剧作品中也能了解到"广、大、智、慧、真、如、性、海、颖、悟、圆、觉"这十二字中很多是中国的佛门子弟起法名时的字辈排行。这就影影绰绰地透露出一个重要信息：菩提祖师实际上就是中国人心目中的佛教祖师爷——如来佛祖。

观音菩萨奉如来佛祖法旨"假若路上撞见神通广大的妖魔，你须是劝他学好，跟那取经人做个徒弟……管教他入我门来"，先后用"悟"字辈给归降的猪悟能、沙悟净起名，表面上是无意中暗合，实际上深刻领会到了如来佛祖的"圣意"。

关于六耳猕猴现身之谜，必须把事件放到整个取经工作的全过程之中方可解说得透彻。

在六耳猕猴现身之前，唐僧、孙悟空师徒二人之间已经发生过三次"散伙"纠纷。第一次发生在第十四回《心猿归正　六贼无踪》中唐僧、孙悟空初结师徒之缘后，孙悟空即打杀六个剪径毛贼，受不得人气的孙猴子无法忍受唐僧的絮聒，"使一个性子，将身一纵……撇得那长老孤孤零零……"。第二次发生在第二十七回《尸魔三戏唐三藏　圣僧恨逐美猴王》孙悟空三打白骨精之后，唐僧专门写了一纸贬书来驱逐孙悟空。第三次发生在第五十六回《神狂诛草寇　道昧放心猿》，孙悟空打杀了包括施主杨公之子的一伙草寇之后，唐僧不顾孙悟空的一再求情告饶，反复念起紧箍咒，铁心要驱逐孙悟空。

第五十六回《神狂诛草寇　道昧放心猿》中有这样一段话："孙大圣有不睦之心，八戒、沙僧亦有嫉妒之意，师徒都面是背非。"这反映了以唐僧为首的取经团队当时在内部团结方面发生了非常严重的问题。作为传经、取经工作的总后台、总导演的如来佛祖法力无边，对此肯定明察秋毫、了然于胸。虽说局面并没有坏到不可控的程度，但是如来佛祖可能对唐僧、孙悟空的愚顽执念有不胜其烦之感，于是决定亲自出手干预，信手挥出神来之笔——六耳猕猴现身。

根据我的阅读理解，作为如来佛祖的神来之笔，六耳猕猴现身之谜有以下细微、玄妙的看点：

第一个看点是时机，六耳猕猴现身在唐僧第二次驱逐孙悟空之后，唐僧自取其咎陷于孤立无依之时。

　　第二个看点是六耳猕猴对待唐僧拿捏得恰到好处的分寸。六耳猕猴用妖猴变化出假唐僧、假八戒、假沙僧、假白龙马，声称要另组取经队伍去西天取经。但是当六耳猕猴面对孤立无依的唐僧时，也只是"抢铁棒……望那长老脊背上砑了一下。那长老昏晕在地，不能言语……"，附带抢走了两个青毡包袱。

　　第三个看点是当沙僧去到花果山讨要行李时，六耳猕猴初见沙僧时竟然"不认得是沙僧"。

　　第四个看点是观音菩萨和唐僧用紧箍咒、托塔李天王用照妖镜竟然均无法识别出真假美猴王。须知紧箍咒是如来佛祖为了帮助手无缚鸡之力的唐僧约束无法无天的孙大圣而专门研发的"独门法术"。

　　第五个看点是勇于承担的忠厚长者地藏王菩萨着谛听神兽听个真假。谛听判出了真假，"但不可当面说破，又不能助力擒他"，而是用一句"佛法无边"把利益冲突的双方敷衍至如来佛祖座前处理。

　　第六个看点是如来佛祖在面对大众疑惑、求解的眼神时那一番"周天之事""周天之物""周天之种类""五仙""五虫""四猴"如此这般的高谈阔论。不知观音菩萨等大众听罢如来佛祖此番高论有何感想？我倒是敢斗胆认为，如来佛祖虽然言有所指，但是不一定言之有据。

　　综合上述看点，我的理解是：六耳猕猴现身表面上无头有尾，无来有去，实际上是如来佛祖为了教育唐僧师徒取经团队、促进其内部团结、增强凝聚力、坚定取经意志而采用的一份教材或者教案。六耳猕猴是随如来佛祖之意愿变化而来，其生其灭均取之于如来佛祖，是以"此猴若立一处，能知千里外之事；凡人说话，亦能知之；故此善聆音，能察理，知前后，万物皆明"之说亦真亦幻。孙悟空当年拜求菩提祖师授业时曾经说过这样的话："此间更无六耳，止弟子一人，望师父大舍慈悲，传与我长生之道罢，永不忘恩！"孙悟空此番在如来佛祖座前听到"六耳猕猴"之高论时，心头必然凛然一惊，豁然有悟。

如来佛祖妙用六耳猕猴教材或者教案卓有成效。在六耳猕猴事件之前，唐僧、孙悟空师徒二人闹了三次"散伙"纠纷，唐僧完全依赖紧箍咒来拘束、管教孙悟空。在六耳猕猴事件之后，取经队伍内部团结明显得到大幅度的加强，师徒之间的相互理解、尊重也有明显的增进，再无唐僧念紧箍咒惩戒孙悟空的情形发生。

有论者认为，在六耳猕猴事件中如来佛祖安排真猴王被打死，六耳猕猴冒名成就了取经大业。根据我的理解，这是"阴谋论"作祟的无稽之谈。我的立论依据并不复杂：六耳猕猴初见沙僧时"不认得是沙僧"，这说明六耳猕猴被创造出来的时候没有预装对沙僧、八戒的熟知，也没有预装对唐僧、八戒、沙僧的感情，假若被打死的是真猴王，六耳猕猴无法无缝地延续对唐僧、八戒、沙僧的感情；如来佛祖法力无边，掌控无法无天的孙猴子是应付裕如的举手之劳，向东土传经、教育培养孙悟空是目标既定的系统工程，如来佛祖没有必要另起炉灶、中途换将。

如来佛祖化身菩提祖师，收美猴王为不入室记名的弟子，亲传长生之道、七十二般变化和筋斗云，再得太上老君等协助，使孙悟空得八卦炉内锻炼、吃蟠桃金丹等无上机缘，练成铜头铁臂、火眼金睛等绝技，成就孙悟空大闹天宫的资本。为惩戒孙悟空的大闹天宫，如来佛祖把他压在五行山下五百年，再安排唐僧救他出来加入取经队伍，给他套上紧箍儿，历经九九八十一难之后取经成功，封为斗战胜佛。孙悟空终成正果，从一名山野妖仙正式成为如来佛祖的入室记名弟子。

这是一个非常完整的关于培养和成长、叛逆和修炼、磨难和圆满的寓言故事。它可以给保持善良本质的有心人有益的指引。

如来佛祖用"六耳猕猴"来警示、教育唐僧师徒："六耳"有第三人、第三者之意，"六耳"无处不在，"此间更无六耳"是自欺欺人之说，必须对不可告人的私下交易时刻有戒惧之心；如来佛祖将真假美猴王之争定义为"二心竞斗"，视六耳猕猴为孙悟空之"二心"，灭"二心"归"一心"是修炼的精要所在。

通篇《西游记》是孙悟空折腾、修炼、成长的经历，也是如来佛祖的旨意得以完整实现的过程，是如来佛祖为向中土所在的南赡部洲传经而布的一个大局。法力无边的如来佛祖如此大费周章地布局，是恰如其分的佛法弘扬，还是中国式画蛇添足的帝王权谋？这是一个大难题。

认真学习如来佛祖的三次灵山讲话精神

在整篇《西游记》里，如来佛祖共发表了三次重要讲话，因为都是在灵山大雷音寺讲的，可以称之为"灵山讲话"。这些讲话都是内容丰富，意义深刻，值得认真地、反复地学习体会。

这里我先把三次灵山讲话的主要内容抄录下来，并且简单地加以小结。

第一次灵山讲话是在如来佛祖镇压孙悟空"大闹天宫"之后"料凡间有半千年矣"时召开的"盂兰盆会"上发表的。

佛祖居于灵山大雷音宝刹之间，一日，唤聚诸佛，阿罗、揭谛、菩萨、金刚、比丘僧、尼等众，曰："自伏乖猿安天之后，我处不知年月，料凡间有半千年矣。今值孟秋望日，我有一宝盆，盆中具设百样奇花，千般异果等物，与法等享此'盂兰盆会'，如何？"概众一个个合掌，礼佛三匝领会。如来却将宝盆中花果品物，着阿傩捧定，着迦叶布散。大众感激，各献诗伸谢……众菩萨献毕，因请如来明示根本，指解源流。那如来微开善口，敷演大法，宣扬正果，讲的是三乘妙典，五蕴楞严。但见那天龙围绕，花雨缤纷。正是：禅心朗照千江月，真性清涵万里天。

如来讲罢，对众言曰："我观四大部洲，众生善恶，各方不一：东胜神洲者，敬天礼地，心爽气平；北俱芦洲者，虽好杀生，只因糊口，性拙情疏，无多作践；我西牛贺洲者，不贪不杀，养气潜灵，虽无上真，人人固寿；但那南赡部洲者，贪淫乐祸，多杀多争，正所谓口舌凶场，是非恶海。我今有三藏真经，可以劝人为善。"

　　诸菩萨闻言，合掌皈依，向佛前问曰："如来有哪三藏真经？"如来回："我有《法》一藏，谈天；《论》一藏，说地；《经》一藏，度鬼。三藏共计三十五部，该一万五千一百四十四卷，乃是修真之经，正善之门。我待要送上东土，叵耐那方众生愚蠢，毁谤真言，不识我法门之要旨，怠慢了瑜迦之正宗。怎么得一个有法力的，去东土寻一个善信，教他苦历千山，询经万水，到我处求取真经，永传东土，劝他众生，却乃是个山大的福缘，海深的善庆。谁肯去走一遭来？"当有观音菩萨，行近莲台，礼佛三匝，道："弟子不才，愿上东土寻一个取经人来也。"……如来见了，心中大喜，道："别个是也去不得，须是观音尊者，神通广大，方可去得。"菩萨道："弟子此去东土，有甚言语吩咐？"如来道："这一去，要踏看路道，不许在霄汉中行，须是要半云半雾：目过山水，谨记程途远近之数，叮咛那取经人。但恐善信难行，我与你五件宝贝。"即命阿傩、迦叶，取出"锦澜袈裟"一领，"九环锡杖"一根，对菩萨言曰："这袈裟、锡杖。可与那取经人亲用。若肯坚心来此，穿我的袈裟，免堕轮回；持我的锡杖，不遭毒害。"

　　这菩萨皈依拜领。如来又取三个箍儿，递与菩萨道："此宝唤做'紧箍儿'，虽是一样三个，但只是用各不同。我有'金紧禁'的咒语三篇。假若路上撞见神通广大的妖魔。你须是劝他学好，跟那取经人做个徒弟。他若不伏使唤，可将此箍儿与他带在头上，自然见肉生根。各依所用的咒语念一念，眼胀头痛，脑门皆裂，管教他入我门来。"

　　在第一次灵山讲话中，如来佛祖"敷演大法，宣扬正果，讲的是三乘妙典，五蕴楞严"可能是主要内容。但是作者只是赞美讲得"天龙围绕，花雨缤纷"，却没有仔细交代佛祖具体讲了什么，我也无从小结、体会。对其余内容，我倒是可以小结出个一二三四来。首先，如来佛祖对中土所在的南赡部洲提出了严厉的批评和表达了强烈的不满，"但那南赡部洲者，贪淫乐祸，多杀多争，正所谓口舌凶场，是非恶海……修真之经，正善之门。我待要送上东土，叵耐那方众生愚蠢，毁谤真言，不识我法门之要旨，怠慢了瑜迦之正宗"。如果加以认真地检讨，佛祖对南赡部洲的批评是正确的、恰当的，佛祖的不满也是有根据的。其次，如来佛祖对南赡部洲的人民还是有关心、关怀的，没有放弃对南赡部洲人民的拯救，"我今有三藏真经，可以劝人为善"。如来佛祖阐述了三藏真经"山大的福缘，海深的善庆"。再次，如来佛祖否定了主动送经东土的方案，选择了东土人亲来西天取经的方案，并且亲自对取经工程进行了周密的部署：选拔观音菩萨作为取经工程的总指挥或者总协调人；规划取经道路或者路线；确定取经团队的选拔标准、原则，并且对如何管理取经团队的若干要点也做了简明扼要的指示；拨付取经工程所必需的关键装备。

第二次灵山讲话发表在佛祖平息因取经团队发生严重分裂而引发的真假美猴王之争的危机之中。

我佛合掌道："观音尊者，你看那两个行者，谁是真假？"菩萨道："前日在弟子荒境，委不能辨。他又至天宫、地府，亦俱难认。特来拜告如来，千万与他辨明辨明。"如来笑道："汝等法力广大，只能普阅周天之事，不能遍识周天之物，亦不能广会周天之种类也。"菩萨又请示周天种类，如来才道："周天之内有五仙，乃天地神人鬼；有五虫，乃蠃鳞毛羽昆。这厮非天非地非神非人非鬼，亦非蠃非鳞非毛非羽非昆。又有四猴混世，不入十类之种。"菩萨道："敢问是那四猴？"如来道："第一是灵明石猴，通变化，识天时，知地利，移星换斗。第二是赤尻马猴，晓阴阳，会人事，善出入，避死延生。第三是通臂猿猴，拿日月，缩千山，辨休咎，乾坤摩弄。第四是六耳猕猴，善聆音，能察理，知前后，万物皆明。此四猴者，不入十类之种，不达两间之名。我观假悟空乃六耳猕猴也。此猴若立一处，能知千里外之事，凡人说话，亦能知之，故此善聆音，能察理，知前后，万物皆明。与真悟空同象同音者，六耳猕猴也。"

根据我的阅读理解，在第二次灵山讲话里如来佛祖用"六耳猕猴"之像从正反两个方面对唐僧、孙悟空等取经团队成员既进行了警告和批评教育，也给予了激励，一举消除了造成团队离心离德的消极因素，促进了队伍的团结，挽救了取经事业。

第三次灵山讲话发表在取经工程大功告成，向取经团队传经的过程之中。

如来方开怜悯之口，大发慈悲之心，对三藏言曰："你那东土乃南赡部洲，只因天高地厚，物广人稠，多贪多杀，多淫多诳，多欺多诈；不遵佛教，不向善缘，不敬三光，不重五谷；不忠不孝，不义不仁，瞒心昧己，大斗小秤，害命杀牲。造下无边之孽，罪盈恶满，致有地狱之灾，所以永堕幽冥，受那许多碓捣磨舂之苦，变化畜类。有那许多披毛顶角之形，将身还债，将肉饲人。其永堕阿鼻，不得超升者，皆此之故也。虽有孔氏在彼立下仁义礼智之教，帝王相继，治有徒流绞斩之刑，其如愚昧不明，放纵无忌之辈何耶！我今有经三藏，可以超脱苦恼，解释灾愆。三藏：有《法》一藏，谈天；有《论》一藏，说地；有《经》一藏，度鬼。共计三十五部，该一万五千一百四十四卷。真是修真之径，正善之门，凡天下四大部洲之天文、地理、人物、鸟兽、花木、器用、人事，无般不载。汝等远来，待要全付与汝取去，但那方之人，愚蠢村强，毁谤真言，不识我沙门之奥旨。"叫："阿傩、迦叶，你两个引他四众，到珍楼之下，先将斋食待他。斋罢，开了宝阁，将我那三藏经中三十五部之内，各检几卷与他，教他传流东土，永注洪恩。"……佛祖笑道："你且休嚷，他两个问你要人事之情，我已知矣。但只是经不可轻传，亦不可以空取，向时众比丘圣僧下山，曾将此经在舍卫国赵长者家与他诵了一遍，保他家生者安全，亡者超脱，只讨得他三斗三升米粒黄金回来，我还说他们忒卖贱了，教后代儿孙没钱使用。你如今空手来取，是以传了白本。白本者，乃无字真经，倒也是好的。因你那东土众生，愚迷不悟，只可以此传之耳。"即叫："阿傩、迦叶，快将有字的真经，每部中各检几卷与他，来此报数。"……如来对唐僧言曰："此经功德，不可称量，虽为我门之龟鉴，实乃三教之源流。若到你那南赡部洲，示与一切众生，不可轻慢，非沐浴斋戒，不可开卷，宝之重之！盖此内有成仙了道之奥妙，有发明万化之奇方也。"

佛祖在第三次灵山讲话里进一步深入阐述了对东土所在南赡部洲的严厉批评和强烈不满，再次宣示了三藏真经的主要内容和对于拯救南赡部洲的重要意义。我揣度，可能是由于佛祖加深了对南赡部洲的强烈不满，他老人家收回了将全部一万五千一百四十四卷三藏真经传与东土的郑重许诺，将态度变化成"将我那三藏经中三十五部之内，各检几卷与他，教他传流东土，永注洪恩"的敷衍，并且对阿傩、迦叶公然索取贿赂，在索贿不成时以无字经取代真经的违法违纪行为表示理解和支持。

接下来我总的讲一下我的几点心得体会。第一点，佛祖对于南赡部洲的严厉批评实际上也是对整个人类社会的批评。佛祖之所以把南赡部洲特意挑出来做严厉批评，是佛祖对南赡部洲人民高看一眼，厚爱三分，以更高、更严的标准来要求。身处南赡部洲的东土人民对此要有清醒的认识，既不能妄自尊大，也不能妄自菲薄，以佛祖的批评为戒，加强良好个人道德修养、民风、社会风气的建设。

第二点，佛祖对南赡部洲提出严厉批评的时代大约是初唐时期，距今已有一千多年的时间。经过了这么长的时间，佛祖批评的各种丑恶现象如今依然存在，因此造成的人间苦难也依然存在。这也提出了一系列严峻的问题：三藏真经传入中土有一千多年了，并没有起到佛祖所说的"超脱苦恼，解释灾愆"的作用，为什么呢？是佛祖低估了人的贪婪、残暴、愚蠢、偏执和顽固的程度，还是佛祖高估了三藏真经的作用和意义？

对这些问题我的理解是这样的：人的贪婪、残暴、愚蠢、偏执和顽固是根深蒂固的，即便是法力无边的佛祖精心研究出来的三藏真经也无法根治。单纯依靠某种宗教的教义，不可能解决因为人的贪婪、残暴、愚蠢、偏执和顽固所造成的各种社会矛盾，必须综合运用法律、教育、文化、宣传、政治思想工作等多方面的手段，才能抑制人的贪婪、残暴、愚蠢、偏执和顽固，唤醒人的向善力量。

第三点，虽然如来佛祖法力无边，但他的一些行为也还是有操弄权谋之嫌。

根据我的理解，"四猴混世"之说是佛祖凭空杜撰的，六耳猕猴也是无中生有的应急之招。佛祖亲自导演真假美猴王之争，虽然起到了教育唐僧、孙悟空师徒二人，促进取经团队团结的积极作用，但是佛祖以法力无边、至高无上的尊荣身份，没有从正面做深入细致的思想工作，教育、启发唐僧、孙悟空师徒二人以及其他取经团队成员，还是与其尊荣身份不甚相符的，有操弄权谋之嫌。

在第一次灵山讲话中，佛祖许诺要将"三藏共计三十五部，该一万五千一百四十四卷"全部"永传东土"。但是在第三次灵山讲话中，佛祖的态度发生了重大变化："汝等远来，待要全付与汝取去，但那方之人，愚蠢村强，毁谤真言，不识我沙门之奥旨……将我那三藏经中三十五部之内，各检几卷与他，教他传流东土，永注洪恩……"佛祖以法力无边、至高无上的尊荣身份，言而无信，食言而肥，难免也会令人腹诽。

阿傩、迦叶作为佛祖最亲近的身边工作人员，公然向取经团队索取贿赂，在索贿不成时以无字经取代真经。这是非常典型、明显的腐败行为，暴露在灵山大雷音寺工作的广大普通群众眼里。佛祖不但没有认真履行制止、纠正腐败行为的领导责任，反而公开表示了理解和支持，这个对神佛界、凡间的政治生态、社会风气造成了极其恶劣的影响，甚至示范效果。佛祖是"没有管好自己身边工作人员的领导干部"的鼻祖。对于这一点，我们不能因为佛祖的尊荣身份就选择性地视而不见。

第四点，通篇《西游记》表面上的男一号是孙悟空，实际上的男一号非如来佛祖莫属。整个西天取经工程的总体目标是要实现如来佛祖的意志。如来佛祖部署实施西天取经工程，其公开宣示的目标是将"可以劝人为善"的三藏真经"永传东土，劝他众生"。没有公开宣示的目标是栽培、提拔取经团队成员。这个事先没有公开宣示的目标，佛祖在西天取经成功的庆祝、表彰仪式上的讲话中做了阐述。

这两个目标孰轻孰重，孰主孰次，实在是天意难测。阴谋论爱好者往往喜欢把没有公开宣示的目标认作是主要目标。我本人不敢轻易附和。但是佛祖没有在部署取经工程之初就把栽培、提拔取经团队成员的目标清晰准确地表达出来，难免会让阴谋论爱好者怀疑：法力无边、至高无上的如来佛祖在通过传经来拯救南赡部洲东土人民的宏伟蓝图之下竟然包藏有栽培、提拔弟子的私心。

结合上面第三点心得体会中所观察到的佛祖的若干瑕疵，我本人非常痛心地认识到如来佛祖并非完美无缺的"纯"和"真"，也有虚伪、机巧、贪财的表现。在佛祖身上也能看到老子所痛斥的那种"伪"。《西游记》所描述的如来佛祖的若干不堪表现似乎与其至高无上的身份、无所不能的法力不符。

对于这个问题或者现象，我的认识或者理解是这样的：应该用辩证唯物主义和历史唯物主义的方法来看待或者分析佛祖的表现。文学亦"人学"，《西游记》里的如来佛祖作为一个文学形象，是作者用来投射人的性格、品格和行为的载体，既有人的优点和光辉，也难免有人的缺点。之所以说佛祖的表现具有强烈的历史真实性，是因为佛祖作为神佛界最高统治者，与历史上诸多的世俗界最高统治者一样热衷于操弄权谋，一字以蔽之就是"伪"。

　　讲到这个"伪"字，前文中曾有提及，《道德经》第十八章里说："大道废，有仁义；慧智出，有大伪……"王弼对此的注说："行术用明，以察奸伪，趣睹形见，物知避之。故智慧出则大伪生也。"老子为什么如此痛恨"伪"，以至于主张要废除"大道、慧智"？我认为这里面体现了老子对人心、世事和历史的洞彻，这种洞彻是建立在对礼崩乐坏的混乱、腐败、黑暗、罪恶、残酷的痛彻感悟的基础之上的。老子提醒我们不要迷恋明君、圣贤、大道、慧智、仁义之类，要警惕各种各样的"伪"。如果我们仔细地检讨历史，很容易就能比较出，真正的明君、圣贤带给人民的福利远远抵不过伪明君、伪圣贤带来的伤害。如何防"伪"、治"伪"是一个历史性的难题，因为"伪"带来的便宜和利益实在是太大了。关键是要建立起对防"伪"、治"伪"的自觉性、主动性，千万不能放弃对各种各样的"伪"的警惕，否则我们真的很对不起老子的一片苦心。

玉帝齐仙治天之道初探

通篇《西游记》里，玉皇大帝的戏份并不多，而且绝大多数时候都是为了配合孙悟空的角色需要。玉帝的形象也没有达到"伟光正"的标准，孙悟空就时常对玉帝表示不敬。但是，如果细加探究，玉帝的形象和内涵远非表面呈现的那么简单。

大闹天宫的故事被演绎得精彩热闹、影响深远，给人印象似乎玉帝的统治差一点就被孙悟空推翻，失去宝座。但是，《西游记》里记载的实际情况却不是那回事儿："当时众神把大圣攒在一处，却不能近身，乱嚷乱斗，早惊动玉帝。遂传旨着游奕灵官同翊圣灵官上西天请佛老降伏。"也就是说，即便是孙悟空大闹天宫闹得最凶的时候也没有根本动摇天庭的治理秩序，天庭的和谐稳定还是完全有保障的。玉帝齐仙治天的道行还是蛮深的，其领导才能和艺术值得深入研究探讨。

不过，还是要充分估计到研究、探讨玉帝齐仙治天之道和领导艺术这项工作的巨大困难，客观准确地设定研究目标，避免眼高手低的尴尬，否则播下西瓜种收获芝麻粒。

可供研究探讨的素材严重不足，是最大的困难。通篇《西游记》玉帝亲自现身出场的桥段屈指可数，通过他人转述、间接出场的机会倒是不少。《西游记》对玉帝是如何履职齐仙治天的，惜墨如金，语焉不详。孔老夫子在《论语·八佾》篇里说："夏礼吾能言之，杞不足征也；殷礼吾能言之，宋不足征也。文献不足故也。足，则吾能征之矣。"文献、素材不足的时候连孔子都没有办法。

《西游记》曝出玉帝之第一大短就是"执法不严，执法不公"。

先说"执法不严"。玉帝的"执法不严"集中体现在如何处理严重破坏东海龙宫、幽冥界、天庭管理秩序的孙悟空的问题上。

想当初，孙悟空从菩提祖师处学成归来，仗着"七十二般地煞变化之功"闯东海龙宫索要兵器、披挂，共索得如意金箍棒一根、藕丝步云履一双、锁子黄金甲一副和凤翅紫金冠一顶。孙悟空在索得如意金箍棒之后乘势再行索要披挂的言行极其滑稽无赖，我就不抄录赘述了。紧接着，孙悟空又大闹幽冥界，私自把自己和猴属类有名者一概从生死簿上勾去名字。

东海龙王敖广和冥司秦广王一前一后上金阙云宫凌霄宝殿向玉帝进表告状，寻求救济。玉帝览毕进表之后的表态都是"着龙神回海，朕即遣将擒拿""着冥君回归地府，朕即遣将擒拿"，先把龙王和冥司两个苦主轻轻松松打发走了。可是玉帝在听了太白金星所说"可念生化之慈恩，降一道招安圣旨，把他宣来上界，授他一个大小官职，与他籍名在箓，拘束此间；若受天命，后再升赏；若违天命，就此擒拿。一则不动众劳师，二则收仙有道也"一套说辞之后，玉帝是"闻言甚喜"，即刻安排招安事宜，对龙王和冥司的承诺也就不了了之。

东海龙宫好歹算是玉帝管辖之下的一级地方权力机构吧，幽冥界是管理除神仙之外所有生灵的生死事务的重要职能部门。他们的管理秩序受到破坏，权威受到挑战，玉帝作为最高领导不是果断地站出来给他们撑腰，帮他们解决困难，维护自己治下的管理秩序，而是极尽姑息、纵容、敷衍、忽悠之能事，对孙悟空这样的造反者竟然以招安息事宁人。

　　这里稍稍岔开说一句闲话。如果再结合哪吒闹海的故事来看，龙和龙王在神仙体系里面的地位很低，孙悟空、哪吒这样初出茅庐的小妖仙都可以对他们予取予求。龙王和龙宫是"富而不强"的典型。玉帝在感谢如来佛祖"殄灭了妖猴"的筵席上"安排龙肝凤髓"，龙肝从何而来？难道有"食用龙"这一说吗？

　　如果对孙悟空那个时期的行为进行认真的分析，其性质是非常恶劣的。"各样妖王，共有七十二洞，都来参拜猴王为尊……又有进金鼓，进彩旗，进盔甲的，纷纷攘攘，日逐家习舞兴师……""施武艺，遍访英豪；弄神通，广交贤友。此时又会了七弟兄，乃牛魔王、蛟魔王……"以孙悟空为首，已经形成了一股强大的黑恶势力，这是昭然若揭的事实。孙悟空闯东海龙宫索要武器披挂明显是一种黑恶势力的敲诈勒索行为。

　　孙悟空大闹幽冥界，私自将自己和猴属类有名者尽行从生死簿上勾去名字的行为就更加离谱了。按照玉皇大帝统治下的治理伦理和逻辑，生死簿上孙悟空"该寿三百四十二岁，善终"的记载是法定的、权威的。孙悟空私自抹去的行为是违法的，甚至是犯罪的，已经具有造反的苗头。

　　玉帝没有及时拿出"雷霆手段"来"扫黑除恶"，对孙悟空进行拘束、管教和严厉打击，致使孙悟空一步一步发展成为大闹天宫的造反者。玉帝应该承担"执法不严"的主要的领导责任。

　　玉帝的"执法不公"则集中体现在沙僧身上。《西游记》第八回《我佛造经传极乐　观音奉旨上长安》中沙僧对寻访取经人的观音菩萨述说道："菩萨，恕我之罪，待我诉告。我不是妖邪，我是灵霄殿下侍銮舆的卷帘大将。只因在蟠桃会上，失手打碎了玻璃盏，玉帝把我打了八百，贬下界来，变得这般模样；又教七日一次，将飞剑来穿我胸胁百余下方回，故此这般苦恼……"在同一回里猪八戒是这么说的："我不是野豕，亦不是老彘，我本是天河里天蓬元帅。只因带酒戏弄嫦娥，玉帝把我打了二千锤，贬下尘凡……"从错误的性质和程度来讲，猪八戒明显比沙僧都要严重。猪八戒是故意，沙僧是过失。猪八戒伤害的是神，沙僧只是破坏了物。但是，沙僧所受到的惩罚明显比猪八戒要重得多。"七日一次，将飞剑来穿我胸胁百余下方回"，这个惩罚措施太重了，明显不符合"过罚相当"的原则。沙僧犯的错是"失手打碎了玻璃盏"，玉帝可能是因为别的事情迁怒于沙僧，这就无法细究了。若因迁怒而加重惩罚，同样难逃"执法不公"之名。凡间的诸葛亮在《前出师表》说："宫中府中，俱为一体，陟罚臧否，不宜异同。"玉帝硬是不肯"不宜异同"。

《西游记》曝出玉帝之第二大短是天庭的干部管理制度有严重缺陷。上面讲到沙僧本是"灵霄殿下侍銮舆的卷帘大将"，从字面上看他的职责应该是为玉帝进出灵霄殿时打开、放下宫殿门上的帘子。为这样的职责而设立一个大将级别的岗位，玉帝也曾为安抚孙悟空而设立"齐天大圣"的虚职，并且开府建衙，这都说明天庭在机构、编制设置方面存在很大的随意性，神浮于事的现象十分严重。保不齐还有所谓的"开门大将""扫地大将""掌灯大将"之类的岗位。

孙悟空第一次上天庭担任弼马温一职的时候，工作积极性很高，表现出强烈的责任心、上进心、进取心。"这猴王查看了文簿，点明了马数。本监中典簿管征备草料；力士官管刷洗马匹、扎草、饮水、煮料；监丞、监副辅佐催办；弼马昼夜不睡，滋养马匹。日间舞弄犹可，夜间看管殷勤，但是马睡的，赶起来吃草；走的捉将来靠槽。那些天马见了他，泯耳攒蹄，倒养得肉膘肥满……"

但是孙悟空这种宝贵的积极性、责任心、上进心、进取心没有得到善待，部下的一席话把孙悟空的热情浇得焰熄灰冷："这样官儿，最低最小，只可与他看马。似堂尊到任之后，这等殷勤，喂得马肥，只落得道声'好'字，如稍有些尪羸，还要见责；再十分伤损，还要罚赎问罪。"这说明天庭根本不重视年轻干部的培养，对如何调动、保护他们的工作积极性也没有切实有效的措施。像孙悟空这样天赋异禀、心高气傲的青年才俊，善加引导，完全可以为正义事业做出巨大贡献，不善加引导，破坏力也极强。《西游记》的故事证明了"逆淘汰"是怎么发生的。

通过几次镇压孙悟空大闹天宫的作战行动来看，玉帝在调动天庭内部成员工作积极性、主动性方面显然也是不成功的。何以见得呢？因为天庭里法力高过孙悟空、弹指一挥之间即可降伏孙悟空的大神比比皆是，但是几乎没有一位主动站出来承担责任。太上老君虽然出手了，但是表现得笨手笨脚，漏洞百出，从实际效果来看是暗暗戳戳地帮助孙悟空。

玉帝让孙悟空去当蟠桃园园长的决定最令人不解，这严重违反了干部管理"利益回避"的原则。孙悟空上任弼马温、齐天大圣时，玉帝分别差遣木德星君、五斗星君送去到任，但是上任蟠桃园园长，没有看到玉帝派谁送去上任，孙悟空是自己一个人去上任的。干部上任由组织部门派一位级别较高的领导送去，除了仪式、礼节方面的作用之外，更重要的是交代实际工作中，特别是廉政建设方面应当注意的事项。玉帝这一次没有做安排，不知道是无心疏忽还是有意为之。结果是出了大事，直接导致了孙悟空搅乱蟠桃会，进而大闹天宫。

《西游记》曝出玉帝之第三大短是玉帝也有心胸狭隘、睚眦必报、迁怒于民的表现。据《西游记》第八十七回《凤仙郡冒天止雨　孙大圣劝善施霖》，唐僧师徒四人西天取经行至天竺国凤仙郡，见郡侯因连年干旱导致民不聊生而张榜求雨。孙悟空逞能揭榜，不料凤仙郡连年干旱竟是玉帝为了惩罚郡侯的失礼而直接采取的措施。玉帝是这么说的："那厮三年前十二月二十五日，朕出行监观万天，浮游三界，驾至他方，见那上官正不仁，将斋天素供，推倒喂狗，口出秽言，造有冒犯之罪，朕即立以三事，在于披香殿内。汝等引孙悟空去看，若三事倒断，即降旨与他；如不倒断，且休管闲事。"凤仙郡郡侯是这样陈述的："三年前十二月二十五日，献供斋天，在于本衙之内，因妻不贤，恶言相斗，一时怒发无知，推倒供桌，泼了素馔，果是唤狗来吃了。这两年忆念在心，神思恍惚，无处可以解释。不知上天见罪，遗害黎民……"

这"三事倒断"的意思是这样的，玉帝令在披香殿里设一座米山，约有十丈高下；一座面山，约有二十丈高下。米山边有一只拳大之鸡，在那里紧一嘴，慢一嘴，嗛那米吃。面山边有一只金毛哈巴狗儿，在那里长一舌，短一舌，餂那面吃。左边悬一座铁架子，架上挂一把金锁，约有一尺三四寸长短，锁梃有指头粗细，下面有一盏明灯，灯焰儿燎着那锁梃，直等鸡嗛了米尽，狗餂得面尽，灯焰燎断锁梃，凤仙郡才能下雨。"三事倒断"有永远都不给凤仙郡下雨的意思，根本就不关心黎民百姓的生死疾苦。

凤仙郡郡侯因家庭内部的小纠纷而言行不当，冒犯了玉皇大帝，固然有错，但是错误的性质并不严重。玉帝因受到郡侯个人的冒犯，利用职权、法力而制造连年干旱，惩罚全郡百姓，造成"富室聊以全生，穷民难以活命。斗粟百金之价，束薪五两之资。十岁女易米三升，五岁男随人带去。城中惧法，典衣当物以存身；乡下欺公，打劫吃人而顾命"的严峻形势。

由此看来，玉帝虽然位高权重、德高望重，但是也有心胸狭隘、睚眦必报、迁怒于民的表现。在这件事情上面，说玉帝"滥用职权"也不为过。

《西游记》对玉帝曲写其长是经过如来佛祖之口说出来的："你那厮乃是个猴子成精，焉敢欺心，要夺玉皇上帝尊位？他自幼修持，苦历过一千七百五十劫。每劫该十二万九千六百年。你算，他该多少年数，方能享受此无极大道？你那个初世为人的畜生，如何出此大言……"

如来佛祖此番话太深奥了，凡人几乎无法理解。根据凡人的常识，像玉帝这样一位天庭自始至终唯一的最高统治者，其统治地位本应该是来源于政治斗争和武装斗争。玉帝的统治地位居然是来源于"自幼修持，苦历过一千七百五十劫"。那么，"修持"是一种什么样的行为？玉帝的"苦历"又是一种什么样的经历？

根据我的理解，《西游记》里天庭的治理秩序是中国传统观念里理想的"礼治秩序"的投影。在礼治秩序之下，"国之大事，在祀与戎"。一个国家的最高统治者的主要职责是领导自己的人民进行祭祀和征伐。

先说"祭祀"。祭祀表面上是一套复杂的礼仪程序，以求得上天、神灵、祖先的护佑，保佑生产、生活、征伐的顺利，驱除灾祸、疾病。主持祭祀的"巫"必须有通神的能力。拂去神秘的宗教面纱，其实我们也可以用唯物主义的方法来分析这种通神的能力，那就是观察、分析自然现象，总结出其中的规律，并且利用好这些规律。所谓"修持"，即如是也。《尚书·尧典》中所说的"乃命羲和，钦若昊天，历象日月星辰，敬授民时"就是这个意思。中华民族初民的那些领袖比如黄帝、神农、尧、舜、禹都是这样的"巫"或者"大巫"，他们无一例外都很长寿。这不是没有道理的，因为观察、分析自然现象，获得"天时地利人和"都需要勤奋的实践和思考，长期的经验积累，寿命不长完成不了这样的任务。他们的统治地位也就是通过这样的"修持"获得的。

再来说"征伐"。孔子在《论语·季氏》篇说："天下有道，则礼乐征伐自天子出；天下无道，则礼乐征伐自诸侯出……"《西游记》里记载的所有天庭征伐行动，都是由玉帝拍板决定的，完全符合"天下有道"的标准。

所以呢，虽然玉帝有这样那样的短处，但是我们也不能否认玉帝统治之下的天庭是属于"有道"范畴的，玉帝齐仙有道，治天也有道。孙悟空之类的妖仙、妖魔无论其法力如何，都不可能撼动天庭的和谐稳定。

当然，我们也必须时刻意识到天庭与人间相比较存在"天壤之别"：第一，组成天庭的大多数是神仙，绝大多数神仙都是智商高、情商高、觉悟高、修养高、法力高的主儿。"带酒戏弄嫦娥"的天蓬元帅只是极个别的现象。第二，天庭里不但物质极大丰富，而且有些神仙根本就不消费物质，神仙之间没有物质利益方面的争竞。第三，天庭无需经营产业，也没有搞好经济建设的任务，修持、修炼是中心工作。

我个人认为，玉帝的齐仙治天之道固然高深莫测，但是也必须紧密结合人间的实际情况来探讨研究。天庭里似乎不存在"依法治天""以德治天"的问题。"法"和"德"是用来约束人的行为的规则或者规矩。天庭里的大神们也有应守之"矩"。我读《西游记》的体会是，无论是天庭还是人间，最不守规矩、破坏规矩的往往是地位最高、力量最强大的那部分神和人，他们才有足够的理由和力量来破坏原有的规矩，树立新的规矩。所以，法律、道德等规矩都是相对的、有局限的。我们必须对这种相对性、局限性有清醒的认识，切不可迷信和掉以轻心。

曹操华佗强弱辩

我早就想按照《闲话水浒》的体例来着手写《闲话三国》，但是因为一个"难"字迟迟不敢下笔。

《三国演义》的文学艺术成就未必高于《水浒传》，但是有两个方面的因素造成评论的高难度：第一，《水浒传》的故事和主要人物虽然也有历史原型，但毕竟是比较纯粹的小说，作者可以挥洒自如地驰骋艺术想象，读者也可以天马行空、无所顾忌地指点人事。《三国演义》旁边还横亘着《三国志》的高山大川，是"七分史实，三分演义"的历史小说。正是因为《三国演义》中绝大多数人物、故事都有历史原型，点评者在指点其人其事之时在"艺术真实"与"历史真实"两个方面都要下功夫，下笔难免有畏首畏尾之感。第二，《水浒传》比《三国演义》更有趣味。《水浒传》里的人物是有日常生活的，因此也更加有血有肉。《水浒传》甚至花了若干回的笔墨来描绘大宋县城里有声有色的市井生活。通篇《水浒传》虽然也没有几个真正的好人，但是毕竟还有一个花和尚鲁智深闪耀着人性的熠熠光辉。《三国演义》的笔墨都倾注在政治军事的宏大叙事上面，没有日常生活，更没有闪耀着人性光辉的人物形象。评论政治军事活动，一是无趣，二是有格式、套范，轻易不能下笔。

但是，既然我已经发宏愿要把四大名著都涉猎到，那就必须迎难而上了。再者《三国演义》也是无可回避的，四大名著当中影响最广最深的非它莫属了。《三国演义》是中华民族思想和文化、价值观和历史观的大杂烩，千百年来浸润了芸芸众生的心灵和智慧。把《三国演义》读通、读透、讲通、讲透了，或许就真能找到一把理解中国历史、文化脉络的钥匙。但是，把《三国演义》读通、读透、讲通、讲透，何其难也！我姑妄管窥蠡测一番吧。

为了叙述对《三国演义》的理解，我一直在绞尽脑汁地寻找一个好的切入点和切入角度，既要有新意，又要有一定的深度，但是又不能超出我的羸弱学力所能把控的范围，要能够笼络得住我意欲阐明的若干命题。

经过再三思量，我决定不自量力地选择从曹操与华佗这一对各有强弱的矛盾体来切入分析，叙述政治军事的力量与个人的力量如何相互冲突、相互绞杀，它们各自又是如何从弱到强、由强变弱乃至消亡、幻灭的。

论及曹操华佗强弱之辩，缘起于两者之间那场史上最著名的医患纠纷。其中曹操之强是显而易见、天下皆知的。曹操之强在于个人知识才华和意志的力量的迸发和放射，在于他所支配的政治军事力量，在于他建立的历史功业，在于他戎马倥偬之余开创的一代文风。

如果要用最简洁传神的语言来概括曹操的话，我以为"横槊赋诗"能够最好地表现曹操一生的文韬武略、文治武功。唐代元稹在《唐故工部员外郎杜君墓系铭》中写道："建安之后，天下文士遭罹兵战，曹氏父子鞍马间为文，往往横槊赋诗，故其抑扬怨哀悲离之作，尤极于古。"宋代苏轼在《前赤壁赋》写道："方其破荆州，下江陵，顺流而东也，舳舻千里，旌旗蔽空，酾酒临江，横槊赋诗，固一世之雄也。"

三国时代号称是中国历史上英雄辈出的年代，热热闹闹的三国戏里有一出名为《群英会》。曹操自己也自编自导自演过一出"青梅煮酒论英雄"。把曹操列为三国时代头号英雄人物，群英荟萃之最强者，应该是争议最小的。刘备、孙权、司马懿等人都无法跟曹操并肩而立。

曹操、华佗强弱之辩中华佗之强则是相对的、隐晦的。曹操拥有轻易置华佗于死地的权力、权势，华佗在曹操面前是绝对的弱者。如果没有华曹之间那场千古传扬的医患纠纷，华佗之强就会永远埋没在历史长河的泥沙之中。华佗是一个伟大的医生，精湛的医术就是他的盖世才华。他拥有拯救生命的力量，在疾病面前，他是强者，曹操成了绝对的弱者。

关于华曹之间的医患纠纷，《三国演义》和《三国志》的记述是不一样的。

《三国演义》第七十八回《治风疾神医身死 传遗命奸雄数终》："操即差人星夜请华佗入内，令诊脉视疾。佗曰：'大王头脑疼痛，因患风而起。病根在脑袋中，风涎不能出，枉服汤药，不可治疗。某有一法：先饮麻肺汤，然后用利斧砍开脑袋，取出风涎，方可除根。'操大怒曰：'汝要杀孤耶！'佗曰：'大王曾闻关公中毒箭，伤其右臂，某刮骨疗毒，关公略无惧色；今大王小可之疾，何多疑焉？'操曰：'臂痛可刮，脑袋安可砍开？汝必与关公情熟，乘此机会，欲报仇耳！'呼左右拿下狱中，拷问其情。贾诩谏曰：'似此良医，世罕其匹，未可废也。'操叱曰：'此人欲乘机害我，正与吉平无异！'急令追拷……旬日之后，华佗竟死于狱中。"

《三国志·魏书·华佗传》："太祖闻而召佗。太祖苦头风，每发，心乱目眩，佗针鬲，随手而差。然本作士人，以医见业，意常自悔。后太祖亲理，得病笃重，使佗专视。佗曰：'此近难济，恒事攻治，可延岁月。'佗久远家思归，因曰：'当得家书，方欲暂还耳。'到家，辞以妻病，数乞期不反。太祖累书呼，犹不上道。太祖大怒，使人往检。若妻信病，赐小豆四十斛，宽假限日；若其虚诈，便收送之。于是传付许狱，考验首服。荀彧请曰：'佗术实工，人命所县，宜含宥之。'太祖曰：'不忧，天下当无此鼠辈耶？'遂考竟佗。佗临死，出一卷书与狱吏，曰：此可以活人。吏畏法不受，佗亦不强，索火烧之。佗死后，太祖头风未除。太祖曰：'佗能愈此。小人养吾病，欲以自重，然吾不杀此子，亦终当不为我断此根原耳。'及后爱子仓舒病困，太祖叹曰：'吾悔杀华佗，令此儿强死也'……"

如果把华佗作为一面镜子，在《三国演义》的场景里，曹操的镜像是多疑、忌刻的，在《三国志》的场景里，曹操的镜像则是自私、偏执、愚昧的。

在《三国演义》里，华佗提出来的治疗方案确实是不切实际、凶险难测，以曹操这种多疑、忌刻的性格，肯定是不可接受的。治疗方案不可接受还可以继续探讨嘛，"呼左右拿下狱中，拷问其情"就大可不必了。不过经历过吉平下毒之险的曹操对此治疗方案产生怀疑是情有可原的。

在《三国志》里，曹操对华佗的整体治疗方案有两个重要因素昧而不明：第一，曹操要"使佗专视"，也就是要华佗当他的御用医生。华佗先以"久远家思归"，后"辞以妻病"，不肯接受。第二，华佗看到"后太祖亲理，得病笃重"，说"此近难济，恒事攻治，可延岁月"。我理解其意是，曹操的病短期内很难治好，需要持续不断地密集治疗，才能延长寿命。华佗隐含了一层话意就是曹操不能再管治国理政的事情了，要专心接受治疗。曹操显然没有理解到华佗的深意。

华曹二人各自心思相差甚远，无法就治疗方案达成一致，史上最著名的这次医患纠纷竟以两败俱亡的悲惨结局收场，强强相克，矛盾双方均归于幻灭。曹操可能是史上级别官位最高的医闹分子，开古今医闹之先风，教训不可谓不惨痛、深刻。

写到这里忍不住感慨一番。自古以来，中国的史家著史特别讲究"微言大义"。陈寿在《三国志·魏书·华佗传》也施展了"微言大义"的绝顶功夫。荀彧对华曹二人之间的医患纠纷、强弱之辩比曹操更加深明大义，知道华佗的医术有"人命所县"之重，"宜含宥"解决医患纠纷。而曹操对待华曹二人之间医患纠纷的态度是极端自私、狭隘的，漠视生命的可贵，实为不仁。曹操对待华曹二人之间的强弱之辩的态度是偏执、愚昧的，有"怙强不悛"的意思。"佗临死，出一卷书与狱吏，曰：此可以活人。吏畏法不受……"这反映了曹操统治下的严刑峻法、深罗密织的残酷，导致了华佗"可以活人"的高明医术的失传。这也是曹操不仁之罪过。最后"太祖叹曰：'吾悔杀华佗，令此儿强死也'……"这里面隐晦地批评曹操的自私、自负、偏执、愚昧造成了咎由自取、痛由自取。

我再回过来分析曹操华佗的强弱之辩。曹操华佗强弱之辩最终以悲剧收场，也是一个"微言大义"的话题。

曹操华佗二人因为曹操的"头风"之患而构成了矛盾关系。"医患矛盾"本应是主要矛盾甚至是唯一矛盾，曹操对此没有清醒认识，虚构出一个"敌我矛盾"，或者说把"医患矛盾"演变成"敌我矛盾"。在"医患矛盾"中，华强曹弱，应由华佗主导。在"敌我矛盾"中，曹强华弱。曹操以"敌我矛盾"之强夺取主导权，灭杀华佗"医患矛盾"之强。一个虚幻的"敌我矛盾"导致"医患矛盾"以两败俱亡的悲惨方式加以解决。曹操虽然"抑可谓非常之人，超世之杰"，但却在这一场事关身家性命的辩证法课实务考试中得零分。

比曹操更早的先贤老子在《道德经》里对世间万事万物的强弱之辩进行了集中而精深的论述。"将欲歙之，必固张之；将欲弱之，必固强之；将欲废之，必固兴之；将欲夺之，必固与之，是谓微明。柔弱胜刚强。"

曹操是一个饱读书传的人，对老子关于世间万事万物的强弱之辩应该不陌生。曹操本人是一个杰出的军事家，一方面曾经作过《孙子注》，也应该深谙军事领域最讲究强弱、虚实、奇正的辩证法。曹操自称是"多智"的人，但是把一个简单的医患纠纷处理成两败俱亡的悲剧。这实在是曹操一生之中最大的败笔。

归根结蒂，曹操没有学好、用好辩证法，不能自始至终都用辩证法的方法严格要求自己。再追问下去，为什么曹操的辩证法学不好，不能自始至终都用辩证法的方法严格要求自己呢？根据我的理解，归结起来就两个字："私"和"伪"。

曹操打出来的旗号是"起义兵，为天下除暴乱"，这里面有很多真实的成分，但是谋家天下还是曹操更真实的目的。司马光在《资治通鉴》卷六十八《汉纪六十》也毫不客气地点破了曹操的私和伪："操曰：'若天命在吾，吾为周文王。'""以魏武之强伉，加有大功于天下，其畜无君之心久矣，乃至没身不敢废汉而自立，岂其志不欲哉？犹畏名义而自抑也。"

曹操一生最受人诟病的是在《三国演义》里误杀吕伯奢一家之后还振振有辞地说出"宁教我负天下人，休教天下人负我"这句话。虽然是演义者语，但也不是空穴来风。《三国志·魏书·武帝纪》裴松之引用的注文中有曹操说"宁我负人，毋人负我"的记载。《三国志·魏书·武帝纪》的正文里还有曹操为报陶谦部下的杀父之仇"所过多所残戮"的记载。所以，曹操也有不仁之心，他所谓的"起义兵"也不完全是仁义之师。曹操的"私"和"伪"会在一些关键节点上迷住其心智，不能始终清醒地一以贯之辩证法的思维。曹操只能做到"几平海内"，做不到"荡平海内"。《资治通鉴》卷第一百九十七唐纪十三记载唐太宗"自为文祭魏太祖，曰：'临危制变，料敌设奇，一将之智有馀，万乘之才不足。'"。曹操以弱胜强打败了袁绍，但是当他"治水军八十万，会猎于吴"，却遭火烧赤壁。钟惺在《邺中歌》里给曹操"功首罪魁非两人，遗臭流芳本一身"的评价是很恰当的。曹操是一个功德不圆满、有亏欠的人。

三国时代号称是中国历史上英雄辈出的年代，曹操是三国时代的头号英雄人物尚且如此，诸如董卓、袁绍、刘备、孙权、司马懿等差曹操若干等的人物就更不用说了。所以三国时代并不是一个值得称道的好时代。

所谓"话说天下大势，分久必合，合久必分""古今多少事，都付笑谈中"云云，作为茶余饭后消磨无聊时光的谈资是无害的，仅此而已。一旦作为分析中国历史发展规律的方法论就贻害无穷了。把《三国演义》中某些人物的成败事迹在摒除其中阴暗的权谋成分之后作为自己提高个人修养的参照标准，则是有益的。

华佗也是一位被千古传颂的伟大医生，他拥有化腐朽为神奇、枯木回春的精湛医术，但是在曹操面前便成为敌人、罪人。曹操拒绝了臣下的婉言相劝，执意将话不投机的华佗置于死地，开创了医闹的恶例之先。曹操昧于自己的不明，漠视医者对于生命的意义，他自己也为此付出了惨痛的代价。

虽然华佗是一位伟大医生，《三国志》也给他立传了，但是他的传记被列入《方技传》。可见史家将医学、医术与相面、占卜之类的方技，将医生与江湖术士等而视之。这不是正确的历史观。伤病是人的身体健康、生命、意志力最凶险的敌人之一，疫病则是人类最凶险的敌人之一。自古皆然，永远如此。指望用某种科技手段一劳永逸地战胜所有疾病，是幼稚的幻想。重视并且认真研究医生、医学、医术在历史发展中的作用和地位很有意义，很重要。作为个人，始终保持对医生、医学、医术的敬畏之心，其实就是对生命保持敬畏之心。

红颜为镜　浊影现形

—— 貂蝉的利用价值和命运结局

《三国演义》里曹操隆重登场时和《三国志·魏书·武帝纪》开篇都引用了桥玄对曹操的高度评价："天下将乱，非命世之才不能济也。能安之者，其在君乎！"桥玄的这句话信息量极大，其中一个信息就是他看空了东汉末年其余所有承担或者有望承担治国理政之责的人的才能和品德。史实印证了桥玄独到的睿智，何进、董卓、王允、袁绍等人在浩浩荡荡的历史长河中一闪而过，迅速地被归类到废弃物、垃圾堆里。

《三国演义》最令人切齿的故事就是司徒王允用貂蝉作饵诱使董卓吕布义父义子反目的连环计。这个故事正好也把何进、董卓、王允，再外加一个吕布都包括进来了。

貂蝉被列为史上最有名的四大美女之一，但极有可能是一个虚构的人物，她的事迹在《三国志》里没有相应的记载。当然这并不妨碍把她的美丽形象作为一面镜子映衬出王允、董卓和吕布的污浊、丑陋和猥琐。

先来看王允。王允贵为司徒，位列三公，理应属于人杰，可惜徒有虚名，才德均不配位。当初比王允还更加无能的何进图谋引董卓来除十常侍，事未成而身先殒。董卓不但没有安定朝政，反而如期成了新的乱源，暴虐程度无以复加。如何除董卓成了王允的责任。王允一开始是"寻思无计"，只知道"掩面大哭"，被年轻气盛的曹操取笑了一番："满朝公卿，夜哭到明，明哭到夜，还能哭死董卓否？"

后来王允灵机一动想出一条"连环计"，"谍间他父子反颜，令布杀卓，以绝大恶"。王允的连环妙计倒是巧妙地如愿诱使吕布杀了董卓。但是愚蠢的王允不肯赦免董卓的党徒。李傕、郭汜攻破长安之后，王允死于刀剑之下，天下变得比董卓当政时还更混乱。王允的连环妙计原本是陷董卓吕布二人入彀，不承想多生出若干个套环，王允自己也陷入其中了。

亏王允想得出来如此下作的计策，也该是汉家气数已尽，贵为三公的王司徒竟有如此见识，将"汉天下"系在一个家养歌伎的裙带之上。董卓、吕布二人在貂蝉绝世美貌的魅惑之下，主动进入王允的连环计套环之中。"董卓自纳貂蝉后，为色所迷，月馀不出理事。"吕布在击杀董卓之后"至郿坞，先取了貂蝉"。

关于董卓，其暴虐乱国是其主要罪状，这是足供长篇大论的题材。我个人认为，董卓筑郿坞倒是最能够反映他的污浊、丑陋、猥琐、愚蠢。董卓筑郿坞的事迹在《三国演义》和《三国志》均有记载，还是《三国志》里的记载更隽永："筑郿坞，高于长安城垾，积谷为三十年储，云事成，雄据天下，不成，守此足以毕老。"当今诸多大屋储币的贪官，其智慧大概可与一千多年前的董卓相"埒"。

至于吕布，可能是史上最令人惋惜的人物。吕布本是《三国演义》里武艺首屈一指的超一流猛将，个人形象也是无可挑剔，"生得器宇轩昂，威风凛凛，手执方天画戟""头戴三叉束发紫金冠，体挂西川红锦百花袍，身披兽面吞头连环铠，腰系勒甲玲珑狮蛮带；弓箭随身，手持画戟，坐下嘶风赤兔马……"。正所谓"人中吕布，马中赤兔"。可惜人品太差，贪而无义，失道寡助，最终沦为身败名裂的"三姓家奴"。

　　王允、董卓和吕布这三个污浊的男人最后都死得其所，不足为惜。貂蝉的命运结局令人难以释怀。《三国演义》对于这个话题语焉不详，第十九回《下邳城曹操鏖兵 白门楼吕布殒命》说到吕布被曹操围困在下邳城里，"终日不出，只同严氏、貂蝉饮酒解闷"。第二十回《曹阿瞒许田打围 董国舅内阁受诏》说道："将吕布妻女载回许都。"之后就再无痕迹了。有一种说法是曹操将貂蝉赏赐给了关羽。我认为，这不是一种好说法。吕布虽然人品太差，但是对貂蝉还是不离不弃的。关羽太假正经，貂蝉跟着他不会幸福。

　　根据我的理解，《三国演义》的创作者对待女人的立场、态度和心思比《水浒传》的施耐庵还要更阴暗、狠毒和邪恶。四大美女之一的貂蝉作了诱杀敌人的饵料，刘备发表"兄弟如手足，妻子如衣服"的高论，"刘安杀妻奉刘备""周郎妙计安天下，赔了夫人又折兵"，通篇《三国演义》没有一个闪烁生命光彩的女子形象。说开了，史上最著名的四大美女，西施、王昭君、貂蝉和杨玉环中的前三名都是被她们的男主人公当作诱饵、质押和牺牲来换取政治、军事资本的。这里面都包含了极其丑陋、猥琐的价值观、审美观。中国的须眉男儿们要引以为戒。

虚心善下无敌论

老子《道德经》第八章说："上善若水。水善利万物而不争，处众人之所恶，故几于道。"第六十六章说："江海所以能为百谷王者，以其善下之，故能成百谷王。"根据我的阅读理解，老子的这两段论述是道家思想的精髓之所在：守静、守虚、守下、守柔、守弱。曹操在《短歌行》里唱"山不厌高，水不厌深"，比较接近老子的思想。

《三国演义》里有一个故事可以拿来印证老子的思想，但是也反映了曹操没有守住"山不厌高，水不厌深"的初心。这个故事就是"张松卖蜀，刘备谋益州"。且容我徐徐道来。

诸葛亮作为"见面礼"奉献给刘备的《隆中对》在《三国演义》与《三国志》里面的记载是一模一样的。在谋取"沃野千里，天府之国"的益州这件事情上面，刘备严格贯彻执行了诸葛亮的战略部署。关于刘备谋取益州的故事，《三国志》记载得直截了当，简单粗暴。《三国演义》就演绎得委婉曲折，给刘备留足了施展其"宽、仁、忠"品牌的时间空间。张松卖蜀给了刘备谋取益州一次"神助攻"。两部典籍里都有张松卖蜀的情节，还是《三国演义》的更值得一说。

张松卖蜀照例是在"救蜀"的旗号下实施的。事情的起因是曹操新破西凉马超，震动汉中汉宁太守、五斗米教"师君"张鲁。张鲁欲谋益州以自强自保。

彼时益州牧刘璋"昏弱""懦弱"是天下皆知的。益州别驾张松乘机向刘璋献计："某闻许都曹操，扫荡中原，吕布、二袁皆为所灭，近又破马超，天下无敌矣。主公可备进献之物，松亲往许都，说曹操兴兵取汉中，以图张鲁。则鲁拒敌不暇，何敢复窥蜀中耶？"刘璋闻之大喜，当即予以落实。但是张松暗中别有用心，"乃暗画西川地理图本藏之"，早有卖蜀与曹的私心。

可惜曹操在接待张松来访的工作中忘记初心，失去了"山不厌高，海不厌深"的胸怀、气度，以至于失误连连，痛失稍纵即逝的望蜀良机。

根据我的理解，曹操的重大失误主要有以下几个方面：第一，情报工作严重缺失，对汉中、益州方向的敌人或者潜在敌人失去战略警醒。张鲁动念图谋益州，"早有细作报入川中"。张松"取路赴许都。早有人报入荆州。孔明便使人入许都打探消息。"连"昏弱""懦弱"的刘璋都很重视情报工作，曹操反而对张松来访的意图、意义一无所知，从作为最高领导的曹操到一线的工作人员都对张松来访没有加以重视。这反映曹操带领的创业团队还存在严重缺陷，远没有达到励精图治的水平。

第二，内心的骄傲。"却说张松到了许都馆驿中住定，每日去相府伺候，求见曹操。原来曹操自破马超回，傲睨得志，每日饮宴，无事少出，国政皆在相府商议。张松候了三日，方得通姓名。"曹操因"挟天子以令诸侯"的思想作祟，以为张松是代表刘璋来"入贡"、来输诚求保护的，根本没有想到张松是怀揣无穷宝藏前来敬献套取名利的。在这一系列对立统一的矛盾之中，曹操并不是单纯的保护者、布施者，他可以收取的本不仅仅是敬意和保护费，还有巨大的战略利益。问题的关键是曹操应当虚心善下，放低姿态，舒柔身段，做到自己大力提倡的"山不厌高，海不厌深"。可惜曹操没有做到。司马光在《资治通鉴》卷第六十五《汉纪》五十七中专门引用习凿齿论曰："昔齐桓一矜其功而叛者九国，曹操暂自骄伐而天下三分。皆勤之于数十年之内，而弃之于俯仰之顷，岂不惜乎！"

第三，内部的腐败。"张松候了三日，方得通姓名。左右近侍先要贿赂，却才引入。"对于曹操带领的创业团队来说，当时也仍属于"创业未半"的阶段，团队里的每个成员都应该抛弃私心杂念，团结一致向前看。可惜曹操的团队此时已经深染腐败的沉疴，曹操作为团队的最高领导人难辞其咎。一个创业团队如果在尚未完全成功的时候就开始出现以权谋私现象，那么其事业很难走得远。

第四，以貌取人，柔顺取言。"操坐于堂上，松拜毕，操问曰：'汝主刘璋连年不进贡，何也？'松曰：'为路途艰难，贼寇窃发，不能通进。'操叱曰：'吾扫清中原，有何盗贼？'松曰：'南有孙权，北有张鲁，西有刘备，至少者亦带甲十余万，岂得为太平耶？'操先见张松人物猥琐，五分不喜；又闻语言冲撞，遂拂袖而起，转入后堂……""操谓松曰：'吾视天下鼠辈犹草芥耳。大军到处，战无不胜，攻无不取，顺吾者生，逆吾者死。汝知之乎？'松曰：'丞相驱兵到处，战必胜，攻必取，松亦素知。昔日濮阳攻吕布之时，宛城战张绣之日；赤壁遇周郎，华容逢关羽；割须弃袍于潼关，夺船避箭于渭水：此皆无敌于天下也！'操大怒曰：'竖儒怎敢揭吾短处！'喝令左右推出斩之。杨修谏曰：'松虽可斩，奈从蜀道而来入贡，若斩之，恐失远人之意。'操怒气未息。荀彧亦谏。操方免其死，令乱棒打出……"

在《三国演义》里，曹操与张松之间硬是人不投缘、话不投机。主要责任在曹操，根源在"骄傲是一切罪恶的排头兵"。此时的曹操高高在上，眼里只能容得谄媚的迎合，耳中只听得进谀悦的颂词。机会就在意气傲睨、语言冲撞之中流失了。

这个桥段在《三国志》和《资治通鉴》里都有相应的记载。《三国志·蜀书·刘璋传》："璋复遣别驾张松诣曹公，曹公时已定荆州，走先主，不复存录松，松以此怨。"《资治通鉴》卷第六十五《汉纪》五十七："益州牧刘璋闻曹操克荆州，遣别驾张松致敬于操。松为人短小放荡，然识达精果。操时已定荆州，走刘备，不复存录松。主簿杨修白操辟松，操不纳；松以此怨，归，劝刘璋绝操，与刘备相结，璋从之。习凿齿论曰：昔齐桓一矜其功而叛者九国，曹操暂自骄伐而天下三分。皆勤之于数十年之内，而弃之于俯仰之顷，岂不惜乎！"我们把它们相互参详就可以发现，虽然《三国演义》里有杜撰、夸大的成分，但是说曹操对张松"以貌取人，柔顺取言"是有扎实根据的。

如果曹操团队接待张松使团来访的工作得当，宾主双方会谈气氛友好、融洽，就共同关心的问题深入地交换意见并达成广泛共识，那么刘备就完全无机可乘了。张松的一番思索反映了一个重大战略机遇的悄然流转："吾本欲献西川州郡与曹操，谁想如此慢人！我来时于刘璋之前，开了大口；今日快快空回，须被蜀中人所笑。吾闻荆州刘玄德仁义远播久矣，不如径由那条路回。试看此人如何，我自有主见。"

与曹操的家大业大不同，彼时刘备的局面还非常逼仄，仅有的荆州尚处在东吴孙权的催逼索要之下。刘备谋取益州的积极性、紧迫性比曹操也高得多，工作也要深入、细致得多。首先是情报工作，刘备对张松在许都的遭遇、行程安排等关键信息都了如指掌。其次是对张松的接待工作安排得细致熨帖，让张松在遭受曹操的怠慢、羞辱之后有被尊重的感觉。三是在谋取益州的关键问题上欲擒故纵，己之所欲，借他人言，确实图谋深远。总而言之，根据老子的思想原理来分析，刘备不但在这件事情上做到了"虚心善下"，而且基本上一生如此。《三国演义》第十五回刘备刚刚从陶谦手里领下徐州就被吕布夺去时说了一句："屈身守分，以待天时，不可与命争也。"虽然刘备出于无可奈何，但是"虚心善下"的修为难能可贵。

《三国演义》里刘备与庞统对谈的那一席话非常有意思，把刘备为谋取益州所背的心理负担，庞统如何轻松地帮刘备放下负担讲得清清楚楚。"玄德曰：'今与吾水火相敌者，曹操也。操以急，吾以宽；操以暴，吾以仁；操以谲，吾以忠：每与操相反，事乃可成。若以小利而失信义于天下，吾不忍也。'庞统笑曰：'主公之言，虽合天理，奈离乱之时，用兵争强，固非一道；若拘执常理，寸步不可行矣，宜从权变。且兼弱攻昧、逆取顺守，汤、武之道也。若事定之后，报之以义，封为大国，何负于信？今日不取，终被他人取耳。主公幸熟思焉。'玄德乃恍然曰：'金石之言，当铭肺腑'……"

我们再回过头来看张松。从职业素养的角度来看，张松卖蜀的行为是令人不齿的。张松自己对刘备陈述了一番话："某非卖主求荣；今遇明公，不敢不披沥肝胆：刘季玉虽有益州之地，禀性暗弱，不能任贤用能；加之张鲁在北，时思侵犯；人心离散，思得明主。松此一行，专欲纳款于操；何期逆贼恣逞奸雄，傲贤慢士，故特来见明公。明公先取西川为基，然后北图汉中，收取中原，匡正天朝，名垂青史，功莫大焉。明公果有取西川之意，松愿施犬马之劳，以为内应。未知钧意若何？"这番话虽然有一定的合理性、正当性，但是身为刘璋手下的一个"别驾"就自作主张，私相授受，其胆大妄为的程度也是令人倒吸凉气。张松卖蜀既不道德，也不符合经济学的规则。作为出售者拿来交易的标的，应当是自己具有完整支配权、处置权的对象。张松出卖的是第三方的利益，自己没有支配权、处置权，他根本没有能力控制交易流程和结局。所以在这一场多重博弈的游戏中，张松第一个在物理意义上被淘汰出局，还搭上了自己的家庭。这种以第三方利益作为交易对象的游戏在二十四史里比比皆是。

　　张松卖蜀、刘备谋益州的故事放在三国鼎立、天下大乱的历史背景中，无法从容得出正义、邪恶的价值判断，只能从得失、功过的角度来认可"成王败寇"的硬道理。当然，这个故事也不是没有正面、积极的教益，它可以印证老子"虚心善下"的教诲，从个人修为和事业进取的角度来看，虚心善下不但是一种好的个人修养品德，而且是一种良好的职业素养。这个故事可以作为一个很好的教案。

曹操煮酒论英雄之谜

在《三国演义》里，曹操青梅煮酒论英雄是最有戏剧效果的一幕，几乎可以与曹操宴长江横槊赋诗相媲美。在《三国志》里，有曹操与刘备从容论英雄的记载，但是最有戏剧效果的青梅煮酒情节则找不到痕迹。

我们如果对比《三国演义》和《三国志》里的相关情节，可以发现整个过程是"刘备负曹操"而不是"曹操负刘备"。

《三国演义》第十六回《吕奉先辕门射戟 曹孟德败师淯水》讲到，刘备先是被吕布夺去徐州，后占小沛，又失去了立足之地。于是"操待以上宾之礼"，没有采纳荀彧、程昱"不如早图之"的谏言，"以兵三千、粮万斛送与玄德，使往豫州到任……"。在这个回合里，曹操对刘备做到了仁至义尽，让刘备又得到了一个立足之地。

在刘备重获立足之地后开始的一轮争夺里，吕布旋即又把刘备打得无家可归，还是曹操帮刘备报仇灭掉了吕布。《三国演义》第二十回《曹阿瞒许田打围 董国舅内阁受诏》里讲到，曹操灭了吕布之后"大犒三军，拔寨班师。路过徐州，百姓焚香遮道，请留刘使君为牧。操曰：'刘使君功大，且待面君封爵，回来未迟。'百姓叩谢。操唤车骑将军车胄权领徐州。操军回许昌，封赏出征人员，留玄德在相府左近宅院歇定。次日，献帝设朝，操表奏玄德军功，引玄德见帝"。在这个回合里面，曹操仍然没有亏待刘备，把他引荐给汉献帝，帮他表功请赏。刘备倒是没有顾及曹操的恩德，义无反顾地参加了旨在反对曹操的所谓"衣带诏"阴谋。

即便是在故事最高潮的"青梅煮酒论英雄"段落，曹操也没有为难、作害刘备的意图。《三国演义》第二十一回《曹操煮酒论英雄 关公赚城斩车胄》讲道："玄德也防曹操谋害，就下处后园种菜，亲自浇灌，以为韬晦之计……玄德只得随二人入府见操。操笑曰：'在家做得好大事！'唬得玄德面如土色。操执玄德手，直至后园，曰：'玄德学圃不易！'……操曰：'适见枝头梅子青青，忽感去年征张绣时，道上缺水，将士皆渴；吾心生一计，以鞭虚指曰：'前面有梅林。'军士闻之，口皆生唾，由是不渴。今见此梅，不可不赏。又值煮酒正熟，故邀使君小亭一会。'玄德心神方定。随至小亭，已设樽俎：盘置青梅，一樽煮酒。二人对坐，开怀畅饮。酒至半酣，忽阴云漠漠，骤雨将至。从人遥指天外龙挂，操与玄德凭栏观之。操曰：'使君知龙之变化否？'玄德曰：'未知其详。'操曰：'……龙之为物，可比世之英雄。玄德久历四方，必知当世英雄。请试指言之。'……操鼓掌大笑曰：'此等碌碌小人，何足挂齿！'……操以手指玄德，后自指，曰：'今天下英雄，惟使君与操耳！'玄德闻言，吃了一惊，手中所执匙箸，不觉落于地下。时正值天雨将至，雷声大作。玄德乃从容俯首拾箸曰：'一震之威，乃至于此。'操笑曰：'丈夫亦畏雷乎？'玄德曰：'圣人迅雷风烈必变，安得不畏？'将闻言失箸缘故，轻轻掩饰过了。操遂不疑玄德……天雨方住，见两个人撞入后园，手提宝剑，突至亭前，左右拦挡不住。操视之，乃关、张二人也……操笑曰：'此非'鸿门会'，安用项庄、项伯乎？'……操命取酒与二'樊哙'压惊。关、张拜谢。须臾席散，玄德辞操而归……"在这一个回合的较量之中，即便是贬曹扬刘的《三国演义》笔下的曹操也是光明磊落、胸怀坦荡的，曹操对刘备没有构陷之心，甚至连防范之心都没有。假如"今天下英雄，惟曹公与备耳"由刘备之口说出来，曹操可能也会抚掌大笑："君言正合吾心。"刘备反而显得机心阴深、猥琐无义。

《三国志·魏书·武帝纪》记载的这段史实是："吕布袭刘备，取下邳。备来奔。程昱说公曰：'观刘备有雄才而甚得众心，终不为人下，不如早图之。'公曰：'方今收英雄时也，杀一人而失天下之心，不可。'……袁术自败于陈，稍困，袁谭自青州遣迎之。术欲从下邳北过，公遣刘备、朱灵要之……程昱、郭嘉闻公遣备，言于公曰：'刘备不可纵。'公悔，追之不及。备之未东也，阴与董承等谋反，至下邳，遂杀徐州刺史车胄，举兵屯沛。"

《三国志·蜀书·先主传》记载的这段史实是："吕布恶之，自出兵攻先主，先主败走归曹公。曹公厚遇之，以为豫州牧。将至沛收散卒，给其军粮，益与兵使东击布。布遣高顺攻之，曹公遣夏侯惇往，不能救，为顺所败，复虏先主妻子送布。曹公自出东征，助先主围布于下邳，生擒布。先主复得妻子，从曹公还许。表先主为左将军，礼之愈重，出则同舆，坐则同席。袁术欲经徐州北就袁绍，曹公遣先主督朱灵、路招要击术。未至，术病死。先主未出时，献帝舅车骑将军董承辞受帝衣带中密诏，当诛曹公。先主未发。是时曹公从容谓先主曰：'今天下英雄，唯使君与操耳。本初之徒，不足数也。'先主方食，失匕箸，遂与承及长水校尉种辑、将军吴子兰、王子服等同谋。会见使，未发。事觉，承等皆伏诛……先主据下邳。灵等还，先主乃杀徐州刺史车胄，留关羽守下邳，而身还小沛。东海昌霸反，郡县多叛曹公为先主，众数万人，遣孙乾与袁绍连和，曹公遣刘岱、王忠击之，不克。五年，曹公东征先主，先主败绩。曹公尽收其众，虏先主妻子，并擒关羽以归……"

《三国志》的作者陈寿是蜀人，在蜀未亡之时即关注蜀事，他的内心情感不会"贬刘扬曹"，所以他在《先主传》记载的这些史实应该是可信的，整个过程是"刘备负曹操"而不是"曹操负刘备"可以坐实。

梳理过《三国演义》和《三国志》里的相关记述之后，就会很自然地产生两个问题：第一，为什么在事实、史实基本清楚的情况下，叙述者、倾听者的感情都倾向于刘备，以为曹操设"青梅煮酒论英雄"之局，就是为了套刘备"今天下英雄，惟曹公与备耳"这句话，好立刻置刘备于死地？第二，曹操为什么要设"青梅煮酒论英雄"之局？

第一个问题更容易回答，原因就是"贬曹扬刘"的预设"正统"立场。第二个问题很难回答，曹操是讲究"不得慕虚名而处实祸"的实用主义者，完全没有必要跟刘备探讨何人为"当世英雄"的"虚名"问题。

为了回答这个问题，我们回过头来看《三国志·魏书·武帝纪》注释引用的孙盛《异同杂语》中的一段话："尝问许子将：'我何如人？'子将不答。固问之，子将曰：'子治世之能臣，乱世之奸雄。'太祖大笑。"曹操似乎自己都认可、接受了"乱世之奸雄"的恶名。实际上，曹操根本上就不是什么"乱世之奸雄"：首先，天下不是曹操搞乱的，而是汉桓帝、汉灵帝、十常侍、何进、董卓、王允、李傕、郭汜这些人搞乱的。其次，曹操应该是秩序的恢复者、建设者，曹操"起义兵"的初心是正义的，是为了收拾天下被搞乱的残局。虽然他最后成了权臣，他也没有做搞乱天下取利的"奸雄"之心。为什么他愉快地接受了"乱世之奸雄"的恶名，我认为恰恰是出于年少轻狂而"慕虚名"。就是说，曹操也有不讲实用主义的时候。

曹操在伟大的政治家、军事家之外还有一个身份是伟大的诗人。根据我的理解，曹操"青梅煮酒论英雄"是诗人情怀所致，他想在"适见枝头梅子青青"之时跟投合的挚友分享些征战的经历和对时局的看法。或者通俗一点，曹操此时迫切需要一个人陪他喝酒、聊天，刘备是最适合一起喝酒、聊天的那个人。这是曹操的诗人性情所致。

诸葛唯慎　拘执三顾

　　易中天老师在其成名作、代表作《品三国》里花了大量篇幅来品曹操，对诸葛亮则没有倾注多少心血和笔墨。这是顺理成章的事情，因为从生平事迹的丰富、精彩程度来讲，整个三国时代没有人能超得过曹操，品曹操更容易出彩。但是从人物形象深入人心的程度来讲，诸葛亮跟曹操相比较至少是平分秋色的。而且在中国人民的心目中，诸葛亮一直是"好人"，曹操顶多能做到好坏参半。

　　读中国书长大的人对诸葛亮的了解、理解主要来自《三国演义》和选在中学语文课本里的《隆中对》和《前出师表》。一个中年人回过头来仔细体会中学语文课本里的《隆中对》和《前出师表》，心里难免产生一种沧桑感。为什么会这样呢？中学生读《隆中对》和《前出师表》可以感受其文辞的优美、精致，随着年龄的增长、阅历的丰富，对主人公诸葛亮这个人的认识有可能会发生"否定之否定"的演变。

　　先说第一个阶段的否定。仔细阅读《三国演义》《三国志·蜀书·诸葛亮传》和《隆中对》《前出师表》，可以发现诸葛亮的生平事迹、言行思想里有一些自相矛盾的地方。

　　在《隆中对》里，诸葛亮对当时天下的政治军事形势、山川地理进行了非常深刻、准确的分析，肯定是基于非常深入的调查研究，不花时间精力是做不到的。《前出师表》里"臣本布衣，躬耕于南阳，苟全性命于乱世，不求闻达于诸侯"这句话显然是言不由衷的。诸葛亮能对当时天下的政治军事形势进行非常深刻、准确的分析，并且为刘备阵营的未来发展路径做了战略规划，那就表明他已经为加入刘备阵营做好了准备，为什么又要诱导刘备合演一出"三顾茅庐"的大戏，等刘备"泪沾袍袖，衣襟尽湿"地说出"先生不出，如苍生何"的重话方才应承出山？诸葛亮在《隆中对》里给刘备阵营定下的战略要点是"今操已拥百万之众，挟天子而令诸侯，此诚不可与争锋……保其岩阻，西和诸戎，南抚夷越，外结好孙权，内修政理；天下有变，则命一上将将荆州之军以向宛、洛……"。这个战略要点对于魏蜀吴三国之中较弱的蜀国无疑是正确的，但是诸葛亮后来在"先帝创业未半而中道崩殂，今天下三分，益州疲弊"而且没有出现"天下有变"的情况下依然多次出师北伐，显然违背他自己定下来的战略方针。

　　《三国志》的作者陈寿对诸葛亮的两段点评非常精到："当此之时，亮之素志，进欲龙骧虎视，包括四海，退欲跨陵边疆，震荡宇内。又自以为无身之日，则未有能蹈涉中原、抗衡上国者，是以用兵不戢，屡耀其武。然亮才，于治戎为长，奇谋为短，理民之干，优于将略。而所与对敌，或值人杰，加众寡不侔，攻守异体，故虽连年动众，未能有克。昔萧何荐韩信，管仲举王子城父，皆忖己之长，未能兼有故也。亮之器能政理，抑亦管、萧之亚匹也，而时之名将无城父、韩信，故使功业陵迟，大义不及邪？盖天命有归，不可以智力争也。"陈寿对诸葛亮不迷信，认为其反复出师北伐是"众寡不侔，攻守异体"，持否定、反对的态度。

　　再说第二个阶段的否定之否定。这个必须设身处地、感同身受。如果给诸葛亮填写个人履历表，他的个人出身应该是"士"，"曾子曰：'士不可以不弘毅'"的那个"士"。他有"进欲龙骧虎视，包括四海，退欲跨陵边疆，震荡宇内"的伟大志向，他的战略判断、规划能力也是顶尖的。不幸的是他身处军阀混战、民不聊生的乱世，"苟全性命"是第一要务，"闻达诸侯"则可遇而不可求。他通过综合各方面的信息判断出刘备是一个可以"择而事"之主，于是根据刘备的资源禀赋规划了一条进取的路径。诸葛亮之所以要刘备"三顾茅庐"方才出山并不完全是自抬身价、待价而沽，也有谨慎观察、考验刘备心性的成分，这个对加入刘备阵营之后顺利开展工作是有利的。

诸葛亮加入刘备阵营既有追求名利的功利心，也有"人生感意气，功名谁复论"的非功利心。《三国志·蜀书·诸葛亮传》中诸葛亮劝刘备当皇帝的话很有意思："昔吴汉、耿弇等初劝世祖即帝位，世祖辞让，前后数四，耿纯进言曰：'天下英雄喁喁，冀有所望。如不从议者，士大夫各归求主，无为从公也。'世祖感纯言深至，遂然诺之。今曹氏篡汉，天下无主，大王刘氏苗族，绍世而起，今即帝位，乃其宜也。士大夫随大王久勤苦者，亦欲望尺寸之功如纯言耳。"诸葛亮的意思简洁的表达就是："兄弟们跟着你辛辛苦苦那么久，无非就是想捞点封赏，你要是不当这个皇帝，大伙儿就要失望不干了。"

诸葛亮之所以要反复出师北伐的原因在《前出师表》里也讲明白了。刘备在成都称帝，号称是承继了汉朝的正统，那么"兴复汉室，还于旧都"就是必然的"初心使命"，其政权的正当性、合法性也寄托于此，否则会失去号召力，所以明知"众寡不侔，攻守异体"而不惜"连年动众"，无奈毕竟"天命有归，不可以智力争也"。

通过这个"否定之否定"的过程，我们可以理解或者消除对诸葛亮身上存在的认知矛盾。理解诸葛亮，也就是理解那个三国乱世的苦难。虽然诸葛亮是中国历史上号称具有最高智慧的人物，他拘执于"三顾茅庐"方才出山，其实也就是拘执于名利，最终导致把智慧、才能虚耗在假托"兴复汉室"而不顾"众寡不侔，攻守异体"连年征伐谋取名利的无益之事上面。如果他能做到在"兴复汉室，还于旧都"的旗帜下把工作重心放在抓蜀汉的经济建设、民生福利上面，那才是真正的智慧，在中国历史上的地位也会大不一样。

根据我的理解，在三国时代，与诸葛亮才智大致相当的人还有两位：郭嘉和毛玠。其中毛玠也有一个奉献给曹操的毛版《隆中对》，记载在《三国志·魏书·毛玠传》里，读者诸君若有心可自行查阅。毛玠被曹操安排主要从事组织人事工作，所以没有机会去展示自己的战略规划、指挥能力。我们还是不要对诸葛亮太过迷信、崇拜了。

贾诩论

在《三国志》里，贾诩与荀彧、荀攸合传，这说明贾诩与荀彧、荀攸在陈寿心目中具有同等的历史地位。陈寿对荀攸、贾诩的评价是"庶乎算无遗策，经达权变，其良、平之亚欤！"可见贾诩之非同寻常。

《三国志》和《三国演义》里的贾诩身世都极具传奇色彩。贾诩最初身处曹操的敌对阵营，有两次辅佐张绣击败曹操的经历，其中有一次差点把曹操从肉体上予以消灭。贾诩和张绣都是给过曹操重大打击的敌人，他以过人的胆识说服张绣在袁绍和曹操之间选择了投降曹操，此事反映了贾诩的过人洞见。《三国志》的记载是这样的："绣曰：'袁强曹弱，又与曹为雠，从之如何？'诩曰：'此乃所以宜从也。夫曹公奉天子以令天下，其宜从一也。绍强盛，我以少众从之，必不以我为重。曹公众弱，其得我必喜，其宜从二也。夫有霸王之志者，固将释私怨，以明德于四海，其宜从三也。愿将军无疑。'绣从之，率众归太祖。太祖见之，喜，执诩手曰：'使我信重于天下者，子也。'表诩为执金吾，封都亭侯，迁冀州牧。"

贾诩投奔曹操阵营之后，有三个战例展示其卓越才能：战袁绍、战韩遂马超，曹操听从了贾诩的献计献策，结果取得了胜利；战江东，曹操没有听从贾诩的劝谏，结果"军遂无利"。曹丕继位之后，贾诩也劝谏不宜兴江陵之役，曹丕也是"不纳"，结果"士卒多死"。

贾诩在曹操定太子之位、曹丕夺太子之位的过程中也发挥了重要作用，对曹操曹丕之间顺利完成权力交接作出了重大贡献。总之，贾诩的战略战役谋划、执行能力与诸葛亮、郭嘉、毛玠等人在伯仲之间。

贾诩在投奔曹操阵营之后表现得很谦抑、收敛，精于自保，并且得到善终，《三国志》的记载是这样的："诩自以非太祖旧臣，而策谋深长，惧见猜疑，阖门自守，退无私交，男女嫁娶，不结高门，天下之论智计者归之……诩年七十七，薨，谥曰肃侯。"

贾诩在整个三国时代同类、同等人物之中，其人生成就属于卓越、杰出者行列，但是我个人认为他的品行、操守还是有极大的亏欠。我的根据是《三国志》里面的这段记载："卓败，辅又死，众恐惧，校尉李傕、郭汜、张济等欲解散，间行归乡里。诩曰：'闻长安中议欲尽诛凉州人，而诸君弃众单行，即一亭长能束君矣。不如率众而西，所在收兵，以攻长安，为董公报仇，幸而事济，奉国家以征天下，若不济，走未后也。'众以为然。傕乃西攻长安。"正是因为贾诩的这段话，李傕、郭汜祸乱天下的程度与董卓相比较有过之而无不及。李傕、郭汜、张济最后还是死于非命。贾诩这段话除了对他自己有好处之外，没有任何的正面、积极作用。贾诩就是通过辅佐李傕、郭汜、张济、张绣等人抬高了自己的身价，最后得以高位阶进入曹操阵营。董卓败亡之时，贾诩还名不见经传，投奔谁都不会受重视，所以他需要让李傕、郭汜他们继续祸乱天下，帮自己抬高身价。贾诩不说那段话也是可以的，没有人会逼着他说，但是他说了。

钱理群先生定义了"精致的利己主义者"这一类人，他们很聪明，对自己的利益有非常清晰准确的规划设计，如何借力、如何掩饰等都有板有眼，为了实现、保护自己的利益，他们往往不惜牺牲任何他人的利益。对这种人需要特别警惕。

　　这种人不是当代才有的。贾诩就是三国时代"精致的利己主义者"的杰出代表。

曹操非奸雄论

　　《三国志·魏书·武帝纪》注释引用孙盛《异同杂语》中的一段话："尝问许子将：'我何如人？'子将不答。固问之，子将曰：'子治世之能臣，乱世之奸雄。'太祖大笑。"这在《三国演义》中也有相应的记述。曹操似乎自己都欣然认可、接受了"乱世之奸雄"这个恶名。

　　我个人认为，曹操是否是"乱世之奸雄"，这是一个可以探讨的命题。我的观点是，曹操不是"乱世之奸雄"。且听我徐徐道来。

　　由于中国语言特别是古代汉语具有一定的模糊性，理解接受就具有一定的随意性。比方说这个"乱世之奸雄"中的"乱"字就可以有两种理解：一个是作为动词的"乱"字，另一个是作为形容词的"乱"字。作为动词时，"乱世之奸雄"就是那种故意把世间、天下搅乱并企图从中渔利的心思邪恶、能力超强的坏人。作为形容词时，"乱世之奸雄"就是那种在混乱不堪的世间、天下利用混乱局面渔利的心思邪恶、能力超强的坏人。无论是哪一种定义的"乱世之奸雄"，都很难套到曹操的头上。

　　最重要的一个因素就是世间、天下不是曹操搅乱的，曹操从来没有搅乱天下的欲念和行为。稍知东汉末年、三国时代历史的人都知道，天下是被汉桓帝、汉灵帝、十常侍、何进、董卓、王允、李傕、郭汜这些人一步一步搞得分崩离析、不可收拾的。曹操有一段生涯是与这些人共存的。这个时期的曹操如果没有摊上错杀吕伯奢一家的名声，那就是不容置疑、完完全全的正派人物。

我来抄录《三国志·魏书·武帝纪》里对这一时期曹操事迹的记载。裴松之注释引用《魏书》："先是大将军窦武、太傅陈蕃谋诛阉官，反为所害。太祖上书陈武等正直而见陷害，奸邪盈朝，善人壅塞，其言甚切；灵帝不能用……太祖知不可匡正，遂不复献言。"《三国志·魏书·武帝纪》正文："顷之，冀州刺史王芬、南阳许攸、沛国周旌等连结豪杰，谋废灵帝，立合肥侯，以告太祖，太祖拒之。芬等遂败。"裴松之注释引用《魏书》中曹操劝何进不要引董卓驱宦竖："太祖闻而笑之曰：'……既治其罪，当诛元恶，一狱吏足矣，何必纷纷召外将乎？欲尽诛之，事必宣露，吾见其败也。'"《三国志·魏书·武帝纪》正文："卓表太祖为骁骑校尉，欲与计事。太祖乃变易姓名，间行东归……太祖至陈留，散家财，合义兵，将以诛卓。冬十二月，始起兵于己吾……"

接下来曹操为讨董卓起义兵的这个历史片段是《三国志》和《三国演义》中最精彩的，因为这也是一场"群英会"，而且比若干年后周瑜召集的"群英会"级别高出若干个档次，是整个三国时代唯一一次曹操、刘备、孙坚、袁绍、袁术等超级大佬同框且作为盟友出场的历史性时刻。

《三国志·魏书·武帝纪》是这么记载的："初平元年春正月，后将军袁术、冀州牧韩馥、豫州刺史孔伷、兖州刺史刘岱、河内太守王匡、勃海太守袁绍、陈留太守张邈、东郡太守桥瑁、山阳太守袁遗、济北相鲍信同时俱起兵，众各数万，推绍为盟主。太祖行奋武将军……卓兵强，绍等莫敢先进。太祖曰：'举义兵以诛暴乱，大众已合，诸君何疑？……此天亡之时也。一战而天下定矣，不可失也。'遂引兵西……遇卓将徐荣，与战不利，士卒死伤甚多。太祖为流矢所中，所乘马被创，从弟洪以马与太祖，得夜遁去……太祖到酸枣，诸军兵十余万，日置酒高会，不图进取。太祖责让之……"

《三国演义》的记述稍有不同，曹操逃回陈留之后马上着手发矫诏、募兵。袁绍得矫诏，引兵三万来与曹操会盟。曹操作檄文送达诸郡。"各镇诸侯皆起兵相应"，曹操宰牛杀马，大会诸侯，商议进兵之策。曹操推举袁绍为盟主，"读毕歃血。众因其辞气慷慨，皆涕泗横流"。

盟誓的时候各位大佬群情激昂、像模像样，放下歃血的酒碗之后当即开始各怀心思、离心离德。先是袁术不肯给孙坚供给粮草，随后是战华雄引出的闹剧。"阶下一人大呼出曰：'小将愿往斩华雄头，献于帐下！'……绍问何人。公孙瓒曰：'此刘玄德之弟关羽也。'绍问现居何职。瓒曰：'跟随刘玄德充马弓手。'帐上袁术大喝曰：'汝欺吾众诸侯无大将耶？量一弓手，安敢乱言！与我打出！'曹操急止之曰：'公息怒。此人既出大言，必有勇略；试教出马，如其不胜，责之未迟。'袁绍曰：'使一弓手出战，必被华雄所笑。'操曰：'此人仪表不俗，华雄安知他是弓手？'……操教酾热酒一杯……鸾铃响处，马到中军，云长提华雄之头，掷于地上。其酒尚温。曹操大喜。只见玄德背后转出张飞，高声大叫：'俺哥哥斩了华雄，不就这里杀入关去，活拿董卓，更待何时！'袁术大怒，喝曰：'俺大臣尚自谦让，量一县令手下小卒，安敢在此耀武扬威！都与赶出帐去！'曹操曰：'得功者赏，何计贵贱乎？'袁术曰：'既然公等只重一县令，我当告退。'操曰：'岂可因一言而误大事耶？'命公孙瓒且带玄德、关、张回寨。众官皆散。曹操暗使人赍牛酒抚慰三人。"

虎牢关三英战吕布，吕布落败，董卓见大势不好，挟天子弃洛阳西去。"曹操来见袁绍曰：'今董贼西去，正可乘势追袭；本初按兵不动，何也？'绍曰：'诸兵疲困，进恐无益。'操曰：'董贼焚烧宫室，劫迁天子……此天亡之时也……诸公何疑而不进？'众诸侯皆言不可轻动。操大怒曰：'竖子不足与谋！'遂自引兵万余……星夜来赶董卓。"曹操因此遭遇平生第一次濒临灭亡的重大失败，"曹操……正遇徐荣……荣搭上箭，射中操肩膊。操带箭逃命，踅过山坡。两个军士伏于草中，见操马来，二枪齐发，操马中枪而倒。操翻身落马，被二卒擒住。只见一将飞马而来，挥刀砍死两个步军，下马救起曹操……约走至四更余，只见前面一条大河，阻住去路，后面喊声渐近。操曰：'命已至此，不得复活矣！'……徐荣从上流渡河来追……夏侯惇……刺徐荣于马下，杀散余兵。随后曹仁、李典、乐进各引兵寻到，见了曹操，忧喜交集；聚集残兵五百余人，同回河内……"

这个精彩的历史片段值得不厌其烦地细述，也是曹操不是奸雄的有力证据。如果把这个片段与曹操煮酒论英雄时的高谈阔论联系起来，就知道曹操对袁绍、袁术这些人底细的了如指掌是用血的教训换来的。在京剧《横槊赋诗》里曹操唱道："自起义兵把贼讨，为国家除残暴不辞辛劳"，曹操还真有资格这么唱。曹操起兵的初心大有为国为民的成分。如果曹操真的是"乱世之奸雄"的话，那他完全可以顺势与董卓相勾结乱中取利。

特别需要注意的是关羽温酒斩华雄那个桥段里曹操对刘关张三兄弟的体恤、关照，这里面体现了曹操优良的品格，反而是袁氏两兄弟在曹操的衬托之下显得狭隘、愚昧、自私，全面、彻底地被曹操碾压。

曹操一生最受人诟病的是，在《三国演义》里错杀吕伯奢一家之后还振振有辞地说出"宁教我负天下人，休教天下人负我"这句话，也是发生在这个历史片段里。这句话虽然是演义者语，但也不是空穴来风。《三国志·魏书·武帝纪》裴松之引用孙盛的《杂记》中也记载曹操当时说了"宁我负人，毋人负我"。曹操是地主阶级的代表，自私、残忍是其本性，这个无需掩盖。但是，曹操的所作所为是不是真的有"宁教我负天下人，休教天下人负我”这么绝对，也是可以讨论的。事实上，刘备就"负"过曹操，曹操却没有"负"刘备。张绣、贾诩、魏种、毕谌也"负"过曹操，陈琳帮袁绍起草檄文骂曹操祖宗三代，曹操都包容、接纳了他们。曹操无论是说了"宁我负人，毋人负我"，还是"宁教我负天下人，休教天下人负我"，都有口快、逞强的成分，绝不是曹操的人生准则。就像他听了"治世之能臣，乱世之奸雄"的评语大笑一样，主要还是虚荣心作怪。

《三国演义》第六十回《张永年反难杨修　庞士元议取西蜀》中有一段张松话不投机数落曹操败绩的记述："丞相驱兵到处，战必胜，攻必取，松亦素知。昔日濮阳攻吕布之时，宛城战张绣之日；赤壁遇周郎，华容逢关羽；割须弃袍于潼关，夺船避箭于渭水：此皆无敌于天下也！"这个桥段有演义者杜撰的成分。史实里的曹操即便是真的听到张松之流揭自己的败绩，也不至于动怒失态。

从一个三国爱好者的视野来看，我认为张松的揭短其实也是扬长——曹操的成功并不是浪得虚名，是实实在在艰苦奋斗的结果，实际上曹操的败绩远比张松所列举的多且凶险。如果曹操真的是一位奸雄，那么他会表现得更加机会主义，完全没有必要这样拼搏。

《三国演义》受困于贬曹扬刘的正统观，一门心思要把曹操定格在奸臣、奸雄的角色上，不惜不顾体面地牵强附会一些恶行。即便如此，曹操豪迈、爽朗、豁达的形象仍然呼之欲出，经常可以看到曹操爆发"大笑"。"大笑"是曹操经典的招牌，是其宣泄情感的豁口、优点和缺点的镜子、非凡情商和逆商的标志。曹操是一个有真性情的人。袁绍、刘备、孙权、司马懿等这些人都没有办法跟曹操相比较。把曹操这样一个有真性情，甚至是可爱的人定义成"乱世之奸雄"确实是让我有点于心不忍。所谓"奸雄"除了残忍、狠毒之外，机心阴深、精于得失算计也是必备的品质。曹操豪迈、爽朗、豁达的性格也可以作为其非奸雄的证据。

评论、研究曹操还有一类素材必须重视，那就是曹操自己的诗文。曹操诗的代表作读者诸君应该已经耳熟能详，我这里抄录几篇曹操的短文。

《军谯令》："吾起义兵，为天下除暴乱。旧土人民，死丧略尽，国中终日行，不见所识，使吾凄怆伤怀。其举义兵已来，将士绝无后者，求其亲戚以后之。授土田，官给耕牛。置学师以教之。为存者立庙，使祀其先人。魂而有灵，吾百年之后何恨哉！"

《收田租令》："有国有家者，不患寡而患不均，不患贫而患不安。袁氏之治也。使豪强擅恣，亲戚兼并；下民贫弱，代出租赋；衔鬻家财，不足应命；审配宗族，至于藏匿罪人，为逋逃主。欲望百姓亲附，甲兵强盛，岂可得邪！其收田租亩四升，户出绢二匹、丝二斤而已，他不得擅兴发。郡国守相明检察之，无令强民有所隐藏而弱民兼赋也。"

《存恤从军吏士家室令》："自顷以来，军数征行，或遇疫气，吏士死亡不归，家室怨旷，百姓流离，而仁者岂乐之哉？不得已也！其令死者家无基业不能自存者，县官勿绝廪，长吏存恤抚循，以称吾意。"

在《三国志》和《三国演义》里，我们看到的多是策略谋划，征战攻伐，在曹操的这些短文里看到了生产经营和社会管理活动，也看到了曹操悲天悯人的情怀。曹操在金刚怒目之外还有菩萨低眉的另一面。

曹操还有一篇《让县自明本志令》，可以当作曹操的自传来读。因为比较长，就只抄录其中一小段："今孤言此，若为自大，欲人言尽，故无讳耳。设使国家无有孤，不知当几人称帝，几人称王。或者人见孤强盛，又性不信天命之事，恐私心相评，言有不逊之志，妄相忖度，每用耿耿……江湖未静，不可让位；至于邑土，可得而辞。今上还阳夏、柘、苦三县户二万，但食武平万户，且以分损谤议，少减孤之责也。"此时的曹操已经是一位成熟的政治家，他从容坦白地阐明了自己的心志，里面隐含着一句话"吾非'乱世之奸雄'也"。相比较而言，当年曹操逼着许子将说出"子治世之能臣，乱世之奸雄"，并大笑而归时，真是年少轻狂，全然不知"不得慕虚名而处实祸"是多么的难能可贵啊！

董卓论

对于董卓的残暴、狠戾，熟读《三国演义》的人可能会两种不同的态度：一种是见怪不怪，把它当作是历史进程中的一个常数；另一种是觉得难以置信，不敢相信世上竟然会有这样的人。

董卓的形象在《三国演义》和《三国志》里高度一致，仅仅是在《三国演义》里添加了貂蝉的香艳成分。

陈寿在《三国志·魏书·董二袁刘传》正文里对董卓的评价是："董卓狠戾贼忍，暴虐不仁，自书契已来，殆未之有也。"

裴松之在注释里对董卓的评价是："臣松之以为桀、纣无道，秦、莽纵虐，皆多历年所，然后众恶乃著。董卓自窃权柄，至于陨毙，计其日月，未盈三周，而祸崇山岳，毒流四海。其贼残之性，寔豺狼不若。'书契未有'，斯言为当。"

裴松之在注释里引用《华峤·汉书》记载的董卓在杨彪等人反对他迁都长安时的一段话："宫室官府，盖何足言！百姓小民，何足与议。若有前却，我以大兵驱之，岂得自在。"这段话表明董卓目空一切，骄傲、狂妄得很，当自己手握重兵时就觉得无所不能。

董卓自中平六年（189年）八月应何进之召进军洛阳窃得权柄，到初平三年（192年）四月被王允、吕布诛杀于长安，当权不满三年。董卓紧锣密鼓赢得如此昭彰恶名，裴松之都兴叹桀、纣、秦、莽不如。

我个人认为，董卓诸多恶行中最令人感慨万端的还是"筑郿坞"。《三国志·魏书·董二袁刘传》正文记载："筑郿坞，高于长安城垾，积谷为三十年储，云事成，雄据天下，不成，守此足以毕老。"裴松之注释引用的《英雄记》记载："卓坞中金有二三万斤，银八九万斤，珠玉锦绮奇玩杂物皆山崇阜积，不可知数。"

从这些历史记载来看，董卓内心深处有两点认知是根深蒂固的：第一，有吕布这样一个武功天下第一的高手做保镖，就"人莫能害"了；第二，有郿坞这样的高墙深院积谷存宝，就能安享荣华富贵了。以董卓的这种认知水平，他在"安与危""利与害""得与失"等对立统一的辩证法实务考试中肯定也是得零分。

董卓的恶名早已经被牢牢地钉在历史的耻辱柱上，作为反面教材时时给后人以警醒。

吕布论

吕布可能是史上最令人惋惜的人物之一。我读《三国演义》《三国志》，对吕布的事迹和命运也是感慨万端。

吕布本是那个时代里武艺首屈一指的超一流猛将，个人形象也是无可挑剔。《三国演义》里的描写是："生得器宇轩昂，威风凛凛，手执方天画戟"，"头戴三叉束发紫金冠，体挂西川红锦百花袍，身披兽面吞头连环铠，腰系勒甲玲珑狮蛮带；弓箭随身，手持画戟，坐下嘶风赤兔马……"《三国志》正文里的描写是"便弓马，膂力过人，号为飞将"。裴松之引用的《曹瞒传》说："人中有吕布，马中有赤兔。"吕布与中国历史上四大美女之一的貂蝉相配，也算是演绎了一段"英雄美人"的千古佳话。我知道的以吕布为主角的京剧剧目就有《凤仪亭》《三英战吕布》《辕门射戟》和《白门楼》。

只可惜吕布的人品太差，贪而无义，失道寡助，最终沦为身败名裂的"三姓家奴"。在《三国志》里陈寿引述了陈登、曹操等人对吕布的评价："勇而无计，轻于去就""狼子野心，诚难久养""待将军譬如养虎，当饱其肉，不饱则噬人""譬如养鹰，饥则为用，饱则扬去"。陈寿自己也对吕布作出了评价："布虽骁猛，然无谋而多猜忌，不能制御其党，但信诸将。

诸将各异意自疑，故每战多败。""吕布有虓虎之勇，而无英奇之略，轻狡反复，唯利是视。自古及今，未有若此不夷灭也。"

根据我的阅读理解，吕布的命运最令人感慨之处有二：首先，由于吕布的不忠不义，轻于去就，他的强、勇、猛反而成为被人接纳的障碍。《三国志·魏书·吕布传》有以下记载："布自以杀卓为术报雠，欲以德之。术恶其反复，拒而不受。北诣袁绍……绍患忌之。布觉其意，从绍求去。绍恐还为己害，遣壮士夜掩杀布……""（吕布被曹操俘虏之后）请曰：'明公所患不过于布，今已服矣，天下不足忧。明公将步，令布将骑，则天下不足定也。'太祖有疑色。刘备进曰：'明公不见布之事丁建阳及董太师乎！'太祖颔之……于是缢杀布。"爱才并且"举贤勿拘品行"的曹操听了吕布的告白后颇为心动，想赦免接纳吕布，但是鉴于丁原和董卓的前车之鉴，就断了念想。从吕布的命运可以引申到"良禽择木而栖，贤臣择主而事"这句谚语。当代讲究人格独立、自主者对这句谚语会嗤之以鼻、不屑一顾，但是对于身处三国时代这样乱世的吕布及其同类人来说，这就是生存的法则。吕布违背了这个生存法则，他既没有成为一方之主的才与德，为臣又不忠不义，自己亲手把路一条一条地堵死，挖好了埋葬自己的大坑。初平三年（192年）吕布诛杀董卓，建安三年（198年）吕布被曹操虏杀，其间在险恶的乱世里闯荡了六年，饶是不易。

在《三国演义》里，吕布是被部将宋宪、魏续、侯成设计缚绑献降给曹操的。在《三国志》则是这样记载的："太祖堑围之三月，上下离心，其将侯成、宋宪、魏续缚陈宫，将其众降。布与其麾下登白门楼。兵围急，乃下降。"总之，吕布的最后失败与其部下的背叛出卖直接相关。关羽、张飞的最终失败身亡与吕布几乎一模一样。陈寿对关羽、张飞二人的评价是："羽善待卒伍而骄于士大夫，张飞敬爱君子而不恤小人。""羽刚而自矜，飞暴而无恩，以短取败，理数之常也。"吕布、关羽和张飞都是三国时代超一流的强者，因自己部下的背叛出卖而失败身亡，细究起来是待人不当之因的恶果。反过来看，虽然曹操被描写得如何如何奸诈、忌刻、凶残，但是每当曹操身处险境的时候总有部下不惜性命、拼死相救，这反映了曹操在部下心目中有崇高地位，曹操待人自有过人之处，自有丰富的人格魅力。这一点也是由吕布的命运引发的感慨。

击鼓骂曹情理论

　　《击鼓骂曹》是经典的京戏传统剧目，也是久演不衰的三国戏。从剧目本身来看，它是一出好戏，因为它剧情紧凑，戏剧冲突跌宕起伏，起落有致。

　　但是，结合《三国演义》《三国志》《后汉书》《资治通鉴》和《世说新语》里的相关描述和记载，《击鼓骂曹》的故事本身，以及它所反映的价值观、历史观难免令人产生了以下若干想追问、探究的问题。首先，戏中表现的祢衡是一个"天文地理之书，无一不知；三教九流，无一不晓。上可以致君为尧舜，下可以配德于孔颜"，但是知遇无主、报国无门的青年才俊。他目中无人，几乎见人就骂。问题是，祢衡真的那么有才吗？如果给他一个发挥其才能的平台，他能踏踏实实地干得好吗？李白高唱过"长风破浪会有时，直挂云帆济沧海""试借君王玉马鞭，指挥戎虏坐琼宴。南风一扫胡尘静，西入长安到日边"，杜甫也有"致君尧舜上，再使风俗淳"的伟大志向。在真实的历史中，李白、杜甫除了拥有非凡的文才、诗才之外，其他方面的才能一般，甚至因为文才、诗才压制了其他方面的能力。在现实生活中，文才、诗才与治才完全是两回事，大多数杰出的诗人没有独当一面、治理一方的能力。祢衡传世的作品也就是

《鹦鹉赋》和《吊张衡文》之类，文才、诗才比李白、杜甫差远了。当时祢衡并没有实际的证据可以证明自己拥有自诩的才能。对于祢衡，除了"狂""傲"二字，恐怕没有更好的概括了。

其次，祢衡骂曹操"奸贼"，是站在忠于汉朝的立场上。在当时，汉朝就真的值得忠诚吗？汉朝的汉献帝代表了谁的利益？他又有什么力量去代表谁的利益？从这几个问题推演过来，祢衡的"忠"和"骂"，实际上都是虚妄的、没有根基的妄行。假定说，祢衡的骂也和诸葛亮骂王朗那样直接把曹操给骂死了，那会是什么结局呢？会不会汉献帝和普天下的老百姓从此过上了幸福生活呢？根据何进除宦竖、王允除董卓之后的局势演变来看，没有曹操天下只会更乱，汉献帝和老百姓的日子会更难过。

再次，祢衡在当时是二十多岁的年轻人，真才实学肯定是有的。在那样一个乱世，他应该怎么样规划自己的职业生涯，追求于己、于国都有利的目标呢？他能不能做到既不触怒曹操又实现自己的求职目标呢？面对曹操，祢衡除了骂之外，难道没有其他更具有建设性的接触方式吗？

根据我的阅读理解，《击鼓骂曹》风行不衰并不是什么好事情，因为这出戏里的价值观并不是清清爽爽、一目了然的，而是似是而非、混乱不清的。《击鼓骂曹》于情于理经不起严格的推敲。

本文的题目也可以换成"击鼓骂曹，有意思吗"。其实，如果祢衡真的忠于汉朝，忠于汉献帝，那么骂曹操就应该忍着点。相比较董卓和李傕、郭汜，曹操对待汉献帝算是很好了。曹操是"挟天子以令诸侯"，至少把汉献帝当作天子来对待。汉献帝在董卓、李傕和郭汜面前一点体面都没有。把曹操换成袁绍、袁术和其他任何一个人，汉献帝的日子只会更难过。汉献帝承袭了桓灵二帝留下来的烂摊子，除了依赖权臣之外已经没有力量治理天下了。"兴复汉室，还于旧都"是一个伪命题。

有一种说法，三国时代是一个人才辈出、群英荟萃的时代。我不赞成。三国时代是一个不好的时代，是一个混乱不堪的末世，所谓的"群英荟萃"汇聚的大多数是热衷于零和博弈，甚至于负和博弈的蠢材，建设性的人才凤毛麟角。比方说，何进除宦竖、董卓迁都、王允除董卓、诸葛亮六出祁山等，都是典型的负和博弈游戏，几番争斗、折腾下来，各败俱伤。现在回过头来咀嚼《三国志·魏书·武帝纪》记载的桥玄对曹操说的那番话："天下将乱，非命世之才不能济也。能安之者，其在君乎！"桥玄是对当时万马齐喑的局面感到无限的悲哀，在曹操身上看到一丝光明。

就这出《击鼓骂曹》的大戏来说，也是两败俱伤的负和博弈。祢衡被曹操羞辱一番，被派遣去说服刘表投降，又被刘表打发去奉陪黄祖，结果被黄祖杀了。曹操也被祢衡羞辱一番，得到一个借刀杀人的恶名。

其实如果他们双方稍稍排除一些内心的戾气，结局会好得多。曹操不是号称"举贤勿拘品行"吗？不是自我期许"山不厌高，海不厌深。周公吐哺，天下归心"吗？为什么就不能容纳一个祢衡呢？祢衡是一个年轻人，言行张扬、狂傲，也不是没有可恕之处。曹操自己年轻的时候也干过荒唐的事情。给祢衡一个机会教育他、磨砺他，实在不行再来惩罚他，不是更好吗？我认为，羞辱祢衡，是曹操一生的一大败笔。

李白有一首《望鹦鹉洲怀祢衡》："魏帝营八极，蚁观一祢衡。黄祖斗筲人，杀之受恶名。吴江赋鹦鹉，落笔超群英。锵锵振金玉，句句欲飞鸣。鸷鹗啄孤凤，千春伤我情。五岳起方寸，隐然讵可平。才高竟何施，寡识冒天刑。至今芳洲上，兰蕙不忍生。"李白在《答王十二寒夜独酌有怀》诗中说道："韩信羞将绛灌比，祢衡耻逐屠沽儿。"可见李白对祢衡特别看重，也特别痛惜，但是也知道祢衡"寡识"。

杨修论

年轻时读《水浒传》和《三国演义》有一个相通之处就是越读越无趣、泄气。究其原因，应该是少年心中的英雄主义情结作怪，无论是《水浒传》还是《三国演义》，到了后半部，英雄们都无可奈何地不断地老去、死去。年轻时读《三国演义》，最令我难以释怀的是关羽和诸葛亮之死，如今人届中年之后，最令我难以释怀的是杨修之死。

杨修之死是《三国演义》里最引人瞩目的故事之一，由若干个小故事连缀而成。经过梳理《后汉书》《三国志》《资治通鉴》和《世说新语》等典籍里的相关记载，可以认为杨修之死的故事基本属实。《三国演义》的作者在讲述这个故事时立场、倾向很明显是为了映衬曹操的奸诈、忌刻和凶恶。

从各种传记素材来看，杨修的个人素养、形象是非常优秀的，家庭出身也很高贵。

杨修虽然拥有卓越的才干，但是"为人恃才放旷"，以至于"数犯曹操之忌"。《杨修之死》把杨修如何使得曹操从"虽称美，心甚忌之"，到"虽喜笑，而心恶之"，再到"闻而愈恶之"，最后"借惑乱军心之罪杀之"这个过程讲清楚了。

　　根据我的理解，杨修犯了两个方面的错误。首先是话多、事多。杨修没有遵守孔子"巧言令色，鲜矣仁""君子欲讷于言而敏于行"的教诲。

　　其次就是杨修以一种投机取巧的方式深度地介入了曹操立嗣的家事。史实证明曹植虽然文才灿然，但是缺乏领袖才能，不足以担任魏国国君。谋立曹植为魏嗣是真正置杨修于死地的最重要原因。《三国志·魏书·任城陈萧王传》里说："太祖既虑始终之变，以杨修颇有才策，而又袁氏之甥也，于是以罪诛修。"

　　曹操也有爱才、惜才的一面，如果杨修不介入立嗣的家事，曹操应该能够包容杨修数次犯忌之事，不至于痛下杀手。曹操与杨修之父杨彪有老同事的关系，曹家与杨家可以算是世交。《后汉书·杨彪传》记载了一件令人心酸的事情："操见彪问曰：'公何瘦之甚？'对曰：'愧无日磾先见之明，犹怀老牛舐犊之爱。'操为之改容。"金日磾是汉武帝的亲信重臣，他的儿子冒犯了汉武帝，他把自己的儿子杀了。曹操还专门给杨彪写了一封信《与太尉杨彪书》。据此可以看得出来曹操和杨彪对杨修之死都无法释怀。

　　评判曹操杀杨修的是非、对错不是一件容易的事情。对杨修之死表示惋惜之情是不会错的。把杨修之死作为镜鉴也是有益的，可以帮助我们理解为什么孔子要反反复复地强调"巧言令色，鲜矣仁""君子欲讷于言而敏于行"，帮助我们理解黄庭坚为什么在《赠送张叔和》一诗中讲："百战百胜不如一忍，万言万当不如一默。"

司马懿论

评《三国》不能绕开司马懿。魏、蜀、吴三家之间经过近百年的相互结盟、征伐，明争暗斗、纵横捭阖，最后"分久必合"归于他司马家的晋。司马懿的后半生与《三国演义》的后半部高度重合。

但是评论司马懿甚至比评论曹操还更难，我必须诚实地承认我的学力不足以支持我客观、准确地去评论司马懿。我只能先表达我的主观判断：我不喜欢司马懿。原因就是司马懿太阴险了。我认为，司马懿的阴险主要体现在三次著名的骗局上。

第一次是司马懿骗曹操。这个事迹在《晋书·宣帝纪》和《资治通鉴》里都有记载。《晋书·宣帝纪》讲道："魏武帝为司空，闻而辟之。帝知汉运方微，不欲屈节曹氏，辞以风痹，不能起居。魏武使人夜往密刺之，帝坚卧不动。及魏武为丞相，又辟为文学掾，敕行者曰：'若复盘桓，便收之。'帝惧而就职。"《资治通鉴》讲道："司马懿，少聪达，多大略。崔琰谓其兄朗曰：'君弟聪亮明允，刚断英特，非子所及也！'操闻而辟之，懿辞以风痹。操怒，欲收之，懿惧，就职。"从这两段记载来看，司马懿虽然没有骗过曹操，但是展示了他居然连曹操都敢骗的胆略。

司马懿就职之后，曹操倒是给了他"与太子游处"的好差事。司马懿因此与魏太子曹丕建立起了良好的私交，"太子素与帝善，每相全佑，故免。帝于是勤于吏职，夜以忘寝，至于刍牧之间，悉皆临履，由是魏武意遂安"。应该说司马懿的职业素养非常优秀，把曹操、曹丕父子俩都服务或者伺候得很好。

第二个骗局是司马懿被诸葛亮用"空城计"骗了一次。"空城计"的故事在《三国演义》和京剧剧目里演绎得非常充分，是否真有其事有待考证。《三国志》的正文里没有这个故事。《三国志·蜀书·诸葛亮传》中裴松之在引用《蜀记》郭冲条陈诸葛亮之事中讨论了"空城计"之事："就如冲言，宣帝既举二十万众，已知亮兵少力弱，若疑其有伏兵，正可设防持重，何至便走乎？案魏延传云：'延每随亮出，辄欲请精兵万人，与亮异道会于潼关，亮制而不许；延常谓亮为怯，叹己才用之不尽也。'亮尚不以延为万人别统，岂得如冲言，顿使将重兵在前，而以轻弱自守乎？且冲与扶风王言，显彰宣帝之短，对子毁父，理所不容，而云'扶风王慨然善冲之言'，故知此书举引皆虚。"裴松之对"空城计"持存疑甚至否定态度。

假定"空城计"故事是真的，而且有"侦候白宣帝说亮在城中兵少力弱"的情节，那么这个故事很可能又是司马懿主动受骗的一个骗局。因为司马懿深深地知道诸葛亮率领弱小的蜀国军队一次又一次地翻山越岭、千里馈粮攻打魏国，劳而无功，这个太符合自己的利益了。有一个成语叫作"养敌自重"就是这个意思。如果一次性把诸葛亮消灭了，等于把自己的衣食父母杀了，司马懿还怎么一步一步地成为权倾魏国的重臣呢？跟诸葛亮彼此心领神会地合演一出《空城计》，何乐而不为呢？

第三个骗局是司马懿骗曹爽。这个故事发生在魏明帝曹睿向曹爽、司马懿等人托孤，曹爽和司马懿一同顾命辅佐魏主曹芳之后。曹爽施计策将司马懿明升暗降架空在太傅的位置上。司马懿又玩了一次装病的骗局。

《三国志·魏书·曹爽传》的正文是这样记载的："九年冬，李胜出为荆州刺史，往诣宣王。宣王称疾困笃，示以羸形。胜不能觉，谓之信然。"裴松之引用的《魏末传》讲得更仔细，说司马懿"令两婢侍边，持衣，衣落；复上指口，言渴求饮，婢进粥，宣王持杯饮粥，粥皆流出沾胸""错乱其辞，状如荒语"。这一次战略欺骗使曹爽彻底失去了对司马懿的警惕和防范。

司马懿设计骗局细致、周详，行动起来却可以像鹰和狼一样迅猛、果断，擒孟达和赚曹爽两个案例证明了这一点。

司马懿在辞世前半年以无法证实的罪状剪除了王凌和楚王曹彪，并且一鼓作气"悉录魏诸王公置于邺，命有司监察，不得交关"。司马懿此举彻底将曹氏宗族势力驱逐出魏国政坛，为儿孙篡位扫清了障碍，铺平了道路。这件事情在《三国演义》里没有说，不知道是为了什么。

司马懿在挖曹家的根基，断曹家的龙脉方面心狠手辣、杀伐果决，但是他自己像曹操一样也没有亲自篡上家的皇位，而是扎扎实实地为子孙创造条件，在外观上保持了对曹家的尊崇。这一点也是阴气森森的。《晋书·宣帝纪》说："帝勋德日盛，而谦恭愈甚……恒戒子弟曰：'盛满者道家之所忌，四时犹有推移，吾何德以堪之。损之又损之，庶可以免乎？'"《三国演义》第一百零八回《丁奉雪中奋短兵　孙峻席间施密计》讲道："至嘉平三年秋八月，司马懿染病，渐渐沉重，乃唤二子至榻前嘱曰：'吾事魏历年，官授太傅，人臣之位极矣；人皆疑吾有异志，吾尝怀恐惧。吾死之后，汝二人善理国政。慎之！慎之！'言讫而亡。"

根据我的理解，司马懿的后半生的生涯事迹用来印证《庄子·胠箧》提出的"窃国者为诸侯"再恰当不过了。

禅让名实真伪论

《三国演义》讲了两个禅让故事（汉魏禅让和魏晋禅让），读者很容易就能体会到作者的态度：所谓的禅让无非就是一个"篡"字。这两个故事都有真实的历史原型，在《三国志》《晋书》和《资治通鉴》里都有相对应的记载。相比较《三国演义》，《三国志》《晋书》和《资治通鉴》的叙述大异其趣，更讲究微言大义的春秋笔法。

在《三国志·魏书·文帝纪》里陈寿的正文对主人公曹丕接受汉献帝禅让的记述不到三百字。裴松之为这件大事所作的注释却有一万多字，这个非同寻常，大有宝矿可挖。著名的历史学家葛剑雄老师专门写了一篇文章《三国：汉魏禅让》收录在《葛剑雄写史：中国历史的十九个片断》（上海人民出版社 2015 年 8 月）一书里，有心的读者可以自行查阅。我以葛剑雄老师的文章为基础在禅让之"名实真伪"对立统一的矛盾方面发挥一番。

"禅让"在中国历史上曾经是一个高尚，甚至神圣的概念，其根源可追溯到尧致舜、舜致禹两次伟大的让位。这两次禅让在《尚书》《史记》等历史文献里有记载。根据我的理解，禅让之所以高尚、神圣，是因为它契合了或者说体现了"天下为公"的崇高理想。

虽然尧舜禹三位圣明的君主及其禅让的事迹在《尚书》《史记》等历

史文献里有记载，但是由于缺乏其他实物史料素材加以佐证，中国人民相信了几千年的历史被归为传说。

儒家对禅让极为推崇，孔子在《论语·尧曰》里论及了尧舜禹的两次禅让所包含的"圣君"理想："尧曰：'咨！尔舜，天之历数在尔躬，允执厥中。四海困穷，天禄永终。'""舜亦以命禹。曰：'予小子履敢用玄牡，敢昭告于皇皇后帝：有罪不敢赦。帝臣不蔽，简在帝心。朕躬有罪，无以万方；万方有罪，罪在朕躬……'"

庄子在《逍遥游》里用他特有的寓言故事表达了对"禅让"更高境界的超脱："尧让天下于许由，曰：'日月出矣，而爝火不息，其于光也，不亦难乎！时雨降矣，而犹浸灌，其于泽也，不亦劳乎！夫子立而天下治，而我犹尸之，吾自视缺然。请致天下。'许由曰：'子治天下，天下既已治也，而我犹代子，吾将为名乎？名者，实之宾也，吾将为宾乎？鹪鹩巢于深林，不过一枝；偃鼠饮河，不过满腹。归休乎君，予无所用天下为！庖人虽不治庖，尸祝不越樽俎而代之矣。'"

根据上述经典文献的记载、描述，"禅让"这个高尚、神圣概念之名和实可以简单地概括为两代圣明君主之间和平、自愿的权力交接。"禅让"体现的是"公天下"的状态和"天下为公"的精神或原则，或者说是中华民族的先民们对"公天下"和"天下为公"的崇敬、向往和追求。

我们再来看三国时代那两个禅让故事。《三国演义》对魏晋禅让的定义是"再受禅依样画葫芦"，也就是说，作者认为这两次禅让的过程、特征、性质基本上是一致的。我来根据相关的文献做一个大致的综述。

在这两个禅让故事中，魏的开创者曹操和晋的开创者司马懿都在形式上保持了对前朝的尊崇，给前朝的君主保留了最基本的体面，没有捅破"篡"字的薄纱。

先说曹操，此公的行为和心态非常复杂，难以捉摸。

　　在《三国志·魏书》中的《荀彧传》和《许褚传》里，曹操称荀彧为"此吾之子房也"，称许褚为"子真吾之樊哙也"。这表明，曹操早在"起义兵"之始就明明白白地向天下人昭告自己堪比刘邦要当皇帝的意愿。

　　曹操对废立之事也非常谨慎。《三国志·魏书·武帝纪》里记载："冀州刺史王芬、南阳许攸、沛国周旌等连结豪杰，谋废灵帝，立合肥侯，以告太祖，太祖拒之。芬等遂败。"裴松之注引《魏书》曹操答复袁绍的说辞："董卓之罪，暴于四海，吾等合大众、兴义兵而远近莫不响应，此以义动故也。今幼主微弱，制于奸臣，未有昌邑亡国之衅，而一旦改易，天下其孰安之？诸君北面，我自西向。"

　　裴松之在《三国志·魏书·武帝纪》注引张璠《汉纪》的这段非常意味深长："初，天子败于曹阳，欲浮河东下。侍中太史令王立曰：'自去春太白犯镇星于牛斗，过天津，荧惑又逆行守北河，不可犯也。'由是天子遂不北渡河，将自轵关东出。立又谓宗正刘艾曰：'前太白守天关，与荧惑会；金火交会，革命之象也。汉祚终矣，晋、魏必有兴者。'立后数言于帝曰：'天命有去就，五行不常盛，代火者土也，承汉者魏也，能安天下者，曹姓也，唯委任曹氏而已。'公闻之，使人语立曰：'知公忠于朝廷，然天道深远，幸勿多言。'"

　　根据我的理解，此时的曹操已经蜕变为一个成熟的政治家，再也不是冒领"乱世之奸雄"恶名的轻狂少年了，对所谓的"天命"有非常清醒的认识。下面这两份文献记载的曹操言行就顺理成章了。

　　曹操在《让县自明本志令》中说："后征为都尉，迁典军校尉，意遂更欲为国家讨贼立功，欲望封侯作征西将军，然后题墓道言'汉故征西将军曹侯之墓'，此其志也……身为宰相，人臣之贵已极，意望已过矣。今孤言此，若为自大，欲人言尽，故无讳耳。设使国家无有孤，不知当几人称帝，几人称王。或者人见孤强盛，又性不信天命之事，恐私心相评，言有不逊之志，妄相忖度，每用耿耿……孤非徒对诸君说此也，常以语妻妾，皆令深知此意……然欲孤便尔委捐所典兵众以还执事，归就武平侯国，实不可也……是以不得慕虚名而处实祸，此所不得为也……"

《资治通鉴》卷第六十八《汉纪》六十记载："权遣校尉梁寓入贡，又遣硃光等归，上书称臣于操，称说天命。操以权书示外曰：'是儿欲踞吾著炉火上邪！'侍中陈群等皆曰：'汉祚已终，非适今日。殿下功德巍巍，群生注望，故孙权在远称臣。此天人之应，异气齐声，殿下宜正大位，复何疑哉！'操曰：'若天命在吾，吾为周文王矣。'"

再来看司马懿。《晋书·宣帝纪》说："帝勋德日盛，而谦恭愈甚……恒戒子弟曰：'盛满者道家之所忌，四时犹有推移，吾何德以堪之。损之又损之，庶可以免乎？'"《三国演义》第一百零八回《丁奉雪中奋短兵　孙峻席间施密计》讲道："至嘉平三年秋八月，司马懿染病，渐渐沉重，乃唤二子至榻前嘱曰：'吾事魏历年，官授太傅，人臣之位极矣；人皆疑吾有异志，吾尝怀恐惧。吾死之后，汝二人善理国政。慎之！慎之！'言讫而亡。"

曹操和司马懿为什么都不亲自篡上家的皇位？在《资治通鉴》卷第六十八《汉纪》六十中司马光有一段相应的论述："教化，国家之急务也，而俗吏慢之；风俗，天下之大事也，而庸君忽之。夫惟明智君子，深识长虑，然后知其为益之大而收功之远也……自三代既亡，风化之美，未有若东汉之盛者也……以魏武之暴戾强伉，加有大功于天下，其蓄无君之心久矣，乃至没身不敢废汉而自立，岂其志之不欲哉？犹畏名义而自抑也。由是观之，教化安可慢，风俗安可忽哉！"司马光认为曹操"不敢废汉而自立"，是因为"畏名义而自抑"。根据我的理解，司马光的论述、判断是可以成立的，而且对司马懿同样适用。曹操和司马懿自年轻时代开始就一直以汉臣、魏臣的名义立足于世，他们也都是饱读史书的人，深明大义，知道自己的言行必定会载入史册，不但要接受当时社会舆论的评判，还要接受历史的评判。他们有大量同朝为官的老同事、老朋友，篡位之后如何向这些老同事、老朋友交代，这也是一个大难题。曹操一直采用"挟天子以令诸侯"的战略，面对尚未实现天下一统的三足鼎立局势，轻易抛弃这个战略未必是利大于弊的事情。司马懿也有同样的问题。所以他们在"畏名义而自抑"之外也有精确的利弊权衡。与曹操和司马懿相比，董卓、袁术之流就显得非常粗鄙、鲁莽和操切，急吼吼地把手中仅有的几张牌一股脑全甩出去，最后赔了自己的身家性命。

在这两个禅让故事中，第二个共同的特征就是前朝、新朝正式举办禅让典礼之前权力的实际转移已经完成。

《三国演义》第十四回《曹孟德移驾幸许都　吕奉先乘夜袭徐郡》讲道："于是迎銮驾到许都，盖造宫室殿宇，立宗庙社稷、省台司院衙门，修城郭府库……赏功罚罪，并听曹操处置……自此大权皆归于曹操：朝廷大务，先禀曹操，然后方奏天子。"

《三国演义》第一百回《文鸯单骑退雄兵　姜维背水破大敌》讲道："髦遂命王肃持诏，封司马昭为大将军、录尚书事……自此，中外大小事情，皆归于昭。"

成语"司马昭之心，路人皆知"的故事清清楚楚地反映了当时司马家族已经完全把曹家的统治权尽行夺走。

在这两个禅让故事中，第三个共同的特征就是禅让典礼仅仅是一个仪式，或者说是一场演员众多、热热闹闹的大戏。实际的权力交接不是发生在此时此景，而且主导权也完全掌握在受让一方，出让一方只有积极配合的义务，丝毫没有其他选择的权利，是否出于主动、自愿，根本不能进入探讨的范围。

这两个禅让故事之间的唯一差别就是导演和演员们的投入、认真程度不同。汉魏禅让的总导演兼主演魏文帝曹丕拥有极高的文学艺术修养，所以汉魏禅让全本演示了以下几道程序：第一，祥瑞和符谶五彩纷呈，表明曹丕代表魏国接受汉朝禅让是天命所归。第二，演武，震慑不知趣的异议者。第三，群臣对曹丕的劝进和对汉献帝的劝退。第四，汉献帝告庙下诏禅位，曹丕上书辞让，这一套动作重复三次。第五，汉献帝第四次下诏，筑坛让受，礼成。这场大戏在全体演职人员的共同努力下，前前后后花了七个月的时间，最后圆满落幕，曹丕心想事成，踌躇满志。相对而言，魏晋禅让就更简单粗暴一些。

对比《尚书》《论语》和《史记》等经典文献对禅让的意定，汉魏、魏晋"禅让"既不合禅让之名，更绝无禅让之实，只是借用了被称为"禅让"的仪式，完全、彻底地属于伪禅让。

至此，我们可以得出结论：汉魏、魏晋"禅让"的名实真伪已经不值得讨论。值得讨论的问题是：为什么汉魏、魏晋"禅让"的主人公有动力、热情去借用这种被称为"禅让"的仪式？

对于这个问题，可以从两个角度去看待、解释。第一个是从义愤或者刻薄的角度，曹丕、司马炎此举是为了给自己的篡位做粉饰。

第二个是从宽仁、厚道的角度，既然前朝、新朝正式举办禅让典礼之前权力的实际转移已经完成，名实归一势在必行，但是如何顺利实现对新朝之君来说也有诸多为难之处：如何妥善安置前朝之君及其死心塌地的追随者？如何犒赏新朝的功臣们？"禅让"实际上是实现经济学理论里"帕累托均衡"的最优解。

我个人认为，用第二个角度来观察、分析这个问题更加合理。虽然汉魏、魏晋"禅让"相对于儒家经典所推崇的禅让来说，是名实皆悖的伪禅让，但是相对于中国历史上诸多浸泡在血泊之中的横暴权力交接来说，可以算得上是一种历史的盈利。这也是对中国历史复杂性的无奈妥协。

刘备手足衣服论

在《三国演义》里，曹操说出"宁教我负天下人，休教天下人负我"这句话，成为坐实曹操是"乱世奸雄"的重要证据。在《三国演义》里，刘备也说过一句很有名的话："古人云：'兄弟如手足，妻子如衣服。衣服破，尚可缝；手足断，安可续？'"据考证，刘备引用的这句"古人云"是他自己杜撰，或者说是作者让刘备说出来的，根本就没有古人如此"云"过。曹操因为"宁教我负天下人，休教天下人负我"这句话饱受责难。对刘备的这句话，人们往往只关注"兄弟如手足"这个部分，并且对其中的"义气"倍加赞赏，对"妻子如衣服"这个部分视而不见。"妻子如衣服。衣服破，尚可缝"在价值观、审美观方面所透露出来的恶劣、丑陋程度跟"宁教我负天下人，休教天下人负我"相比有过之而无不及。"兄弟如手足"也并非完全如字面所反映的是令人甘之如饴的"义气"成分。

曹操吹嘘"宁教我负天下人，休教天下人负我"，吹过就吹过了，负曹操而曹操没有紧追不放的大有人在。在《三国演义》里，刘备倒是认真履行了"兄弟如手足，妻子如衣服"的信条。这回我来顺着刘备的"兄弟如手足，妻子如衣服"高论借题发挥一番，探究一下其中所包含的价值观、审美观和历史观。

先来说刘备的"兄弟如手足"。刘备、关羽、张飞桃园三结义的故事借《三国演义》的东风已经成为千古佳话。《三国演义》就是以"宴桃园豪杰三结义"来开篇的。三人的结义誓词"虽然异姓,既结为兄弟,则同心协力,救困扶危;上报国家,下安黎庶;不求同年同月同日生,但愿同年同月同日死。皇天后土,实鉴此心。背义忘恩,天人共戮"其实就是中国民间结拜誓词的格式文本。

"桃园三结义"的故事在《三国志》里也有相对应的记载,看来是确有史实。《三国志·蜀书·关张马黄赵传》记载:"先主与二人寝则同床,恩若兄弟。而稠人广坐,侍立终日,随先主周旋,不避艰险……曹公禽羽以归,拜为偏将军,礼之甚厚……羽叹曰:'吾极知曹公待我厚,然吾受刘将军厚恩,誓以共死,不可背之。吾终不留……'"这些正史里的记载基本上可以佐证刘关张兄弟三人之间确实是情同手足。

《三国演义》《三国志》和《资治通鉴》也证实了刘关张兄弟三人虽然没有严格做到"同年同月同日死",但是三人确实是做到了"譬犹一体,同休等戚,祸福共之"。《资治通鉴》卷六十九《魏纪》一记载:"汉主耻关羽之没,将击孙权……飞当率兵万人自阆中会江州。临发,其帐下将张达、范疆杀飞,以其首顺流奔孙权……"刘备也随即因伐吴兵败忧郁成疾,病逝于白帝城。

《资治通鉴》卷六十九《魏纪》还记载了曹丕曾就刘备是否会因关羽之死向孙权报仇召开会议进行专题研究,侍中刘晔分析道:"关羽与备,义为君臣,恩犹父子;羽死,不能兴军报敌,于终始之分不足矣。"刘晔的分析是对的,如果刘备不为关羽报仇,那么他在名分上交代不过去。

"兄弟如手足",字面上的意思颇温情脉脉,有一种令人愉悦的审美价值。这是一个表象。刘关张三人义结金兰,有感情相投、相合和相容的成分，也有为图生存、发展相互保护、支持的成分。刘关张兄弟三人"白身"起家，经年征战，最终博得称王封侯，还能做到不忘结义时的初心，确实是不容易，值得敬佩、景仰。"三姓家奴"吕布两杀义父、袁谭袁尚兄弟相残、张松卖蜀、曹丕曹植相煎何急之类的故事，映衬起来，刘关张可以算是非常幸运的人。刘关张三人"兄弟如手足"也有难能可贵之处。

在三国时代这样一个乱世里，人与人之间关系的模式都扭曲了。"兄弟如手足"的背后自有其主人公无穷的心酸、无奈和苦涩甚至是血腥。生命的高贵和卑贱尽在其中。刘关张三人的结义誓词中"但愿同年同月同日死……天人共戮"云云，我读来总觉得不祥。刘备勉勉强强可以算得上是寿终正寝，关羽和张飞都死于非命。这又何尝不是那个时代无边苦难的一个折射呢？

我很想在《三国演义》里找到那种基于平等、尊重的人际关系模式，结果是大失所望。《三国演义》里除了敌对关系之外，主要是基于身份的、依附与被依附的人际关系，没有基于契约的人际关系，更没有基于共同信仰、共同利益的相互平等、尊重的人际关系。三国不是一个好时代，这是最重要的原因。

再来说刘备的"妻子如衣服"。《三国演义》的作者把它当作豪言壮语从刘备的口中说出来，本意是突显刘备大行不拘小节的英雄气概，未成想把内心深处的肮脏也拖带出来遗臭遗毒。

刘备的"妻子如衣服论"不但有《三国演义》的故事记载，还有《三国志》《资治通鉴》等正史的史料支撑，铁板钉钉，无处可逃。

《三国演义》第十九回《下邳城曹操鏖兵　白门楼吕布殒命》："吕布招军入城。玄德见势已急，到家不及，只得弃了妻小，穿城而过，走出西门，匹马逃难……"第二十四、二十五回讲到刘备在曹操的青梅煮酒宴席上被吓了一大跳，不顾"衣带诏"的誓约出逃，斩车胄赚徐州引来曹操的绝命追杀，抵敌不过，又一次弃妻子"匹马落荒望北而逃"，留下"云长保护玄德妻小"，勾连出关羽携嫂"只降汉帝，不降曹操"，千里走单骑，过五关斩六将的传奇故事。在第四十一回《刘玄德携民渡江 赵子龙单骑救主》中，"却说玄德引十数万百姓、三千余军马，一程程挨着往江陵进发。赵云保护老小，张飞断后"，转眼之间，"百姓、老小并糜竺、糜芳、简雍、赵云等一干人，皆不知下落"。这里曲笔点明了刘备又一次战场抛妻。

在《三国演义》里，刘备娶孙权妹妹孙尚香是"周郎妙计安天下"的副产品。第六十二回《取涪关杨高授首 攻雒城黄魏争功》中，"且说玄德在葭萌关日久，甚得民心。忽接得孔明文书，知孙夫人已回东吴。又闻曹操兴兵犯濡须，乃与庞统议……"。刘备对孙夫人已回东吴一事仅仅是"知之"而已，丝毫没有在意上心。

《三国志·蜀书·先主传》也记载了见于《三国演义》的刘备若干次战场失妻抛妻的事迹："先主与术相持经月，吕布乘虚袭下邳。下邳守将曹豹反，间迎布。布虏先主妻子，先主转军海西。杨奉、韩暹寇徐、扬间，先主邀击，尽斩之。先主求和于吕布，布还其妻子……布遣高顺攻之，曹公遣夏侯惇往，不能救，为顺所败，复虏先主妻子送布。曹公自出东征，助先主围布于下邳，生擒布。先主复得妻子，从曹公还许……五年，曹公东征先主，先主败绩。曹公尽收其众，虏先主妻子，并擒关羽以归……闻先主已过，曹公将精骑五千急追之，一日一夜行三百余里，及于当阳之长坂。先主弃妻子，与诸葛亮、张飞、赵云等数十骑走，曹公大获其人众辎重。"

《三国志·蜀书·二主妃子传》在讲到甘夫人时有一句话："先主数丧嫡室，常摄内事。"根据这一句话，再综合刘备的生平，可以知道刘备与《白鹿原》的主人公白嘉轩一样是一个命硬克妻的人。在魏蜀吴三国鼎立的第一代领导人曹操、刘备和孙权当中，刘备的初始基础最差，创业极为艰辛，大半生都处在寄人篱下、流离失所、仓惶逃命的状态。在这种状态之下，经常战场失妻抛妻本是无可奈何之事，可以得到同情、体谅的。但是上升到"妻子如衣服"来加以提倡，就发展到"是可忍，孰不可忍"的可耻程度了。

在《三国演义》和《三国志》里，刘备都得到了"长厚""仁德"的好评。《三国志·蜀书·先主传》记载了刘备在当阳避曹操大军兵锋，有人建议弃百姓轻装而逃，"先主曰：夫济大事必以人为本，今人归吾，吾何忍弃去"，刘备的这个见识比起董卓的"百姓小民，何足与议"有天壤之别。但是刘备的"以人为本"并不是当今"为人民服务"宗旨之下的"以人为本"。刘备的"本"是本钱的本。陈寿在《三国志·蜀书·先主传》对刘备的点评定论是："先主之弘毅宽厚，知人待士，盖有高祖之风，英雄之器焉。及其举国托孤于诸葛亮，而心神无贰，诚君臣之至公，古今之盛轨也。机权干略，不逮魏武，是以基宇亦狭。然折而不挠，终不为下者，抑揆彼之量必不容己，非唯竞利，且以避害云尔。"这就是说，刘备也难逃一个"私"字。刘备的"长厚""仁德"也是谋私的方法和手段。鲁迅在《中国小说史略》中点评《三国演义》"显刘备之长厚而似伪"。刘备实际上就是"伪"。

如果把"妻子如衣服"和刘备的"以人为本"综合起来分析，就会得出一个令人心寒、心悸的结论：妻子或者妇女不是刘备以之为本的"人"。这种价值观、审美观在《三国演义》里基本上是一以贯之的，是其遗臭遗毒最烈之处。

细究起来，刘备的"妻子如衣服"是有家传渊源的。《史记·项羽本纪》记载了刘备的老祖宗刘邦类似的失家事迹："而汉王乃得与数十骑遁去，欲过沛，收家室而西；楚亦使人追之沛，取汉王家：家皆亡，不与汉王相见。汉王道逢得孝惠、鲁元，乃载行。楚骑追汉王，汉王急，推堕孝惠、鲁元车下，滕公常下收载之。如是者三。曰：'虽急不可以驱，奈何弃之？'於是遂得脱。求太公、吕后不相遇。审食其从太公、吕后间行，求汉王，反遇楚军。楚军遂与归，报项王，项王常置军中。"

在《三国演义》第六十回《张永年反难杨修 庞士元议取西蜀》里，刘备曾经自述与曹操的比较，把曹操痛贬了一番。《资治通鉴》卷第六十六《汉纪》五十八里也有同样的记载："备曰：'今指与吾为水火者，曹操也。操以急，吾以宽；操以暴，吾以仁；操以谲，吾以忠；每与操反，事乃可成耳。今以小利而失信义于天下，奈何？'"根据我的理解，这是刘备的一面之词。单就对待妻子的态度和齐家的成就等方面，曹操与刘备相比较也是天壤之别。裴松之在《三国志·魏书·后妃传》的注释里引用的《魏略》里有一段记载："太祖始有丁夫人，又刘夫人生子修及清河长公主。刘早终，丁养子修。子修亡于穰，丁常言：'将我儿杀之，都不复念！'遂哭泣无节。太祖忿之，遣归家，欲其意折。后太祖就见之，夫人方织，外人传云'公至'，夫人踞机如故。太祖到，抚其背曰：'顾我共载归乎！'夫人不顾，又不应。太祖却行，立于户外，复云：'得无尚可邪！'遂不应，太祖曰：'真诀矣。'遂与绝，欲其家嫁之，其家不敢……"曹操对待前妻丁夫人完全没有"宁教我负天下人，休教天下人负我"的气派，反而是有情有义。曹操晚年立为王后的卞夫人，也是年轻时结婚定情的。

曹操在育儿方面的成就也是刘备望尘莫及的。且不说曹丕曹植在建安文学中的卓越地位，裴松之在《三国志·魏书·任城陈萧王传》注释中引用的《魏略》讲了一个故事："太祖在汉中，而刘备栖于山头，使刘封下挑战。太祖骂曰：'卖履舍儿，长使假子拒汝公乎！待呼我黄须来，令击之。'""黄须儿"就是曹操的亲生儿子、任城王曹彰。

　　陈寿认为刘备"机权干略，不逮魏武，是以基宇亦狭"。其实，刘备基本上是全方位"不逮魏武"。曹操好比是一个天生的大学霸，在任何一个领域，只要他愿意涉足，稍稍付出一些努力就都可以取得超出常人的成就。刘备则是"天分不够，勤奋来凑"，依靠坚忍、执着、刻苦一点一滴地积攒人生成就。

　　《三国演义》为扬刘贬曹，不惜将"妻子如衣服"奉为圭臬，贬损妇女的恶劣程度无以复加。不但反映其价值观、审美观极其腐朽、肮脏、丑陋，无视、贬损妇女的历史地位，其历史观自然也乏善可陈。

《三国演义》的历史观

　　根据法国著名的小说家巴尔扎克提出的"小说被称为是一个民族的秘史"这一观点，无论是评《水浒传》还是评《三国演义》，最后归结到对其历史观的评论是题中应有之义，因为历史观是一个民族、国家的思想观念最核心的内容之一，也是一个民族、国家文化的基石。

　　《三国演义》虽然是一部历史小说，但是作者并没有旗帜鲜明地系统阐释自己的历史观，而是通过讲故事、臧否人物来曲折、隐晦地表达自己的历史观。

　　《三国演义》开篇引用明朝诗人杨慎的《临江仙·滚滚长江东逝水》："滚滚长江东逝水，浪花淘尽英雄。是非成败转头空。青山依旧在，几度夕阳红。白发渔樵江渚上，惯看秋月春风。一壶浊酒喜相逢。古今多少事，都付笑谈中。"《三国演义》第一回《宴桃园豪杰三结义　斩黄巾英雄首立功》又开宗明义地提出一段论述："话说天下大势，分久必合，合久必分……"《三国演义》的这种开篇方式很符合中国古典长篇小说的叙述风格，为曲折、隐晦地表达自己的历史观定下了基调，埋伏好了线索。《红楼梦》也是这样用一系列的神话和隐晦的诗歌来预示故事的演进、结局和人物的命运归宿。

　　《三国演义》用一百二十回的篇幅叙述了从汉灵帝中平元年（184 年）黄巾起义开始，至晋武帝太康元年（280 年）吴亡为止近一百年，既波澜壮阔又血雨腥风的历史，作者致力于传达的历史观可以做这样的提炼或者概括：历史像滚滚东逝的长江水，一往无前，由一系列的成败、盛衰、兴亡、分合的交替连缀而成；历史是由不以人的意志为转移的"天道"所决定的，与"天道"相对应；所谓的"天下大势"并不是不可捉摸，在历史的进程中存在不以人的意志为转移的"定势"；历史是由英雄人物的奋斗、斗争所创造的，民众只是英雄人物的陪衬；历史的成败、盛衰、兴亡、分合交替终究会把一代又一代的英雄人物淘汰成为历史陈迹，英雄人物孜孜以求的奋斗、斗争的结果最终也会烟消云散；对待历史的态度最好是超脱，而不是执着。

　　我们可以体会到，《三国演义》的历史观里有极精妙、高深的智慧，运用或者印证了《易经》《道德经》和《庄子》等经典文献里的辩证法思想。《三国演义》最令人着迷的不是庙堂之高的运筹、帷幄之深的阴谋和沙场之广的搏斗，而是成败、盛衰、兴亡、分合的交替和强弱、智愚、忠奸、取舍、去就、安危、荣辱、祸福、胜负、生死的转换之中所蕴藏和印证的辩证法铁律。《三国演义》倾注了笔墨的每一个人物的命运、每一个事件的发展，甚至是一个物件或一头牲口的流转和传承，无一不受辩证法铁律的支配。在《三国演义》里辩证法往往用一种非常残酷、血腥的方式得以实现。《三国演义》里的每一个人物每时每刻都在接受辩证法的开卷实务考试，考试通过的成为胜利者、主导者、幸存者，考试通不过的成为失败者、仆从者、牺牲者。

　　《三国演义》里没有闪耀人性光辉的人物形象。善良、仁慈、悲天悯人的情怀不受推崇。得偿所愿的机巧和一时侥幸的阴谋却被反复炫耀。类似于在将要沉没的大船上争座位，在将要崩塌的山洞里争财宝的愚行被忽略甚至赞赏。曹操、刘备、孙权、诸葛亮和司马懿等主要角色都不能成为经得起推敲和历史检验的引人向善的楷模，《三国演义》在这个方面确实是没有什么精神营养。《三国演义》自从诞生以来风靡海内外，吸引力长盛不衰，其奥秘就在于它所提供的辩证法教益。《三国演义》里那些决定历史走向的著名论述：郭嘉的"十胜十败之说"、诸葛亮的"隆中对"、周瑜说服孙权抗曹的"四忌之说"都是运用辩证法的经典案例。

精读《三国演义》里的人物命运、事件发展，还有物件的流转和传承，我们可以水到渠成地引申出一个命题：历史的演进就是辩证法的实况演示，历史因为敬畏、遵守、顺应辩证法而获得奖赏和进步，因为轻慢、违背、忤逆辩证法而得到惩罚和倒退，历史的胜利者只能在辩证法的敬畏者、遵守者、顺应者中产生，轻慢、违背、忤逆辩证法的人最终必然失败。

读杨慎的《临江仙·滚滚长江东逝水》，可以非常明显地感受到作者超脱、超然、冷眼旁观的立场和态度，这是咏史怀古题材诗人们惯常采用的立场和态度。为什么会出现这种情况呢？根据我的理解，这可以从庄子的思想里找到明确的渊源。

《庄子·逍遥游》："小知不及大知，小年不及大年。奚以知其然也？朝菌不知晦朔，蟪蛄不知春秋，此小年也。楚之南有冥灵者，以五百岁为春，五百岁为秋；上古有大椿者，以八千岁为春，八千岁为秋，此大年也。而彭祖乃今以久特闻，众人匹之，不亦悲乎！"《庄子·秋水》："北海若曰：'井蛙不可以语于海者，拘于虚也；夏虫不可以语于冰者，笃于时也；曲士不可以语于道者，束于教也。今尔出于崖涘，观于大海，乃知尔丑，尔将可与语大理矣。'"庄子的这两段高论、妙论可以作这样的理解：放大观察的角度，拉长观察的周期是获得真相、真知和真理的必要条件。这个命题对于观察、分析历史同样适用。超脱、超然、冷眼旁观的立场和态度的妙处就在于可以放大观察的角度，拉长观察的周期。比方说，

《三国演义》第一百一十九回的"再受禅依样画葫芦"就至少印证了作者运用"滚滚长江东逝水，浪花淘尽英雄。是非成败转头空"的立场和态度对汉魏、魏晋改朝换代历史的观察、分析。

我认为，这种超脱、超然、冷眼旁观的立场和态度也是《三国演义》历史观的重要组成部分。

《红楼梦》与《三国演义》在历史观方面是一致的或者相通的。《红楼梦》第十三回《秦可卿死封龙禁尉　王熙凤协理宁国府》里，秦可卿与王熙凤"月满则亏，水满则溢……""否极泰来，荣辱自古周而复始……"的对话也印证了这一点。

《三国演义》的历史观还有一个值得细说的就是对所谓"天下大势"的认识和把握。这个"势"其实也是辩证法铁律的体现，是大自然和人类社会相互对立的不同因素、力量相互作用的结果，是决定历史发展方向和进程的决定性力量。中国人很早就对"势"有深刻的认识。《孙子兵法》有多处论述："势者，因利而制权也。""孙子曰：昔之善战者，先为不可胜，以待敌之可胜。""故善战人之势，如转圆石于千仞之山者，势也。"宋代哲学家周敦颐在《通书·势第二十七章》里说："天下，势而已矣。势，轻重也。极重不可反。识其重而亟反之，可也。"自古以来，中国人在经济、政治、军事等活动乃至于日常生活中都特别讲究"审时度势、因势利导、顺势而为"。在《三国演义》里，"隆中对"就是分析、把握天下大势的经典成功案例。

《三国演义》对历史观的阐释并不是自觉的、系统的、有条不紊的，除了阐释发展的、辩证的历史观之外，还有意无意地阐释了一些神秘主义的、僵化的，甚至腐朽的历史观。

比方说，《三国演义》第十四回《曹孟德移驾幸许都　吕奉先乘夜袭徐郡》："时侍中太史令王立私谓宗正刘艾曰：'吾仰观天文，自去春太白犯镇星于斗牛，过天津，荧惑又逆行，与太白会于天关，金火交会，必有新天子出。吾观大汉气数将终，晋魏之地，必有兴者。'又密奏献帝曰：'天命有去就，五行不常盛。代火者土也。代汉而有天下者，当在魏。'操闻之，使人告立曰：'知公忠于朝廷，然天道深远，幸勿多言。'操以是告彧。或曰：'汉以火德王，而明公乃土命也。许都属土，到彼必兴。火能生土，土能旺木：正合董昭、王立之言。他日必有兴者。'"这段故事在裴松之《三国志·魏书·武帝纪》注引的张璠《汉纪》中也有相应的记载。我认为，这反映了一种神秘主义的历史观。《三国演义》中轻视民众、轻视妇女、扬刘贬曹的历史观则是僵化的、腐朽的。《三国演义》所推崇、褒奖的衣带密诏、击鼓骂曹、吉平下毒、伏后修书、五臣死节、六出祁山，等等，都是劳而无功、于史无益之事。被奉为旗帜的"兴复汉室，还于旧都"云云，实际上也是虚妄的泡沫。当然，这些瑕疵无伤大雅。

中国是全世界硕果仅存的文明古国，拥有无与伦比的历史、思想、文化和制度等方面的丰富资源，辩证法历史观几乎是与生俱来，对"天下为公""天下大同"的理想、理念拥有一种天然的崇敬和追求。这些不但赋予中华民族一种独特的观察和把握历史的智慧，而且还赋予了中华民族一种不可战胜的道德力量。那些妄图与中华民族为敌的人难免都是朝菌、蟪蛄、井蛙和夏虫，历史就是最好的证明。

当然，我们必须清醒地认识到，我们所拥有的历史、思想、文化和制度等方面的丰富资源也是一种无情的辩证存在：真伪、圣盗、正邪、善恶、美丑水乳交融地混杂在一起。伪、盗、邪、恶、丑与真、圣、正、善、美之间的力量消长交替可以理解为"是非成败"交替的根源。

在我们所拥有的历史、思想、文化和制度资源中，对于如何甄别伪、盗、邪、恶、丑并且予以祛除，防止它们作恶的资源严重不足，老子、庄子只进行了批判而没有进行建设。这个必修课一定要补齐。

参考书目

[1]　周振甫译注：《周易译注》，北京：中华书局，2012年9月第1版。

[2]　王世舜、王翠叶译注：《尚书》，北京：中华书局，2012年9月第1版。

[3]　刘毓庆、李蹊译注：《诗经》，北京：中华书局，2011年3月第1版。

[4]　魏·王弼注，楼宇烈校释：《老子道德经注》，北京：中华书局，2011年1月第1版。

[5]　李泽厚：《论语今读》，北京：生活·读书·新知三联书店，2008年6月第1版。

[6]　杨天宇译注：《礼记译注》，上海：上海世纪出版股份有限公司、上海古籍出版社，2016年11月第1版。

[7]　方勇译注：《庄子》，北京：中华书局，2010年6月第1版。

[8]　汉·司马迁：《史记》，上海：上海书店，1988年1月第1版。

[9]　《毛泽东选集》，北京：人民出版社，1991年6月第2版。

[10]　刘再复：《双典批判：对〈水浒传〉和〈三国演义〉的文化批判》，北京：生活·读书·新知三联书店，2010年7月第1版。

[11]　本书编写组：《中国共产党简史》，北京：人民出版社、中共党史出版社，2021年2月第1版。

[12]　钱穆：《国史大纲》，北京：商务印书馆，1996年修订第3版。

[13]　[美]孔飞力著，陈兼、刘昶译：《叫魂：1786年中国妖术大恐慌》，上海：上海三

联书店，1999年1月第1版。

[14] 吴思：《潜规则》，昆明：云南人民出版社，2002年5月第1版。

[15] [美]黄仁宇：《万历十五年》，北京：中华书局，1982年5月第1版。

[16] 刘再复：《性格组合论》，上海：上海文艺出版社，1986年7月第1版。

[17] 元·脱脱等撰：《宋史》，北京：中华书局，1977年11月第1版。

[18] 鲁迅：《鲁迅全集》，北京：人民文学出版社，2014年1月第1版。

[19] 游国恩等主编：《中国文学史》，北京：人民文学出版社，1964年3月第1版。

[20] [法]罗曼·罗兰著，傅雷译：《巨人三传》，合肥：安徽文艺出版社，1989年12月第
1版。

[21] 费孝通：《乡土中国》，北京：生活·读书·新知三联书店，1985年6月第1版。

[22] 唐·韩愈著，马其昶校注，马茂元整理：《韩昌黎文集校注》，上海：上海古籍
出版社，2014年2月第2版。

[23] 顾随讲，叶嘉莹笔记，顾之京、高献红整理：《顾随讲坛实录（上）：中国古典诗
词感发》，北京：北京大学出版社，2012年5月第1版。

[24] 顾随讲，叶嘉莹笔记，顾之京、高献红整理：《顾随讲坛实录（中）：中国古典文
心》，北京：北京大学出版社，2014年8月第1版。

[25] 蒋兆成、王日根：《康熙传》，北京：人民出版社，1998年7月第1版。

[26] 中共中央文献研究室编：《毛泽东年谱（一九四九—一九七六）》，北京：中央
文献出版社，2013年12月第1版。

[27] 逯钦立校注：《陶渊明集》，北京：中华书局，1979年5月第1版。

[28] 汉·班固撰、唐·颜师古注：《汉书》，北京：中华书局，1962年6月第1版。

[29] 晋·陈寿撰、宋·裴松之注：《三国志》，北京：中华书局，1959年12月第1版。

[30] 三国·曹操：《曹操集》，北京：中华书局，1975年1月第1版。

[31] 宋·司马光编著：《资治通鉴》（全四册），北京：中华书局，2007年1月第1版。

[32] [瑞士]亨利·E.西格里斯特著，柏成鹏译：《伟大的医生——一部传记式西方医
学史》，北京：商务印书馆，2014年7月第1版。

[33] 易中天：《品三国》，上海：上海文艺出版社，2006年7月第1版。

[34] 李庆西:《老读三国》,北京:生活·读书·新知三联书店,2016年11月第1版。

[35] 黎东方:《细说三国》,上海:上海人民出版社,2000年10月第1版。

[36] 南朝宋·刘义庆著,南朝梁·刘孝标注,余嘉锡笺疏,周祖谟、余淑宜、周士琦整理:《世说新语》,上海:上海古籍出版社,1993年12月第1版。

[37] 宋·范晔撰,唐·李贤等注:《后汉书》,北京:中华书局,1965年5月第1版。

[38] 唐·房玄龄等撰:《晋书》,北京:中华书局,1974年11月第1版。

[39] 葛剑雄:《葛剑雄写史:中国历史的十九个片断》,上海:上海人民出版社,2015年8月第1版。